KUWEI

酷威文化

图书 影视

致艾米丽的
秘密手稿

[英]凯瑟琳·斯利◎著

周唯◎译

四川文艺出版社

图书在版编目（CIP）数据

致艾米丽的秘密手稿 / (英) 凯瑟琳·斯利著 ; 周
唯译 . -- 成都 : 四川文艺出版社 , 2020.6
ISBN 978-7-5411-5640-3

Ⅰ.①致… Ⅱ.①凯… ②周… Ⅲ.①长篇小说—英
国—现代 Ⅳ.① I561.45

中国版本图书馆 CIP 数据核字 (2020) 第 039150 号
著作权合同登记号 图进字21-2020-113号

FOR EMILY by Katherine Slee
Copyright © Katherine Slee 2019
First published in Great Britain in 2019 by Orion Fiction, an imprint
of the Orion Publishing Group Ltd.
Published by arrangement with Orion Publishing Group via The
Grayhawk Agency Ltd

ZHI AIMILI DE MIMISHOUGAO
致艾米丽的秘密手稿

[英] 凯瑟琳·斯利 著

周唯 译

出 品 人	张庆宁
出版统筹	刘运东
特约监制	刘思懿
责任编辑	柴子凡
特约策划	刘思懿
特约编辑	郑淑宁　申惠妍
封面设计	末末美书
责任校对	汪　平

出版发行　四川文艺出版社（成都市槐树街2号）
网　　址　www.scwys.com
电　　话　028-86259287（发行部）　　028-86259303（编辑部）
传　　真　028-86259306

邮购地址　成都市槐树街2号四川文艺出版社邮购部　　610031
印　　刷　三河市海新印务有限公司
成品尺寸　145mm×210mm　　　　开　本　32开
印　　张　8　　　　　　　　　　字　数　200千字
版　　次　2020年6月第一版　　印　次　2020年6月第一次印刷
书　　号　ISBN 978-7-5411-5640-3
定　　价　39.80元

目录

contents

卡特里奥娜·罗宾逊的绝唱

英国最受欢迎的儿童作家尚有最后一个冒险故事传世？

采访 / 苏西·约翰斯通

卡特里奥娜·罗宾逊是这个时代最受喜爱、也最负盛名的作家之一。她创作的系列童书讲述了一个轮椅女孩发现一本能带她周游世界的魔法地图集的故事，已受到数百万读者的推崇。她还创作了几部成人小说，最新问世的《着迷》去年还入围了多个文学奖。

卡特里奥娜以注重个人隐私著称，她大部分时间都待在位于诺福克海岸的家中，但近年来，她担任了剑桥大学创意写作课的客座教授。也正是因为她时常在剑桥出现，我才有幸遇见了她。当时，她正在给即将公布的课程入选者做演讲。她的讲述在我看来既鼓舞人心又谦逊有礼，其间还有几分幽默。

我们见面的酒店可能不符合你对一个自称"最爱穿工装裤和长筒靴的女人"的期待。这家酒店有双层接待大厅、工业螺旋楼梯和现代照明设备，还有一间内置嵌入式书架和天鹅绒面料的家具的夹层图书室。我和卡特里奥娜就在这里一边吃着她最喜爱的柠檬蛋糕，一边喝茶聊天。她穿着一件青绿色的丝绸衬衫和一条黑色百褶裙，挽着一个松散的发髻。她健谈而放松，甚至还询问服务员能否从酒店买下那套斑鸠图样边饰的茶具。如果我不知情，我永远不会猜到坐在我对面的女人只剩下几个月的生命了。

您又要给后辈作家授课了，来这里教书最享受的是什么？

我没有机会上大学，不仅是因为当时女性上大学不如现在普遍，也是因为我不相信自己足够好，当然也从未想过会有今天这种境遇。我极力主张和鼓励所有的孩子勇攀高峰，尽其所能地成为最好的自己，无论其性别、种族和社会经济背景如何。

但剑桥是一所精英学府。

的确，进入牛津、剑桥和大公司这类地方的一部分共性在于：除非你符合某种特定的模式，否则就很可能永远不会去申请。我没有学位，也没有受过正规的文学训练，但我现在正于世界最著名的一所学府里教书。通往成功的道路不再只有一条，再说了，"成功"这个词到底意味着什么呢？

对您而言，成功意味着什么呢？

我写作的初衷只是对世界好奇。写作是一种将脑海中酝酿的疯狂念头与人物形象付诸笔端的方式，但我从未将它视作爱好之外的东西，自然也从未想过它会带我踏上一段不可思议的旅程，我能享受其中是多么幸运啊。成功永远不能用你拥有的金钱或物质来衡量，更多的应该是它带给你的成就感。

您会将成功的多少归于偶然吗？

有人可能会说生活不过是由一系列或好或坏的偶然事件组成，我却试着秉持这样一个原则：宇宙与生命自有其平衡，无论我们面临多少苦难，总会有某些事、某个人带给你希望。

我把莱昂纳德·科恩^①的一句名言贴在了家里的冰箱上，它几乎概括了一切："敲响还能敲响的钟，忘却你那完美的奉献，万物皆有缝隙，那正是光进入的方式。"

是什么给了您希望？

我的孙女艾米丽。

您之前提过，关于奥菲莉亚的想法就是从她那里获得的。

没错。我相信大家都知道，她在十五年前的一次车祸中受了重伤。在她康复的过程中，我给她讲故事，她也喜欢画下故事中的人物。我的出版商看了一些我们为了好玩而共同完成的作品，而余下的，正如你所说，就是历史了。

您和艾米丽似乎是合作无间的。这中间是否也会出现一些挑战？

（笑）当然了，我们是一家人，一家人总是会有分歧的。但是，艾米丽真正的天赋在于：她知道我想向读者描绘什么，她也能用某种方式在图画里呈现。

艾米丽的残疾对您创作的故事有影响吗？

艾米丽没有残疾，但人们总是相信他们愿意相信的。我写书的目的是娱乐，但同时也是为了对读者进行教育和启发。很多人在一个地方待得久了，在社会和金钱的作用下就会变得停滞不前。但外面的世界有种种奇迹，只待我们去发现。

---

① 莱昂纳德·科恩（Leonard Cohen，1934 年 9 月 21 日—2016 年 11 月 7 日）：出生于加拿大魁北克省蒙特利尔，音乐家、词曲作家、歌手、小说家、诗人、艺术家。

是什么让您改变了创作方向，不再写童书了？

作为一名作家，我总在发掘新的想法，寻找新的挑战。在很长一段时间里，奥菲莉亚和我们创造的世界占据了生活的很大一部分，对我们两人而言，似乎有必要给这一切画上一道分界线，去尝试一些不同的东西。

尽管《着迷》在文学上取得了成功，但读者对它的评价褒贬不一。您认为这在多大程度上是由于它的受众是成年人，而不再是年轻人了？

我对此并不意外，因为人们会期待从知名作家那里看到某种特定的风格和主题。然而，如果我再写一本儿童读物，人们就会批评我没写奥菲莉亚的故事。生活是实验性的，要去探索隐藏在世界内部的魔法。我想着眼于科学与哲学之间的联系，关于它如何影响人类的精神，关于我们每个人在这个星球上的有限时间，以及当被迫面对这一现实时，我们将如何改变自己的行为与观念。

说到《着迷》的主题，如果今天是您在地球上的最后一天，您会如何度过呢？

你知道我快死了吧？哦，天哪，瞧你的表情，真对不起。死亡似乎对我产生了某种影响，让我忘了和人打交道有多难。

问题是什么来着？哦，对，地球上的最后一天。哎呀（笑），我是怎么产生这个想法的？

有个地方，在法国的海岸边，它在我心里有特别的位置，不仅是因为我在那儿写了第一本书，还是因为那里的光是如此宁静。我会早早醒来，早餐吃温暖的羊角面包，喝浓浓的黑咖啡，然后沿着海滩漫步，让海水在我的脚趾间漫过。接着，我会潜入水底，感受潮水的力度，它让我想起世界上所有我们无法控制的力量。我会在火上烤新鲜的海螯虾，在日落时分喝香槟酒，还有艾米丽一直陪在我身边。

没什么特别的，也没什么花哨的。当你抹去一切荣辱，一个人所拥有的就是他们一路走来建立的关系与记忆。

无论其长幼，您对那些有抱负的作家有什么建议吗？

接受每件事，敢于冒险，只后悔你没做过的事，因为错误比成功更重要。如果你没有任何记忆可供汲取——无论那记忆有多痛苦——你就无法写作，也无法与人建立联结。你瞧，我一生中记得最清楚的都是那些我不该做但还是去做了的事情。

那些事和男人有关吗？

最好的错误不都和爱情有关吗？

您在写什么新东西吗？

总会有新东西的。新想法、新人物、新故事，都是。

这是您接受这次访谈的原因吗？

我并不总是像过去那样难以捉摸，那样与世隔绝，我的生活方式只是不幸的遭遇造成的。这很可能是我最后一次接受采访。坦白讲，我不再觉得自己有必要隐藏在故事背后。我只希望艾米丽和我创造的东西能带来一些好的影响，我希望一趟旅程的结束会是另一趟旅程的开始。

这是否意味着传言中还有一部关于成年奥菲莉亚的新小说存在，这在一定程度上是可信的？

每个传言都有其真实性。我只能说有一份东西存在，但我还不确定它是否会面世。

众所周知，您喜欢在书里留下线索，您是想让读者们再一次踏上寻宝之路，再一次解开谜题吗？

嗯，让我们拭目以待吧。

2018 年 7 月 15 日

经过与癌症的长期抗争，卡特里奥娜·罗宾逊于上月在家中平静去世。她唯一的孙女艾米丽尚未对此发表评论。

《周日邮报杂志》

追 寻

葵花鹦鹉

艾米丽坐在后门边，在厨房的桌子上摊开速写本。她正等待着发生点儿什么。

太阳在夏日的晴空中升起，草坪上的阴影缓缓消失了，隔壁教堂里的敲钟人正在准备他们每周的功课。一个八月里的周一早晨，一切都按部就班地进行着，但艾米丽觉得这一天有一个空白，她努力地想着该如何填补。

她的思绪阻塞了，等待着灵感的出现，但喝了第二杯茶，又吃了一片柠檬蛋糕，她的注意力也没能重新回到手头的工作上。水池边放着几只颜料瓶，等着艾米丽为早餐时画的葵花鹦鹉添上颜色。

现在的问题在于：出版商和她简单交代过，得把这只鸟画得栩栩如生，不要有古怪的念头或是魔法的元素，可每当艾米丽看到它（顶着这样一个骄傲的头冠，这只鹦鹉绝对是雄性），便一心想给它的羽毛画上彩虹似的斑斓色彩。她的思维天马行空，不断地偏离正常轨道。她想象着葵花鹦鹉像变色龙那样，一旦想要躲避人或事物，就能变色。

她的脑海里也浮现出另一幅画面：一个小女孩坐在轮椅上，肩上停着一只葵花鹦鹉。她对它说着悄悄话，轻柔地抚摸它的胸膛，看着彩色的涟漪从它的身体流淌到她的皮肤上。无论艾米丽的绘画任务是什么，她似乎总能回想起奥菲莉亚——那个多年前她祖母创造的标志性人物。

"葵花鹦鹉。①"艾米丽一面在鹦鹉栖息的树枝下写着它的拉丁文名字,一面把它念出来。她的语速很慢,感受着其中的每一个音节,她意识到这是自己几天来第一次开口说话。

她答应画这些插画的全部意义就在于分散注意力,让自己忘却孤身一人的事实。她曾天真地以为:当她无事可做、无处可去的时候,一个新的任务就足以填满一天的时间。

收音机里的音乐变了,单簧管如天鹅绒般的声音正演奏着《彼得与狼》。艾米丽的脑海中浮现出一个男孩在雪地奔跑的画面,他很想回家,妈妈正在家里等他,桌子上有准备好的火鸡,树下堆放着礼物。

"对不起,"她心想,一面看着葵花鹦鹉,一面关掉了收音机,然后合上了速写本,将颜料瓶收拾干净,"看来你注定要平凡无奇了。"

这些年来,艾米丽创作出并不平凡的插画。为了让祖母笔下那些美妙的故事生动起来,她的图画充满了想象力。但是,自从祖母去世之后,艾米丽感到自己再也无法专注于新事物了。

她朝厨房外的一个房间望去,那是祖母的书房。书房里的一面墙被书架占满,架子上摆着几十本祖母的红色笔记本,里面记下了每一本书中关于奥菲莉亚及其宠物鸭的想法。一共十本书,不多也不少。但现在,全世界都认为还有另一本书存在,可艾米丽知道,祖母并没有时间完成另一本书。

"她怎么能这样呢?"艾米丽心想。医生说过还有时间,还有时间来完成她的作品,还有时间寻找其他可行的治疗方法。

---

① 葵花鹦鹉(Cockatoo):拉丁文写作 Cacatuidae,体羽无虹彩,主要为白色,头顶有黄色冠羽,呈扇状竖立,如一朵盛开的葵花。

还有时间与病魔斗争。

祖母是世上唯一理解她的人。她和艾米丽一样，在多年前的一场车祸中失去了亲人，也经历了艾米丽康复时期的痛苦。这些年来，艾米丽遭受到孩子们残忍的奚落，而那些孩子们本该成为她的朋友，在那段时间里，祖母是唯一陪在她身边的人。

祖母答应过会爱艾米丽，会一直照顾她；但现在，她的祖母，著名的卡特里奥娜·罗宾逊，再也无法保护任何人了。

外面的花园小径上传来了脚步声，脚步停下后，一摞信件从信箱里滚了出来，落在门垫上。这无疑又是来自陌生人的安慰和吊唁。悲痛的书迷们写来便笺——详尽地讲述着她的祖母是多么不可思议，多么富有才华。每一张便笺都写满了他们自己的故事，诉说着她的书如何激发了他们最初的想象力。

艾米丽来到走廊，弯腰拾起那些邮件，开始将它们按类分成一摞摞的信件、垃圾、商品目录册和账单。这时，刺耳的电话铃打破了平静，答录机"咔嗒"一声打开了录音。

"艾米丽，亲爱的，我是夏莉。"一个女人的声音从伦敦传到了诺福克。艾米丽可以想象：电话那头的人正坐在一间位于摩天大楼22层的办公室里，室内宽敞明亮，可以俯瞰泰晤士河。"听着，我很抱歉总是问你同样的问题，但董事会给我施压，要我对这该死的手稿发表一篇新闻。"艾米丽长叹一声，闭上眼睛，等待着她预感即将到来的东西。

"你在听吗？我知道你不想谈这个，但你总有一天得回答关于卡特里奥娜和她生活的所有问题。你不必当面回答，但书迷们应该知道……"

艾米丽拔掉了插座上的插头，将它扔在了地上，插头"砰"的一声轻轻落在地毯上，房间陷入了一片寂静。她低头看着紧握在手中的信，来到客厅的壁炉前，将它们全都扔进了炉排。接着，她回到走廊，将前门边的一只大纸箱搬回壁炉边。她打开纸箱的盖子，里面有数百封书迷的来信，其中大多数都没有拆封。

"我不需要你们的怜悯。"艾米丽边想边把它们拿了出来，整整齐齐地分成四份，堆放在火炉边。

艾米丽从未想过逃离，事实上，她尽可能地待在安全区——滨海韦尔斯，一个位于诺福克海岸的幸福小镇，那里的生活缓慢得恰到好处，广阔的世界也大体与她无关。直到祖母接受了那次采访，告诉世人可能还有另一份手稿等着人们发现。访谈发表后，人们疯狂地打电话、发邮件，还有陌生人出现在家门口，用手机对着艾米丽问她是不是真的。祖母在世时，艾米丽一直躲避着这种混乱。但无论是那时还是现在，她都不知道答案，因为她从未问过祖母那个未完成的故事。她开始觉得自己好像从没问过祖母什么重要的事情，而现在已经来不及了。

在那些笔记本对面的墙上，挂着一幅小方画，上面画着一对青色的鸟。这幅画的风格与房子里其他的画作迥然不同，但艾米丽从未问过这幅画是从哪儿来的，也没问过它为什么挂在祖母经常工作的地方旁边。这只是一个例子，表明艾米丽如何以某种孩子气的傲慢想当然地认为成年人在为人父母之前没有真正的过去。而现在最重要的是，她想要同祖母交谈，去发掘从前发生的一切。

艾米丽来到壁炉台前，看着台子上的每一张照片。她希望自己能回到过去，这样至少能为自己满腹的疑问找一个答案。

多年来，艾米丽一直任由别人决定她的人生，先是一位医生，然后是她的祖母。每当需要帮助时，艾米丽总是求助于卡特里奥娜，仰赖她决定一切，让她对自己生活的方方面面负责。直到卡特里奥娜决定放弃下一步治疗，艾米丽才不得不承认：自己已经变得那么孤独，那么依赖祖母。

艾米丽看着分出来的那堆信件，想着如果把它们点着了会怎样。

她想象着它们飞舞着穿过烟囱飞向天空，它们或许会混合在一起创造出新的东西，又或许会被一只飞过的葵花鹦鹉衔着飞越海洋，传递到一位梦想着有朝一日能成为著名作家的男孩手中。

"我该怎么办？"艾米丽叹了口气，跪倒在地。她看着祖母的书桌，书桌上面放着一台古老的打字机，已经有好几个月没人动过了。除了一架子的书，她二十八岁的生活里就没什么值得称道的了。失去了已故的伟大的卡特里奥娜·罗宾逊，她是谁呢？

知更鸟

当托马斯先生走近那栋房子时，他看见里面有人在走动，那个人的身影探出窗外，又转了过去。房子坐落于教堂边上一条长长的石子路的尽头，一块极容易错过的"草苑小屋"的牌子挂于其上，牌子上的字和他受托送的这封信出自同一女人之手。他每天早上醒来时，都会感到她已经不在了。

就在一年前，他的狗麦克斯第一次把他们联系到了一起。当时，它正围着一堆东西跑动，尾巴满意地拍打着地面，叫声回荡在清晨的空气中。他扯着绕在麦克斯下巴上的皮带，进行了一番短暂的拉锯，接着蹲下身来，原来他在一堆已经满是爪印的衣服边发现一枚半掩在沙子里的小金戒指。他转了一大圈，寻找另一个人的踪迹，而后发现一个女人朝他慢跑过来。她气喘吁吁，但面带微笑，湿漉漉的头发一缕缕地拍在脸上。她只穿了一条丝裙，裙子在海里游泳时湿透了。她为自己带来的困扰道歉，笑着说一个男人在遛狗的时候发现一摞被遗弃的东西，他会怎么想呢。

她介绍自己叫卡特里奥娜。她的手很小，握在他手里冰凉凉的。每天早上，他们一起遛麦克斯时，他都会握住她好几次，直到她回到那个他至今未曾谋面的孙女身边。

他有些想离开，继续按部就班地度过自己的早晨——在海滩上散步，去附近的咖啡馆里喝杯浓咖啡，吃块羊角面包，看看报纸，然后回家，接着在后花园的栽培床上工作。但另一方面，他也明白，对一个女人的遗愿置之不理是很荒唐的。这个女人选择了他，因为他知道艾米丽的世界即将发生翻天覆地的变化。

麦克斯轻轻碰了碰主人的腿，把他拉回了现实。花园中一片寂静：花瓣在冉冉升起的阳光里昏昏欲睡；蜜蜂四处寻觅着早餐；一只知更鸟栖息在一把犁耙的手柄上，嘴里紧紧叼着一条虫子。

前门打开时，狗叫了起来，那只鸟也飞走了。一个身穿浅绿色T恤和牛仔短裤的年轻女子出现在门口。她的皮肤有些黝黑，下巴上有一大片伤疤。她赤脚站着，每个脚指甲都涂上了光亮的红色，厚重的刘海几乎遮住了那双正望着托马斯先生的淡褐色眼睛。

"她的目光中有些不安。"托马斯先生心想。他走近时又多看了她一会儿，发现她嘴唇的轮廓和鼻子上的雀斑跟她的祖母很像。

"你是艾米丽吗？"他问。

她点了点头以示回应，然后弯下腰去抚摸小狗耳朵后的毛。小狗舔了她一下，她的伤疤上便绽放出了一抹微笑。

"我有东西给你，"说着，他拿出保管了长达六周的信，"这是你祖母给你的。"

她迟疑了一会儿，收下了信，然后转身走回屋里，轻轻地挥了挥手，请他也进来。

那只狗挣脱了皮带，小跑着跟在女子身后，后者消失在后屋的一个房间里。屋内很凉爽，石墙上还附着残存的夜的气息，左边是一间小客厅，往前直走有一段狭窄的楼梯，角落里的一只布谷鸟时钟正嘀嗒作响。当经过厨房时，他不得不低下头避开一根横梁。烤面包和咖啡的香气将他的目光吸引到后门边的一张桌子上，桌上放着一只空盘和一个杯子，旁边还有一本打开的速写本。

艾米丽正站在水池旁。他看着她将手中的信翻了过来，从一边看向另一边。她将它举到灯光下，接着扔进了水池。信落在一堆正在慢慢消融的泡沫上，黑色的墨汁像卷须一样浸透纸背。

"啊，对了，"他边说边用手指胡乱地摸索着什么，他表面上很平静，这一举动却出卖了他，"还有这个。"他从口袋里掏出一支钢笔，金色的笔盖镶着深绿色的大理石纹路。艾米丽将钢笔放在掌心，突然大喊了一声，拳头猛击在旁边的瓷器上，整个人滑坐在地板上。

"你还好吗？"他冲到她身边，却见她低着头，试图掩藏自己的泪水，"抱歉，"他一面继续说道，一面伸出了手，但很快又拿开了，"你知道这是什么意思吗？"卡特里奥娜只是拜托他把信和钢笔送到，却没有告诉他其中的含义。

艾米丽点了点头，接着又摇了摇头，发出一声低低的呻吟。麦克斯走了过来，把一只爪子放在她的腿上。这只狗似乎能理解她的痛苦，当她用一只胳膊搂住它的脖子、把脸埋在它的毛发里时，它发出了轻柔的哀鸣。

"有谁能帮得上忙吗？"托马斯先生问。他在厨房里四处张望，查看自己该做些什么。他的目光掠过那些常见的用品：一台笔记本电脑、一台咖啡机、一串挂在墙钩上的钥匙、两双并排放在后门边的长筒靴，还有一张装裱起来的童书封面，作者是英国最受欢迎的作家之一。

艾米丽仍瘫坐在地上，一只手心不在焉地抚摸着麦克斯的耳朵，另一只手不停地转动着钢笔。

突然之间，他感到自己全然是个闯入者。他看到了一些不该看的东西，这让他感到焦虑难安，也恼怒于自己决定前来扮演一个实际上与他无关的命运使者。"我真的很抱歉，"他一面低声说道，一面抓着麦克斯的颈圈，将它从那女子身边拎开，"很抱歉这样冒昧地打扰你。我不想给你带来任何痛苦，只是我答应过你祖母，唔，我觉得不能不闻不问。"他有些语无伦次，这是他紧张时的表现。房间里除了时钟的嘀嗒声和他们离开时麦克斯的爪子在地板上留下的咔嗒声，一切都安静极了，这让他的语无伦次变得更加明显。

他走的时候，她只是匆匆瞥了一眼。直到关上身后的门时，他才意识到：对于他的絮叨和震惊，她自始至终一个字也没说。

喜鹊

那人和那狗都走了，这让艾米丽感到既悲伤又宽慰。让人给她捎一封来自坟墓的信，这太符合祖母的作风了。由送信人和那只狗来承担一切，好像这样就能减轻对她的打击似的。

她拿起边缘饰有小斑鸠图案的杯子，又给自己倒了一杯咖啡。她捧着温暖的杯子，用钢笔轻轻敲击杯壁，努力回想着祖母是什么时候将它拿走的。也许她把它藏在了开襟羊毛衫的口袋里，又或是藏在一包烟里，因为她知道那是艾米丽不可能看到的地方。艾米丽曾到处寻找这支钢笔，她把靠垫扔到一边，甚至把书从书房的架子上取下，还到温室里去看它是否神秘地掉在了西红柿旁边。

"留心那些迹象，"祖母总是这样说，"别忘了去寻找隐藏在世界各个角落的线索和奇迹。"

可这是什么线索呢？艾米丽拧开盖子，把笔尖举到鼻子边，深深地吸了一口气。这气味总是让她想起那管粉色、黏糊糊的吉莫林^①，它就放在浴室洗手池上方的柜子后面，那是童年时她用剩下的，到现在还带着一股独特的气味。钢笔是祖母送给她的礼物，为的是帮助艾米丽建立自信心和对绘画的信心，并告诉她永远不要想着擦去什么，她创造的所有图画都有其原因，应当珍惜它们。从那以后，艾米丽总是用黑色水笔画素描，再也不用铅笔了。

---

① 吉莫林（Germolene）：英国产的一种液体创可贴。

艾米丽长叹了一声，因为所有的回忆都只是在提醒自己孤身一人的事实。她闭上双眼，努力回想着祖母在生前最后一晚的表情；努力回忆着自己在和祖母道过晚安、轻轻走下窄楼梯回去工作之前，她们曾说过的话。当祖母躺下睡觉时，她头顶上的地板还发出了嘎吱嘎吱的响声。

艾米丽朝杯子里吹了一口气，水汽升起来遮住了她的脸。她感到泪水在脸颊上流淌，独自存活于世的悲伤与愤怒在心中交织。

突然，一只喜鹊叽叽喳喳叫了起来。艾米丽睁开眼睛，找到了草地边的苹果树上的小东西。随着两声尖锐的哨声，鸟儿从树枝上俯冲下来，蹦跳着经过草地，接着穿门而入，落在了餐桌上。

"你好啊，弥尔顿。"艾米丽低声说道。

鸟儿啄了一下桌上的面包屑，接着又敲了敲旁边架子上放得高高的饼干罐。艾米丽伸手把鸟儿赶了下来，倚着身子凑近，小声地训斥着它。

弥尔顿扬起了头，两只黑溜溜的眼睛盯着她看了一会儿，接着跳到水池边，头朝下，尾巴朝上，叼出了一封被水浸透了的信。艾米丽把它抢了过来，扔在桌子上。

"不。"艾米丽喃喃道。她把杯子重重地摔在木桌上，怒气冲冲地向花园走去。

她不能看，当然不能打开信封看祖母的遗言，因为那将使之成为现实，而不仅仅是单调生活中的一个短暂的烦恼。它会使祖母的威吓和许诺成真：很快有一天，艾米丽要独自生活了。

如果她读了这封信，她将会有一种一切都将改变的怪异感，可她现在还没有做好准备。

艾米丽弯曲着脚趾踩在草地上，感受着脚下潮湿的大地及四处散落的雏菊的小枝。她以前常常把雏菊做成花环，挂在花园里所有伸展的树枝上，作为阻止外界窥视的屏障。

总有人想窥探、注视和了解这位著名作家，或许，他们更想了解的是那个沉默的孩子。

艾米丽斜靠在苹果树粗糙的树干上，低头看着停在她脚边的弥尔顿。一只知更鸟也来了，它唱着歌表示问候，接着扑扇着翅膀飞到她耳边。

微风吹动了它胸前的羽毛，也送来了隔壁牧师那里金银花和棉花糖的香味。牧师是出了名的爱吃甜食。他写布道词时，艾米丽有时会坐在他身边，一旁就放着一盘他妻子烤好的饼干或丹麦酥。也许她可以去找他，让他来代读那封信？

她必须承认的是，无论由谁来读信，她的祖母及其留下的遗产，都已经不在了。

但她不可能承认。承认会让一切都变成真的。

当事实在她心中沉淀下来时，她喉头一紧，发出了低低的呜咽声，这声音打破了花园的平静。

弥尔顿摇了摇头，迅速地跑过草坪；知更鸟也唱出了自己的同情之音。艾米丽想象着由喜鹊、鹪鹩、栖息在高处的乌鸦，以及在明亮的天空中飞来飞去的燕子组成的群体在花园后方的苹果树上齐声合唱。

她知道自己又在故伎重施了——逃进想象的世界，绝不承认自己已经失去了什么的现实。因为她失去的太多了，她不想再经历一次。

艾米丽缓缓地深吸了一口气，擦了擦眼睛，回到了厨房。弥尔顿正啄着餐桌上剩下的最后一点面包屑，它的脚下是祖母那封尚未开启的信。

"好吧。"她叹了口气，手指滑过信封。一张纸从里面掉了出来，上面印着祖母工整的黑字：

117a 东部码头

纸上只有不多不少的几个字，这是否就是她要追寻的线索？

艾米丽把写有字的纸撕成小碎片，任由它们一片片地掉落在地。她用脚碾压它们，想让它们消失。

她不必把那张纸完好无损地保存起来，因为她已经把地址记在心里了。在那里，等待着她去探寻的东西令她犹豫不决。她把目光转向了那张桌子，速写本还在那儿放着，这给她提供了一种选择。

艾米丽一面将纸张抚平，一面用手指触碰着另一幅她正在创作的图画。画上是一个已经长大的女孩，她正骑着自行车穿过乡村，生命的一切可能都在她的眼前展开。当艾米丽自己还是个孩子的时候，她就在这间屋子里创造出了这个女孩。当她受到重创不能说话时，她找到了另一种将灵魂深处的东西表达出来的方式。伴随着祖母非凡的文字，这个小女主角的形象被编织进了世界各地数百万孩子的想象里。女孩的历险只存在于一个已经故去的人的脑海之中，而那个人真的走了，只留下了一条愚蠢的线索。

如果她不去，如果她不按照祖母留下的要求去做，她就可以装作一切都没有发生。

除了那个送信的人。他会知道的。过不了多久，他就会发现的。她看到了他看她的样子，那时他肯定在想她和她祖母长得相像的地方，他还看到了那张一眼就能认出来的初版书封面。过不了多久，这些线索就会连缀起来。

祖母又一次预先知道了艾米丽会有何反应，她知道艾米丽会想办法躲起来，保护自己不受现实的伤害。她得确保有个目击者，迫使艾米丽最终做出行动。

在去世前的那些日子里，祖母说起了一些很久以前遗留下来的东西，一个她想让艾米丽发现的秘密。这是一种卡特里奥娜·罗宾逊非常喜欢的捉迷藏游戏，规则就是根据线索找到奖品：一个巧克力蛋或是一扇钉在她声称是"仙女之树"上的小木门。只是这一次，艾米丽不确定自己是否想玩这个游戏。

喜鹊用嘴轻敲着饼干罐，似乎在等待艾米丽做出决定，又或者只是想再吃一顿。艾米丽飞快地转了转眼睛，喝下最后一口咖啡，来到了屋外。

她一条腿跨过自行车的车座，光着脚踩在踏板上，然后骑着自行车穿过村庄。风拂过她的发丝，好像在和她低语着什么秘密。当她在路上飞驰时，细细的花粉沾上了她的皮肤。

她感到他们在盯着她看，她经过的时候，他们——那位鸟小姐，那位沉默者和那位总是站在教堂后面、这样就没人能听见她唱歌的陌生人——也跟着转过了头。身上黑白条纹相间的弥尔顿在她的头顶飞翔：它是她的同伴和她的护卫，它似乎也知道艾米丽要去哪儿。她要去附近村子里的书店，不是坐落在大街中心、被理发店和慈善机构包围的那家店，而是那家隐藏在小巷尽头、一扇漆过的门上方悬挂着一块黑板的特别的书店。艾米丽在这里度过了大半的童年时光，她被那些未曾谋面的人编织的语言保护着，其中包括她的祖母。祖母写了一个叫"奥菲莉亚"的女孩的故事，女孩唯一的朋友是一只灰白色的鸭子，她们俩一起周游世界，找寻着童话和奇遇，经历了艾米丽在现实生活中从不敢想象的冒险。

当艾米丽驱车靠近书店时，她看到书店的门是开着的。门框周围的空气中蔓延着光，光线一直延伸到地面，进而渗透到室内。今天是星期四，书店通常大门紧闭，一切都死气沉沉的。只是今天不同于往常——艾米丽能感觉到这一点。

艾米丽把自行车靠在墙边，弥尔顿在一旁守着。她跨过门槛，感受到空气落在皮肤上的重量。与此同时，门在身后关闭。

这个地方既熟悉又陌生。到处都堆满了书，书架高到了天花板，一旁的桌椅被书本压得凹陷，空气中弥漫着纸墨宜人的气味。

艾米丽感觉店里还有别的东西，但她又说不出那是什么。在书店的另一头，走下三级台阶，穿过一道拱门，有一个狭小的空间，正中间放着一把古老的皮椅，两侧立着一大摞书，看上去一碰就会倒。书商一动不动地坐在那儿，膝上摊着一本平装书。他的头发是冬霜般的颜色，背心敞开着。他一边读书，一边指着书上的字母，薄薄的嘴唇无声地辨认着字句。

当她走近时，他只微微抬起了头。

"啊，艾米丽，"他说道，透过那脏兮兮的镜片眨着眼睛，"我还在想你什么时候来呢。"

孔雀

　　书商从抽屉里拿出两份文件，像魔术师从高顶礼帽里拎出兔子那样扬起文件，交到艾米丽的手中。它们现在就放在艾米丽的膝上，一份是卡特里奥娜·罗宾逊的遗嘱，另一份是祖母的律师写的一封信。两份文件都印在厚厚的压花纸上，最后一页的底端都有一个优雅的签名。

　　但是，它们都没什么意义。

　　"你是唯一的继承人，"书商说着，他似乎没有注意到艾米丽的手在颤抖，"但要想继承你祖母的全部遗产，需要追踪这些线索。"

　　"线索。"艾米丽喃喃自语。她低头看着那几张纸，想着那个陌生人和他的狗送来的信。

　　"写在那儿了，"他指着遗嘱中的一个段落，艾米丽已经读了两遍，却还是不得其解，"书、版权，还有房子里的每一样东西。"

　　"但不包括房子。"艾米丽的嘴唇颤抖了起来，她说出最后一个字时，声音轻得像是耳语。因为信里清楚地说明：她和祖母住了十五年的小屋实际并不归她们所有，而是从一个名叫弗兰克的商人那里租来的。

　　"但好消息是，亲爱的，"书商微笑着对艾米丽说道，"如果你在租约到期前完成任务，你将拥有小屋的优先购买权，而且是按照公平市价① 出售。"

---

① 公平市价：一宗房地产的产权在估价之日预期可合理地出售的最好价格。

"公平市价。"艾米丽自言自语地重复了一遍。没有什么是公平的。祖母欺骗了艾米丽，让她相信自己是安全的。

"也就是说，"那人迅速地看了一眼手表，接着说道，"据我估计，你还有十天的时间来完成这项任务。"

他的话凝结在空气中。艾米丽听明白了，却不知如何作答，因为这个男人吐露出的字句关乎一条路线，关乎某种测试，它的尽头是祖母生前提过的奖品。

"它们就像一首差劲的交响乐里的音符。"艾米丽心想。她想象着他的话语变成音符，并希望有真正的音乐来掩盖他的声音。

她开始按照他说话的节奏用脚打拍子。她想象自己像苦行僧①一样旋转，越转越快，直到消失在这家老店的墙上挂着的一本书里。她看见自己在田间、在游鱼遍布的小溪上跳舞，看见自己寻找着稻草人和黄砖路②。

艾米丽站起身，将祖母的遗嘱扔在一摞书上，然后走到通向书店后面的小露台的门前。那里只有几只瓷盆和一个青蛙形状的水壶，青蛙着了色的眼睛正望着天空。

"这是你的第一条线索。"说着，书商递给她一本书。

还没等他把书塞到她手里，她就知道那是什么了。在她将书翻转过来，露出一张漂亮的孔雀图片之前，孔雀的尾巴就展开了，几十只眼睛一齐向她眨着。正是这本书让祖母在十四年前家喻户晓。直到去年，这本书才重印了精装本，用一只孔雀代替了艾米丽原来画的女孩和鸭子。

在去年春天参观国家信托公园时，艾米丽第一次画出这只鸟儿。那时她的祖母在花园里转悠，和园丁聊着在自家花园里最好种什么

---

① 苦行僧：用苦行的手段修行的宗教徒，狂舞为其礼拜仪式的一部分。
② 稻草人和黄砖路：童话故事《绿野仙踪》中的元素。

才能吸引更多的蝴蝶。艾米丽看见这只骄傲的鸟儿在槌球①草坪边阔步走着，仿佛它才是这栋房子的主人。

"它们直到三岁才开始长出美丽的尾羽。"艾米丽从草坪上拾起一根羽毛放在指间转动，看着羽毛的颜色在转动中一点点模糊。主管园丁说，尽管孔雀长得很美，但它们闻起来却很臭。祖母一听到他那蹩脚的玩笑就大笑了起来，而艾米丽只是勉强地挤出了一丝微笑，转过身去继续画画。

花园。她祖母的花园。如果把小屋卖了，花园会变成什么样呢？花园给卡特里奥娜·罗宾逊带去了安慰，尤其是在她疼得甚至进不了食的最后几个月里。当艾米丽感到悲伤时，花园能让她平静下来，并让她以某种方式与祖母联结。还有每天早上来吃面包屑的小鸟，当艾米丽在夏末的阳光下写生时，它们会停在她身边陪伴着她。

如果小屋换了新主人，这些记忆将会怎样呢？

"我又要怎么办呢？"艾米丽突然想到，如果真到那时，她该何去何从。

重新开始的想法很可怕。在一个地方和一个人待了那么多年，却突然间失去了一切。和祖母一起完成那些书已经成了她生活的一部分，成了她应对生活的方式。这种意想不到的组合给她们带来了那么多的快乐。世界各地的读者寄来信件和照片，向她们诉说自己有多喜爱这些每幅图里都藏着秘密的书。

艾米丽会和祖母一起构思那些线索，笑一些线索的怪异，聊它们与民间传说、祖母生活里的某件物品的联系，不，是生前的某件物品。

"打开它。"书商说道。艾米丽注意到他声音中的期待和兴奋。

"你来吧。"她回答说，并用颤抖的手指把书递了回去——她害

---

①槌球（croquet）：在草地上进行的一种游戏，以木槌击木球穿过一连串的铁圈。

怕会有什么别的事情发生。

　　他打量了她一会儿，接着把书放到了旁边的支架上。他把食指伸进第一页，打开了书脊，露出题词。

　　　　　　致艾米丽：

　　　　如果你不去尝试，就永远不会知道结果。

　　艾米丽走近了一些，仔细察看着那些铅字，她知道这些字句与这一系列中每本书的实际题词并不相符。这一系列共有十本书，是祖母在冰雹、热浪和介于二者之间的环境下，在小屋后的房间里敲着键盘写就的。

　　她转过身，穿过书店，来到童书区，一排排卡特里奥娜·罗宾逊的书就摆放在那儿。艾米丽拿出一本，翻到题词页，看到了一如既往的四个字——致艾米丽。接着，她把书放回原位，又拿出了另一本。这一本的封面是一个女孩在海底游泳，她的手中紧紧握着一颗明珠。

　　　　　　致艾米丽

　　又一本，还是那个小女孩，她在繁星点点的天空中，乘着巨大的秋千翱翔。

　　　　　　致艾米丽

　　所有的题词都一样——除了书商刚刚给她的那一本。

　　这是一个线索，是通往谜题下一环节的线索。这个谜题是祖母瞒着她秘密设计的，但这是为什么呢？

　　"我最喜欢第一本，"书商指着艾米丽扔在地上的一本书说道，

"那本魔法地图集能把一个残疾的小女孩送到世界各地，教她认识自己原本永远不可能了解的人和事。我真希望自己也有那种想象力。"

这些故事是她们逃避现实的方式，哪怕只有一小会儿，也能假装真实的世界并不存在。但艾米丽知道，即便竭尽全力伪装，生活也总有办法悄悄靠近你。

"我做不到。"艾米丽靠在书架上，闭着眼睛小声说道。她看见了湖边那个坐轮椅的十三岁女孩，双腿裹在方格毯子里，毯子上装饰着她喜欢编成辫子的流苏。她的脸紧紧缠着绷带，只露出鼻子和一只可以自由窥探的眼睛，头顶的夜莺唱起了小夜曲。正如事故发生后的每个夜晚一样，祖母站在她身边，膝上放着一个盛满热巧克力的保温瓶和一本打开的红色皮革笔记本。

如果不是命运的捉弄，让祖母的出版商前来拜访，并询问她是否在写什么新东西，事情会发展到这个地步吗？当艾米丽坐在后花园里静静地看书时，卡特里奥娜决定给她的朋友看一本童书的大纲和艾米丽画的插图。如果她从未发现这本书，艾米丽还会站在一个摇摇欲坠的书店里，被一个亡灵要求完成一场荒谬的寻宝游戏从而继承遗产吗？

烟草与香草混合的气味将艾米丽从思绪中拉了出来。她睁开眼，看见书商深深地吸了一下弯曲的木烟管。蜿蜒的烟雾沿后门飘了上去，又飘出门外，在天空中消失得无影无踪。他看上去就像是祖母书中的一个人物：他留着大胡子，眼睛炯炯有神。

艾米丽让眼前的场景淡出，开始想象这一人物可能存在的世界，或者至少是人们为他创造的世界：森林深处有一座长满草的小丘，他就住在那里，与树为伍；又或是住在洞穴遍布的地下，由一群欺软怕硬的鼹鼠统治，它们付给他报酬，让他驱赶人类。

艾米丽看到的这一切都是五彩缤纷的：翠绿色的树荫完美地遮住了他的前门；冬夜将近的时候，他坐在摇椅上，在火炉前抽着烟斗；鼹鼠们在挖掘地下王国时都戴着圆形的矿灯，它们对这个世界一无所知，直到有一天，一个小女孩带着她的宠物鸭子前来叩门，想要躲避一场暴风雨。

"她说你知道接下来该去哪儿，"他说着，朝艾米丽微微点了点头，"她还说，所有的线索都摆在你面前。"

"当然了。"艾米丽心想。祖母总是教导她要看得更仔细些，要去看别人看不到的东西。但是，她想让艾米丽看到什么呢？如果艾米丽不这么做呢？

"有几本书？"艾米丽缓慢而小心地问道，她把每个音节都念得很饱满。

"我不知道，"他回答，"也未必所有的线索都是书。"

"十本。"艾米丽一边想着，一边弯腰抱起了一摞书，把它们放回书架上，"她肯定不会让我把十本都找全吧？"

"如果我拒绝呢？"艾米丽勉强把话一口气说完。她叹息了一声，转过脸去，这样书商就看不到她紧咬的牙关和涨红的脖子了。

"唔，"他深深地吸了口烟斗，回答道，"倒是没提要是你拒绝会怎样。不过，唔，就我个人而言，如果你没有找到余下的故事，我会很失望的。"

"什么故事？"艾米丽转过身，看见书商手里拿着一本红色的皮革笔记本。这本笔记本和祖母用来记录每个故事的想法并写下初稿的那本一模一样。

"她几个月前给了我这个，还给了我一本书和一些文件。"书商说着，声音里明显带着兴奋，"她让我保守秘密。不得不说，自从那篇报道发表以来，保守秘密可难了。"

艾米丽打开笔记本的第一页，认出这是另一个关于奥菲莉亚的故事开头，但祖母从来没有真正开始创作这个故事。故事讲的是一个男孩的亡灵向奥菲莉亚求助，希望她能帮他破解一桩他目击的罪案，但卡特里奥娜担心这个主题对孩子们来说太过阴暗。

艾米丽翻着纸页，扫视着大纲、凌乱的词汇和几则对话，祖母笔记本里的开头几页往往都是这样。但接着，纸页消失了，因为有人把它们从书脊上撕了下来，只留下纸边细细的脉络，像是一只鳄鱼正对着她露齿微笑。

"她告诉我，她把剩下的故事藏起来了，"书商走近了一些，指着丢失的那几页说道，"藏在了某个只有你能找到的地方。"

但就艾米丽所知，卡特里奥娜·罗宾逊从未完成这本书。还是，她已经写完了？因为她去世前的几个月都是在书房里度过的，应该是在安排事情，艾米丽想当然地以为事实就是如此。难道这就是她生前提起的那件事？难道那段时间她在写另一个故事，一个艾米丽现在被派去寻找的故事？

"为什么要藏起来？"艾米丽咕哝着，目光从笔记本转移到了地上的其他书籍。她弯下腰，把它们一本本地捡起来，按年代顺序放回了书架。

当把最后一本书放回原处时，艾米丽停了下来，那份新的题词在她脑海中盘旋，随之而来的是她对第一个故事的记忆。她想起了那个小女孩的经历及女孩最初是在哪里发现魔法地图集的。

"不。"她喘着气，手里的书掉落在地，发出"砰"的一声。书的封面上，一个小女孩和她的宠物鸭子正快速穿过白雪覆盖的森林。

"艾米丽？"书商见艾米丽满脸惊慌，便向她走去，但她举起了双手直往后退。

"不。"她又说了一遍，没有停下来取走法律文件或是祖母的书，而是转身逃离书店。她沿着街道骑行，而后消失不见。自行车的轮辐变得模糊，风把她脸上的泪水打了回来，一只喜鹊在天空中跟随着。

艾米丽想尖叫，想把思绪从脑海中剥离，想回到过去，回到一切都正常运转的时候。太多的回忆，太多她不想记起的事情就藏在那些墙壁里，但那正是祖母想将她送去的地方。

这就像是一个随便摆弄人的残忍诡计，太不公平了，艾米丽不愿参与其中。也许她可以待在家里，拒绝服从祖母的要求？毕竟卡特里奥娜不能再强迫她做任何事了。但是，她的好奇心已经被激发了，她明白这正是祖母想要的——也是祖母预料到会发生的。她感到胃里翻涌起了什么——一种今天才刚刚开始的古怪念头。在她骑车经过的道旁树木的树梢上，鸟儿都在叽叽喳喳地叫着，好像它们知道一些她不知道的事情。

　　空气中弥漫着夏雨的气息，艾米丽在回家途经的小路边停下时，教堂的报时钟响起了。一个年轻人倚靠在花园的大门上，穿着血红色的牛仔靴、褐色的皮夹克和破旧的牛仔裤，肩上挎着一把吉他。是他——当他还是个孩子的时候，他们曾共度过几个假期，那时他害怕下水，最后是她通过戏弄和哄骗才让他从堤上跳进了一片冰蓝中。

　　"泰勒。"她轻声说道。他抬起了头，在她走近时露出微笑。

鹈鹕

在她家的厨房里，他将橱柜打开，从冰箱里拿了一些火腿和奶酪，好像他在这儿——同她在一起——是一件天经地义的事情。

现在，泰勒坐在桌子的另一头，那里放着她没吃完的早餐和速写本。他向她说起自己没能参加葬礼有多遗憾，聊起他一直都很喜欢卡特祖母过去的自由不羁。

"过去。"艾米丽心想。

"那么，你都收拾好了吗？"

艾米丽见泰勒正用一块亚麻餐巾擦着嘴角，餐巾边上还镶着小星星。她最后一次见他是在她二十一岁生日那年，那是一次气场不合的聚会，来的是一群与她有着某种联系却似乎谁也不了解她的人。他就待在花园里的一棵苹果树边，抽着烟，皱着眉，向牧师解释越野滑雪的好处。

"收拾？"她问道，讨厌自己的舌头在发中间那个音节时打了结。这其实无关紧要，她已经和泰勒很熟了，他也知道她为何会有语言障碍，可她还是一如既往地羞红了脸。

"火车还有一个多小时就要开了，"他一面回答，一面打开饼干罐，往里看了看，接着掏出了一把奶油夹心饼干，"我想你已经准备好了？"

艾米丽摇了摇头，眼睛扫视着厨房，好像哪里藏着一条线索、一个暗示，能解释他说的话是什么意思似的。那个书商说过，她会知道，也会理解的。

"当然没有。"艾米丽边想边开始在房间里踱来踱去。她打量着泰勒，又看了看挂在水池上方的时钟，接着又看向了泰勒。

派一个监督过来，确保艾米丽完成手头的任务，而不是以不知道为由躲起来，这的确是祖母的作风。正如她让那个男人和他的斑点狗过来一样，她也决定让泰勒前来，可艾米丽不明白的是：为什么在那么多人里选择了他？

"没有，意思是还没收拾？"泰勒看着艾米丽焦躁地踱步，问道，"还是你不去了？"

艾米丽停下了脚步。她把头靠在墙上，闭上了眼睛。她不再是一个坐在轮椅上的孩子，需要医生和大人来决定怎样对她最好。如今她已长大成人，却显然还是被看作无法自己做主的孩子。

泰勒仍在喋喋不休。她逃进了祖母的书房，他也跟着她走了进去。那是一间狭小而阴暗的房间，满满当当地塞着一整面墙的书和一张紧靠后窗的红木书桌，书桌正中整齐地摆放着一台老式打字机。艾米丽走近它，稳稳地敲下了两个字母，接着一遍遍地重复敲击。泰勒走上前来，从她的肩后看去。

"不不不不不不不不……"他大声地念了出来，艾米丽转过身面向他。她张开了嘴，想要说点什么，但她旋即意识到自己完全忘了要说什么，或是压根儿就没想说话。

许多画面在她的脑海中游移，那些都是她不愿记起的回忆：事故发生后，他们第一次见面时他看她的眼神混杂着恐惧与怜悯，他显然努力不去盯着她侧脸上的巨大伤口，或是固定了她的头骨却阻碍了她说话的金属架。她的脊柱在坐轮椅的过程中痊愈，可与此同时，她也成了轮椅的附庸。她还记得他站在那里的样子，半躲在母亲身后，双手深深地插在口袋里，一只脚在地上蹭来蹭去；接着，他转身跑去了花园的另一头，爬上了挂在一根低矮树枝上的梯子，爬进两人小时候曾在那里玩耍的树屋，即便有人来喊他吃晚饭，他也不肯下来。

艾米丽知道别人直视她有多难，她被困在轮椅上，面目扭曲、伤痕累累。自那以后，她每天都怀着相同的念头，即使身体已经痊愈，伤疤褪成银粉色也是如此。她知道他原本可以像事故发生前那样看她。对此，她对他有些怨恨。

"你不能待在这里，艾米丽。"泰勒把一只手搭在她的肩膀上，但她甩开了他，"妈妈告诉我，卡特祖母的指示真的很详细。"

"她也知道？"艾米丽一下就抓住了关键。她想到泰勒的母亲——她的教母也知道祖母的目的，却什么也没说。

"嗯，没错，她当然知道。"泰勒皱起了眉，见艾米丽攥紧了拳头，耸起了肩膀，他又微微摇了摇头，"但你不知道，是吗？"

他陷进椅子里，拿起了一个苹果形状的玻璃镇纸，接着又把它放了回去。

"我知道你在想什么。"他开始在椅子上前后摇晃，把一个抽屉开了又关，"是的，你想的没错。我不是自愿来的，从某种程度上说，这可以算是帮忙。"

艾米丽扬起了眉，交叉着双臂看着他。

"事实上，我和你一样需要这次旅行。所以，为什么不搁置争议，互相帮助呢？"

艾米丽讨厌他这副笑的样子，于是转身走出了房间，但她感到他拉住了她，让她留下来。她本能地想要推开，但有些东西阻止了她。她想到了他施加在她身上的重量与肌肤相亲的温暖，继而又想到了他脸上那些半隐在胡楂儿里的雀斑。

"别。"艾米丽爬上楼梯时，听见他在身后喊着。

"还有别的事。"他说。

她停下了脚步。

"我有一封你祖母的信。只是在我们上火车之前，不能给你看。

顺便说一下，火车还有五十五分钟就要开了。"

艾米丽"砰"地摔上了门，把他关在了外面。她瘫倒在床上，凝视着窗外的花园。

一封信。是另一个线索吗？她不得不思考自己的选择。她能从他那儿把信偷来吗？这样的话，她甚至都不必离开房子了？只是她不知道那封信藏在哪儿，可能在他的吉他盒里，又或者在他的口袋里。

她翻过身来看向床底，那里有一双软底拖鞋，即便是在最冷的日子里，她也从未穿过这双鞋；床底没有手提箱，但她又忘了自己最后一次打包过夜物品是什么时候了。她甚至不记得自己是否真的有一只手提箱。

她上了楼梯，推门进了祖母的房间，一束阳光将空间切割成了两半。亚麻床单被剥了下来，但床脚仍放着一摞手工被。在生命的最后几个月里，即便夜里晴朗而温暖，祖母也需要多盖一床被子。那时，艾米丽经常坐在她身边读书给她听，直到她睡着，大人和孩子的角色就这样颠倒了过来。

艾米丽走到床前，躺在了床中间。她拉上被子盖住肩膀，闭上了双眼，呼吸着曾与祖母如影随形的薰衣草的香气。

自从清空了祖母的衣橱和床头柜，整理出哪些物品可以送去慈善机构，哪些因为承载了太多记忆而不可丢弃（包括一个复古的小粉盒、一支口红、一个按键饰有金丝的音乐盒，还有一个马车每小时发出一次的报时钟）后，她已经有好几个星期没进过这个房间了。

其他东西艾米丽都没见过，但它们保留着祖母过去的痕迹——卡特里奥娜显然不能接受和它们分开，于是这些年来就把它们藏在衣柜后面。有一双鞋底已经磨薄了的手工天鹅绒鞋子，它让艾米丽想起那些伴着乐队演奏、在一个穿着制服的英俊男人的臂弯里跳舞的夜晚；一本《看得见风景的房间》里面夹着一朵枯萎的玫瑰，它的花瓣已经被时间碾平了；还有一张装裱在生了锈的银色相框里的照片，那时候祖母还是一个被抱在母亲怀里的婴儿，她被紧紧地裹在襁褓之中，抵御着苏格兰严寒刺骨的冬天。

艾米丽小心翼翼地把每样东西都包在薄纸里，一起放进了一个纸板箱，然后在笔记本上列下了祖母的遗物清单，希望任何一件都不要落下。

除了许多她还不知道的东西。

艾米丽仰面盯着天花板，看着一只蜘蛛在衣柜上方的角落里织网，衣柜上头是一只破旧的黄色行李箱。祖母说过，她曾带着它周游欧洲，那时候艾米丽的母亲还是个婴儿。

她们去过哪里？艾米丽很好奇，因为她不记得卡特里奥娜·罗宾逊在追寻灵感和冒险时曾带着她的母亲去过哪些地方。她只知道母亲曾说过，自己更喜欢和亲人一起待在家里。她总是对艾米丽讲，整个世界就在她面前，她不需要去冒险。

艾米丽没听过的事还有很多，也从不开口问，现在她意识到自己真的太傻了。卡特里奥娜似乎故意让自己的过去成为秘密，因为她知道总有一天会派上用场。

许多秘密纠缠在了一起，也许祖母只是因为太痛苦而将它们忘记。自从艾米丽的父母去世后，她和祖母几乎就再没提起过他们。即便是现在，每当回想起事故发生前的情景，艾米丽仍觉得自己的大脑停止了运转。在她康复的过程中，人们告诉她要活在当下，过好当下的每一天。她的祖母也常说："回首往事只会带来悔恨，而悔恨就是对感情的浪费。"

艾米丽坐起身来，掀开被子，然后爬上了五斗橱，用手抓住那只破旧的黄色手提箱，将它扔到了床上。她打开手提箱一看，里面有一只瓷鹈鹕，它的喙尖已经不见了，但眼睛仍呈现出明亮的蓝色。

"你好啊。"她小声地对鸟儿说道，并用手指抚过小鸟头上的三个小孔，然后犹豫不决地下了楼，手中紧紧提着那只箱子。

泰勒坐在餐桌旁拨弄着手机。当她走进房间时，他站了起来，还弄翻了椅子，响亮的撞击声在两人的沉默中回荡着。

"你改变主意了？"他指了指手提箱。

艾米丽摇了摇头，把箱子扔在了冰箱旁，然后伸手从水池边的架子上拿下了另一只瓷鸟。这只鹈鹕的头部只有一个小孔，一双蓝眼的周围长着细细的睫毛。艾米丽把两只鸟嘴对嘴地放在窗台上，努力回忆着它们是从哪儿来的。

"套环游戏。"泰勒边说着，边扶起了倒在地上的椅子。他一面看着那些小鸟形状的胡椒瓶，一面把脏盘子放进水池里。

"奥环游戏？"艾米丽回应道。她咬紧了牙关，恼怒于自己发不出辅音。

"你不记得了吗？街区集市的那个？"泰勒打开水龙头，把洗洁精挤进水池，在成堆的泡沫中转动着手。

"我们每年都去。"艾米丽心想。她看着每一个完美的泡泡球上都出现了小小的彩虹，假装没注意到泰勒在她面前是多么自在、多么轻松地就融入了她的生活。这就像某种拙劣的玩笑，她的过去不知从何而来，又若无其事地继续朝前而去。

"套环是我唯一能打败你的事。"泰勒边说着，边把泡泡弹向她。她转过身去，不让他看到自己的脸红了，"你的命中率很差。"

可泰勒还是把奖品给了她。他深鞠一躬，把那对小鸟递给了她，她跺着脚假装生气；他抬起了头，露出了一个灿烂的笑容。

每年都是如此，集市似乎在一夜之间横空出世，有碰碰车、棉花糖，还有一排排灯火通明的摊位，吸引着人们来此碰碰运气，看自己是否能赢得奖品。

她把鸟儿装在自己的围裙口袋里带回家，每走一步，瓷器都会相撞并发出"叮"的一声。她要不时停下来看看它们有没有损坏。胡椒瓶骄傲地摆放在她以前家里的餐桌上，每次她和父母坐下来喝茶时都会用到它们。艾米丽的妈妈会责备丈夫在食物上撒满胡椒。他则会耸耸肩，对女儿眨眨眼，然后故意再多放一些。

艾米丽信步走进客厅，在炉火边的椅子上坐了下来，四下看着祖母多年来收集的小摆件。现在，艾米丽意识到，自己既不知道它们从哪里来，也不知道留下它们的意义。

"她是故意把鹈鹕藏起来的吗？"她一面问自己，一面从口袋里掏出那支刚刚物归原主的钢笔，在指间转来转去，"但这是为什么呢？"

对于卡特里奥娜·罗宾逊来说，一切都是事出有因的，尤其是涉及她的寻宝之旅时。每一条线索、每一块通往下一段冒险的垫脚石，都被小心翼翼地安排过，就像她写的那些书一样。艾米丽开始意识到没有什么是偶然的，这个来自亡灵的召唤和考验也是如此。

"这火烧得有点儿热，是不是？"泰勒站在门口，一边用毛巾擦着手，一边看着炉火旁的一堆信件。

"我原本……"她原本要烧掉它们——那些不属于她的善意。

泰勒走到壁炉前，捡起一些信，瘫坐在窗边的沙发上。她有些想把它们抢回来，告诉他别碰那些不属于他的东西，可她只是前倾着坐在椅子上，看着他阅读那些信。他拉了拉衬领，露出左手手背上一道细细的银色伤疤。对此，她负有一定的责任。

她总是让他做他不想做的事，比如为了查明隔壁那位怪异的老妇人是否真如她所想是个女巫，她让他爬过栅栏，勘探老妇人的花园。当时，泰勒被树根绊了一下，一只破罐子划破了他的手，但他不肯告诉父母他们去了哪里及探险的主意是谁先提出的。

他抬起头看她时，她好像又看到了从前的那个男孩。"这就是你派他来的原因吗？"艾米丽心想。

"你想摆脱它们，我不怪你。"他把信扔到一边，躺在沙发上，双手抱着头，摆出一副完全放松的姿势，"那是什么感觉？"他转头看向她，"有那么多人来信问你，想知道关于你和卡特祖母的事情？"

艾米丽只是叹了口气，耸了耸肩以示回应。

"如果没有充足的理由，她是不会让你做这些的。"他说。

"也许吧。"

"说真的，艾米，我可从没见过你拒绝挑战。"

只是那时候，她是一个和现在不同的人，一个她几乎忘却了的人。

"你要怎么办呢？这房子卖了的话你去哪儿呢？"泰勒松了松靴子。艾米丽笑了，因为她看到泰勒穿着两只不一样的袜子，即便他已经成年了。

"我爸给过我的一条不错的建议：'在你把事情做完之前不要放弃。'"

"我不……"在试图发出"d"的音节时，艾米丽的舌头卡住了。她从椅子上站起来，大步走回厨房，来到了花园。她站在那儿凝望天空，仰头扫视着各种深浅不一的蓝色，跟着两只正在觅食的燕子向前走去，直到它们斜飞到她看不见的地方。她听见泰勒来到她身后的声音，感觉到他吸了口气，也能想象他正考虑着是否要伸出手来搭在她肩上。

"不要让这个……任务，随便你管它叫什么，做决定，一定要由你来决定什么时候停下。"

他说的没错，但这并没有让他那艰巨的要求变得更容易接受——似乎每个人都在对她提这样的要求。

"我做不到。"她说着，怯怯地看了他一眼。在她的记忆中，她一直都想一个人待着，这样就没人问起她的伤疤或是她的沉默了。但此刻，他不断让她回忆起过去生活的样子。这让她感到恼火，但同时也庆幸自己不是一个人来面对这一切。

他注视了她一会儿，接着搔了搔后脑勺。这是艾米丽十分熟悉的手势，她觉得自己仿佛被带回到 2003 年。

"我饿了，"泰勒打着哈欠说，"也挺累的。我提议咱们吃点东西吧。"他拿出手机，向下滑动屏幕，"当然了，我们就算在这儿也能叫外卖。你还喜欢吃辣的吗？"

艾米丽点了点头，弯下腰从玫瑰丛中拔起了一株野草。这让她想起了祖母保存的那朵破碎的玫瑰。她想知道那朵玫瑰是否由一个特别的人相赠，若是如此，为什么卡特里奥娜从未提起过。

"搞定。应该半小时内就能到。"泰勒将双手插进口袋，看着艾米丽，身体前后摇晃，接着又转悠到花园里，"如果你不介意的话，我今晚就在这里过夜了，太晚了回不了城。"

艾米丽宽慰地叹了口气，至少这趟旅行暂时被搁置了，这给了她思考的时间，让她好好考虑自己想做什么。

"我住空房，或者沙发，哪儿都行，"泰勒说，"你知道的，我几乎在哪儿都能睡着。"

艾米丽点了点头表示同意。她想起泰勒曾蜷缩着睡在从法国开回的夜航船的地板上，只有他一个人没有察觉到划破天际的雷声，也不因船身的倾斜而感到难受。

"我保证不会强迫你做任何决定。我的意思是：这是你的生活，我算老几，怎么能告诉你要如何生活？"

艾米丽绕着花园散步，听着身后泰勒滔滔不绝地说话，偶尔伸出手扯掉一小丛灌木。当她走进温室、打开通风口时，他仍在讲着她挺身而出对付一个校园恶霸，狠狠地打了对方的鼻子一拳，因为他胆敢叫泰勒"娘娘腔"的事。从童年到青年，他们一直相伴，那时候的艾米丽一直都是冒险家、领导者和游戏发明家。

"因为我不再了解你了。"她边想边朝对面望去，看见苹果树的树枝上挂着一张写着黑字的纸片。她只了解从前的那个男孩。

她悉心收拾的一个盒子里放着一本很久以前的相册，她曾打开过，但很快又合上了，因为她知道，它在她十三岁生日后就结束了。相册中仍有一半是空白的，那里本该存放着她所有的记忆——那些她曾以为会有泰勒和他的家人参与的重要时刻。尽管泰勒的面孔占据了相册里的许多页，他的笑容和他的示好也占据了艾米丽过去生活里的许多时刻，但他没有参与的还有很多，而这是她觉得最难原谅的。

夜里晚些时候，泰勒洗完盘子，坐在摆好的沙发床上，轻轻地弹着吉他，艾米丽再次坐在了餐桌旁。

"我明早再做决定。"她对自己说道，一面收拾着速写本和笔，尽量不去想那只画了一半的葵花鹦鹉。

她站起身，对着黑夜吹起了口哨，等着弥尔顿来吃晚饭。弥尔顿没有出现，她便把一盘碎烤饼放在草坪上，插好了门底的门闩，接着爬上楼梯，溜上了床。窗户打开着，艾米丽看着云朵从一轮近乎圆满的月亮前面飘过。

"新的开始。"艾米丽记得祖母常常在满月时这样说。这是一次从头来过、订立目标、重新开始的机会。

但如果她不想重新开始呢？

艾米丽翻过身，不去看月亮和它虚假的承诺。她紧紧地握着那个盒子，整夜都不舍得放手。

艾米丽半宿都没睡，一直在想自己该怎么做，所有的可能性在她的脑海中翻来覆去，直到模糊成一个充满困惑和沮丧的巨大的结。

艾米丽从床上坐起身来，凝视着花园，心里想道："我不能待在这里。"她知道在教堂尖塔之外的地方，潮水会悄悄涌上海滩，她想象着自己的视线越过那环抱地球的海洋，连缀起祖母曾极其渴望探索的星星点点的陆地。

"我不想离开。"艾米丽叹了口气，走进浴室，来到淋浴头下，任由源源不断的水流掩盖自己的疑虑。她慢慢地将洗发水按压到头皮上，似乎在试着搓揉自己心里的不安。她站在浴室中，懒得擦去镜子上的雾气，只是粗粗地擦干了头发，便轻手轻脚地走过楼梯，回了房间。

"我可以和他一起走，不过是坐上一列去伦敦的火车罢了。"她检视着衣柜，拿出各种各样的衣服堆在床上。就是这么简单，不用做任何事，只要假装同意那个主意就行。至少在找到其他不让自己被赶走的办法之前，她得一直假装下去。

她可以上火车，拿到那封信，然后在下一站下车回来。

艾米丽不能接受这个主意的原因在于：如果她不能在十天内完成这项任务，她就无家可归了。

只是它再也不像她的家了。一个月前，她从葬礼上回来就感觉到了，此后的日日夜夜、时时刻刻她都有这样的感觉。不再有给早茶加糖时搅拌银匙的叮当声，不再有炸培根或是薰衣草洗发水的气味，也不再有祖母和医生通话时压低了的声音——那时候，艾米丽就坐在隔壁的房间里，假装什么也没听见。

最明显的是，她不在了。

艾米丽抚摸着一张照片的相框。它拍摄于一切开始，或者说结束之前，这取决于你的想法。照片里的祖孙三代站成一排：祖母站在中间，张着嘴，手指着天空；在她身边，艾米丽的母亲大笑着转过头，一只胳膊搭在一个小女孩的肩膀上；小女孩穿着泳衣和披肩，护目镜遮住了脸，却没有挡住她灿烂的笑容。

从前有三个人，现在只剩她一个了。除了和一个从前认识的男孩一起踏上疯狂的冒险之旅，她还能去哪儿呢？

"嗒，嗒。"艾米丽看见弥尔顿在窗台上啄着玻璃，正从外面看着她。她放它进了屋，见它跳进了行李箱，便发出嘘声将它赶开了。

"你不能跟过来。"她打开梳妆台最上层的抽屉，拿出了护照，那是祖母在她十八岁时为她重办的，可她从来没有使用过。带上它真的有意义吗？她抬起头，看到那只鸟儿的脚边缠着一条金链子。艾米丽轻轻将它托了起来，把项链系在自己的脖子上。接着，她拿起一把银梳，迅速地梳了梳头，然后将它扔进了箱子。那是她很久以前买的一套化妆品中的一件，配套的镜子还在抽屉后面。

"多少年了？"她想起从前，每个早晨、每次睡前都有人为她梳头。稍不留神，时间就飞快地追上了你。

挂在衣架上的红色连衣裙向艾米丽发出了召唤。艾米丽的手指犹豫了一下，还是向前拨了拨，拿了一件简单的蓝衬衫。她拉上箱子的拉链，环顾房间，看到了祖母床头柜上的金色粉盒和口红。嘴唇上涂着亮红色的口红，脸上抹着粉，卡特里奥娜·罗宾逊总是打扮得很美，把自己最好的仪表呈现于人前。艾米丽把那光亮的颜色涂在嘴上，她的手迟疑了一瞬，接着又把化妆品放回了原处。

"再多找一条线索，"她低声对弥尔顿说，"我就回来。"

鸟儿对着她摇了摇尾巴，跳回窗台，飞走了。

"哦，你知道些什么呢？"艾米丽说着，关上了窗。

她回到楼下，检视着房子，试图判断一个人要去旅行时该带些什么。她的速写本、她的钢笔……二十八年来，她的人生都限制在一个地方。她以前不必去往别处，也从未有过真正想离开的愿望。

艾米丽在祖母的书房门口停了下来，她看见泰勒在前门边徘徊，希望她动作快些。她的手指滑过书架，上面满是红色皮革笔记本，每一本里都包含着一个最终成书的灵感。她并未看到书架的末端有空隙，心想也没时间点数，看是否少了一本了。

"就只是另一个故事吗？"艾米丽想着，任由门在身后关上。她把钥匙插进锁里，尽量不去想自己是否还能回来。

麻雀

一个坐在车站月台上的男人正喂着一群麻雀。他对它们说着悄悄话，不过说了什么并不重要，重要的是说的方式、语调、频率和音量，以及其中细微的差别——这些都向鸟儿们传递了"他很安全，可以被信任"的信息。

他弯着腰，蓝色条纹衬衫的袖子是卷起的，脚边放着一只皮包，包上还放着一柄细细的雨伞。他的西装外套放在身边的长凳上，一条有着旋涡图案的领带塞在其中一个口袋里。

艾米丽透过火车的窗户看到这一幕。"麻雀的适应性很强，"她心想，同时在脑海中描画着这一场景，"它们可以吃八百多种不同的食物。"

她试图准确地记下每只麻雀胸口的深棕色斑点及从男人的双腿斜落到月台上的阴影的角度。她想要想象出那一刻他为什么去了那里，因为背后的故事总是让图画栩栩如生。

当火车开出站台时，鸟儿们四散开去。艾米丽扭过头，转过身子，数着麻雀的数量，直到它们消失不见。

卡特里奥娜曾告诉过她，《旧约》中的麻雀与孤独有关，它们可以在水下游泳，寿命长达十五年以上。她教会了艾米丽许多，可艾米丽仍忍不住想，她还有太多事情没有来得及分享。

"你上一次去伦敦是什么时候？"

泰勒坐在桌子对面的座位上，抖了抖夹克，接着拿出了手机、一本小小的黑色笔记本和一副大耳机。他将它们叠加着扔到一起，艾米丽抑制住自己想要把它们按大小排列整齐的冲动。

艾米丽通过一些迹象看出他很放松，或者说很放心：他跷起了二郎腿，下巴不再紧绷，每当他看向她的时候，视线不再从她的伤疤看向她的嘴唇，而后再移开。这意味着他对这次旅行的投入比他想让她知道的更多。

可她已经知道了。她知道他迫不及待地要回伦敦，因为当他看着她在厨房里忙活、检查窗户和煤气有没有关好时，也同时看了手表和水池上方的时钟十几次。

不管出于什么原因，她让他感到紧张了，这让她露出了一丝微笑，尽管她对前方未知的路仍怀有疑虑和恐惧。

她没有回答他的问题，只是举起双手张开了十指。

"十年前？"泰勒一面轻轻地吹了一声口哨，一面拨弄着手机，"从那以后，情况发生了一点变化。"

"我们不都是如此吗？"艾米丽凝视着他，心想。她希望他能向自己坦白一些事情，让她可以弄清楚到底发生了什么。她想问他为什么会出现在那儿，是什么让他同意陪她去完成这样一个荒唐的任务。

"你还听摇滚乐吗？"他仍低头看着手机。

艾米丽点了点头，努力回忆着自己把哪几张 CD 塞进了手提箱。她时不时地跷起二郎腿，或拨弄头发，让自己装作若无其事的样子，尽量不去看他脸上交叉纵横的光线，努力抑制着让他再往左转一些的冲动，因为那样光线就会直接穿过他的颧骨。

"枪炮玫瑰①？"

---

① 枪炮玫瑰（Guns N' Roses）：即枪炮玫瑰乐队，1985 年组建于美国加利福尼亚州洛杉矶的硬摇滚乐队。

"还有喷火①。"艾米丽说着，让他补充了她不信自己的舌头能发出的音节。还有肖邦、迈尔斯·戴维斯②、大卫·鲍威③和阿黛尔④。她的祖母是那种什么都会去尝试的人，因此艾米丽也知道如何欣赏他们。

她的白天和黑夜充满了来自各个时代的声音。在指针触碰第一个音符之前，她就被告知要注意聆听黑胶唱片轻柔的噼啪声，或是西蒙妮小姐开口唱歌前最细微的呼吸；要去倾听每个艺术家想要讲述的故事。

但歌剧除外。她的生活里从来都没有歌剧存在。

"我以前觉得你很酷。"

"哈。"她不经意地笑了出来。

以前是为了好玩，玩音乐、玩鼓，它的跃动会充满她的身体，让她动起来。之后，它发挥了不同的作用——阻挡，将一切拒之门外。

"我没有你那种类型的音乐，"泰勒边说着，边把手机转了过来，给她看他一直在听的音乐，"不过我可以下载一些，我们一起听吧？"

艾米丽看着屏幕。

"我喜欢乡村音乐，"泰勒笑着耸了耸肩，"这并不代表我是个坏人。"

她知道他在试图安慰她，试图发挥出他那热情洋溢的魅力。这对他来说很简单：一个微笑，一个象征性的手势，女人们就欣然接

---

① 喷火（Foo）：即喷火战机乐队（Foo Fighters），美国著名老牌摇滚乐队，成立于1994年。此处艾米丽只发出了"喷火"二字，泰勒讲出了"战机"。
② 迈尔斯·戴维斯（Miles Davis）：素有"黑暗王子"之称，爵士乐发展史上的一位重要人物。
③ 大卫·鲍威（David Bowie）：英国摇滚歌手、演员。
④ 阿黛尔·阿德金斯（Adele Adkins）：1988年5月5日出生于伦敦托特纳姆，英国流行歌手。

受了。

"信。"艾米丽说着，伸出了手。她看到他的笑容消失了。

"我想你知道我们要去哪儿吧？我的意思是，等我们到了伦敦以后？"

艾米丽点了点头，看着他翻着他的包，从里面拿出了一个皱巴巴的信封。这封信比昨天早上那个陌生人在家里给她的要厚得多，也更让人期待。但她也希望自己可以假装不知道祖母要带她回到哪里。

"哈查兹书店①。"她有些磕绊地说。

"奥菲莉亚找到地图集的地方？"

"没错。"

"那很好，也挺简单。我还以为会是个复杂的谜语，或者是一个谜箱，我们得跑遍伦敦才能寻找到答案，就像《达·芬奇密码》②里那样。"

她盯着泰勒手里的那封信。一定还有时间吧？即使她把其中一条线索弄错了，也还有时间解决，因为对祖母来说，冒这么大的风险安排一个不可能完成的任务，想来也太残忍了。也许这封信是一个道歉，或者是一张忏悔的便笺，告诉她这一切只是一场巨大的误会，她可以下车，回家，忘掉这一天。

"艾米丽？"

她做好准备接过这封信的手势，但现在她犹豫了，像是被困在了地狱的边缘，因为如果这封信告诉她一些她不想知道的事情呢？

艾米丽压下了自己的恐惧，望向窗外，看着世界飞驰而过。那

---

① 哈查兹书店（Hatchards）：位于伦敦皮卡迪利广场，堪称"英国最有年头的贵族书店"。它诞生于1797年，是英国女王的书籍供应商。
② 《达·芬奇密码》（The Da Vinci Code）：美国作家丹·布朗创作的长篇小说，集合了侦探、惊悚和阴谋论等多种风格。

片慵懒的绿色平原模糊得像一个梦，让她觉得一切都不太真实。

"要我帮你打开吗？"

"不。"

"好吧，随便你。"泰勒说着，把信放在桌上。他坐了回去，戴上耳机，最后和她对视了一眼，然后就闭上了眼睛。

艾米丽把手放在桌上那个写着她名字的信封旁。没有任何线索表明里面藏着什么。

她瞥了泰勒随歌曲的节拍轻轻晃动的身体一眼。她想给他画张素描，想借助笔在纸上的触感来推迟即将到来的事情。她的手指滑过速写本的封面，想要画出那个男人和他的麻雀，画出飞翔的鸟儿在阴影中穿梭、在火车上空盘旋的样子。

"好吧。"艾米丽说着，坐得更直了一些。她鼓起腮帮子，呼出心中的疑虑，然后翻过信封，打开封条。

她拿出的那几页纸薄薄的，呈淡蓝色，不像包装纸那样精致，但又没有厚到能挡住光线。信的两边字迹潦草，不符合艾米丽心中祖母一贯的整洁。有些地方的字母被弄脏了，有些地方"Y"的尾部被拉长了，似乎祖母在写作时被人打扰，又或是被人推了一下。

然而，这压根儿不是一封信，而是一则日记。从抬头的日期来看，它是在艾米丽出生很久以前写的。

1965 年 4 月 7 日

"当你在想象的时候，不妨想象一些有价值的东西。"

我正在一列火车上，一本折角的平装版《绿山墙的安妮》塞在手提箱前边的口袋里。书页已经破损了。我八岁时在内封上的涂涂画画及给最喜欢的段落画的线都在上面，因为我离不开它，离不开这本让我爱上了讲故事、让我想去做更多事的书。与此同时，我也离不开这句格言，它基本概括了我现在的感受。

下雨了。这是一个无关紧要的细节，但我觉得自己得写下能想到的一切，直到我明白自己将写下什么样的日记，因为我一会儿在这儿，一会儿在那儿，一会儿哪儿也不去。然而，关键是我离开了，离开了我父母视为"家"的那个小小的海边地狱。我要去伦敦了。

但我不想留在那里，我想前往命运要带我去的任何地方。我想去看一切，不仅仅因为爸爸说我不该这样（但说实话，这是很大一部分原因），也因为我有这个能力。我完全不知道未来可能会怎样，但一定会比像维洛特和贝丝那样留下来要好（她俩都觉得我疯了，觉得我该按计划结婚。我想说，亨利是很善良可爱，也有"远大前程"。但是，不出十年，我就只能围着孩子转，他也会有外遇，而我会痛苦万分，并希望自己在当年还有机会的时候远走高飞）。

总之，我跑题了，或者说是在东拉西扯，又或者说，本来一个字就能讲完的话我却讲了一千字，就像汉密尔顿小姐在英语课上总是提醒我的那样。可事实就是这样：我想写作，我想探索，我想感受一些日常生活以外的东西。所有伟大的作家都有冒险的经历，他们的确都做了点什么：生活，哭泣，在雨中舞蹈，在站台上亲吻英俊的男人……这些我没有做过，但如果我那样做了岂不是很棒？吻一个连名字都不知道的人，然后逃开，让他们一辈子都好奇我是谁。

当然，总会有一切都变得很糟的风险，那就是我不得不回家向爸爸卑躬屈膝，但这一定是值得的，不是吗？为自己做过而不是没有去做的事情后悔，这将是我从现在开始践行的座右铭和准则。

事实上，我觉得从这一刻起，我将成为那个人。我将冒险，我将拥抱宇宙赐予我的一切。我可以成为任何我想成为的人，因为对于这个世界而言，我只是另一个陌生的过客：坐在火车上，前往未知的地方，去做未知的事情。

就像一旁那个松开了第一颗扣子的男人。他正读着一本《尤利西斯》，神情有些激动不安，但没人盯着他看，也没人觉得他粗俗。我在想他是不是去了妓院？我想象着他有一个心上人在家里等他，她端着一杯雪利酒，穿着一双刚在火炉边烘过的拖鞋；又或者他孤身一人，周末会带狗去野外徒步，他还会把自己写的诗读给女人们听，然后在星空下和她们做爱。

车上还有一个穿着花呢裙子和丝绸衬衫的女人。她端端正正地坐着，头发用发胶打理成了一个髻，纤细的脖子上挂着一串珍珠项链。毫无疑问，她是别人的秘书，可能是政府部长的，也可能是公司董事长的。那是妈妈一直想让我做的职业：坐在一个不通风也没有灵魂的办公室里记录着别人说的话，还要不停地泡茶。她觉得这是能得到更多东西的垫脚石，可以结识一个有影响力的男人，或许还能嫁给他。

这个女人的鞋子一尘不染，头发打理得也很得体。她是否也有一个心上人，一个寄托了她所有希望的男人？她是否也觉得，这世上没有比得不到一个爱人更绝望的事？又或者，她内心隐秘地渴望成为一名歌舞团演员，就像那些每晚在巴黎红磨坊里跳舞的女孩那样？她是否会在浴缸里唱歌，是否会梦见自己在一片清澈的大海里游泳，仿佛一伸手就能从海底捞起一把沙？

妈妈告诉过我：她曾在战时得到过一份工作，但她的母亲让她拒绝了，说是需要她待在家里，而不是在白厅①里闲逛。她告诉我这件事时，人就站在后门，手里端着一杯茶，眼神空茫地望着外面。也许她在想，如果当时敢于接受那份工作，她的生活会变成什么样。

每个人都有自己的秘密，有不敢对人说的私密故事。但是，我想告诉他们所有人，我想在世界之中创造世界，让人们谈论我的书，把它们掰开了揉碎了去理解我写作的动机。爱也好，恨也好，但要让他们记住一些关于我的事情，任何事都行。我不愿过平凡的生活。

车厢里有个婴儿在哭，我能听见他微弱的呼吸，还有他妈妈轻柔的嘘声。我刚下火车时就看见了他们。他完全是个新生的小奶娃，一头金发，两颊红润，一只手塞进嘴里，另一只手紧紧缠绕着他母亲的鬈发。她看上去疲惫而困惑，像是有一天在别人的生活里醒来了似的。

我想，这就是妈妈的经历。我从来没有机会问她年轻时的梦想是什么，她结婚之前的梦想和我出生之前的梦想。我不想以后像她那样，看着窗外，双手被水池里的泡沫浸没，希望自己能过上一种不同的生活。

她找到我留下的那封信了吗？就靠在餐桌上的茶壶边，她进来给爸爸准备早餐时就能看到。当她看到我塞在床底下的黄色手提箱，当我拒绝和亨利、亨利的母亲，或是任何人谈论婚礼计划，当我和爸爸争辩说我想做的不仅仅是别人的妻子和母亲，我宁愿贫穷而快乐，也不愿富裕而孤独、困于厌倦之苦时，她就已经知道了，我想她至少也猜到了。

我想过不一样的生活，写不一样的故事。我还年轻，我可以成为任何人，而不仅仅只是为了满足父母的期望而成为什么样的人。

---

① 白厅：英国政府。

我还有时间去改变我的世界和我的未来。只有我的护照、这本日记和一口袋的希望能帮助我前进。当我老了，头发白了，我也不会停下，直到我拥有值得铭记终身的回忆。

太阳终于出现在地平线上，耀白了天空，唤醒了世界。我觉得很清醒，也做好了准备。我有些害怕，但更迫不及待地想知道接下来会发生什么。借用吟游诗人的话说："无论发生什么，再艰难的日子也总会过去。"因此，我要把自己放在命运的手中，拥抱这所谓人生的每一秒。这就是我，已满十八岁的卡特里奥娜·玛丽·罗宾逊……

CMR

鸽子

艾米丽环顾四周，到处都是人：走路的，说话的，从人群中迂回穿过的。他们像工蚁一样忙碌着，忙碌着，每个人看起来都有重要的事情要做。四周传来纷纷杂杂的脚步声，时大时小的通话声，车站里发布站台变更、发车时间和安全规章的广播声，数十家灯火通明、卖着不中用东西的商店里的音乐声。

她停下脚步，把手提箱放在地上，抬头看着上方的钢网。天空被分割开来，点缀其间。鸽子在黑压压的长队中来回踱步。如果仔细聆听，她甚至觉得自己能听到它们咕咕对话的声音。

"鸟儿是永恒的，"她想，"就算人类再度膨胀，毁灭一切，很久以后，鸽子们还是会在这里的。"熟悉的事物给她带来了一丝安慰，让她的心跳放缓，思绪也平复了一些。

它们一只接一只地俯冲下来，停在火车顶上。其中一只歪着头看着她，像是看到了一位老朋友，接着它来到她的脚边，绕着她走了一圈，又啄了一两次她的鞋。

"你好。"她蹲下身子，伸出手，待它走近，又用指尖碰了碰它的头。它轻轻地"咕咕"叫了一声，然后飞走了。有一个叫弗雷德的村民过去是名战机飞行员，他总是和艾米丽并排坐在教堂后面，给她讲世界大战期间的信鸽如何被当作信使，如何越过敌军防线传递消息，从而救了不少人的故事。

艾米丽喜欢想象那些鸟儿戴着小小的头盔，在飞越海峡、回到家乡的途中扛着枪，或是向敌人扔炸弹。现在，她想到了家，想到了弥尔顿，想着它是否会站在后门那儿，等着门被打开，等着她分享一片蛋糕或是一小块奶酪。她也想知道鸟儿们是否真的喜欢她。

"艾米丽？"泰勒朝她走了过来。他拿起她的手提箱，意味深长地看了她一眼，然后转身走向扶梯，边走边浏览着自己的手机。

"等等。"艾米丽喊他，但他已经走了，被四面八方川流不息的人潮吞没。她可以转身回到火车上，回到诺福克，回到她的村庄，她的家，就此消失在乡间。在她想好要怎么做之前，牧师一定会收留她，照顾她，给她提供住处。

这是一种肆无忌惮的幻想，一种"假如"的灵光一闪。但艾米丽知道这毫无意义，因为她对此无能为力。没有祖母的钱是不行的，在她完成这个荒唐的任务之前，她的钱都存在一家信托公司里。

还有她收到的那封信，更确切地说是日记。写日记的时候，祖母还只是个孩子，那时的她抛下了全部的生活去追求一个梦想，一个愿望，一件荒唐事。这是她从未提及的过去，艾米丽也从未问过原因。

通过向她展示自己的一段过往，卡特里奥娜在艾米丽身上打开了一种从未远去的渴望与好奇，这也是她从未遇到过的难题。

艾米丽看着一个个与她擦身而过的陌生人，没有一个人停下来问她还好吗，也没有人问她为什么一个人站在熙熙攘攘的车站中央。没有人盯着她看，也没有人对她的伤疤感到好奇，因为她在这里只是和他们一样的普通人，不过是茫茫人海中多出了一个陌生人罢了，他们都太忙了，无暇顾及日常生活中的细节。

"再多找一条线索。"艾米丽告诉自己。只要再多找一条线索，她就能决定这一切是不是该结束了。

她看到泰勒在扶梯顶端转了一个大圈，他的吉他撞到了人，于是举起一只手表示歉意。当找到艾米丽时，他眉头紧皱，接着又露出了宽慰的神情，后来在招呼她上来时又一脸沮丧。

艾米丽一只脚踏着扶梯的金属凹槽，一只手放在褪了色的黑色塑料扶手上。她觉得自己有些站不稳，现在的她很像她以前的那些企鹅玩具：它们爬上梯子，被送进环路，接着再被送下来。如此循环往复，漫无目的。

"你还好吗？"泰勒站在她前面，把她从扶梯上拉了下来，拉进了伦敦令人窒息的空气里。

"我还好吗？"艾米丽重复了一遍问题。她小跑着跟在泰勒的后面，然后下了几级台阶，在一摞报纸边站住。"收银员在哪里？"正在心里嘀咕时，她看见一个人拿起一份报纸，一分钱也没留下就走了。

外面更喧嚣了，灯光也更强烈了。鲜红色的双层巴士、黑色的出租车、钻机、汽车和人，到处都是人。早上下过雨，地面是湿滑的，头顶的天空乌云密布。她右边的人行道上矗立着一座玻璃有裂缝的棕色圆柱形塔楼，很多人从中间的两扇门里拥了出来。他们前往四面八方，步履不停，也丝毫没有偏离自己的路。另一头还有一座类似纽约仓库的建筑，与道路两旁摄政时期①的浅灰色建筑格格不入。前方的地平线上到处都是起重机，那些起重机如同脖子伸向天空的金属长颈鹿，只是它们没有树叶可吃。

她上次来这儿已经是很久以前的事了，一切看上去都像是过去的影子。在她看来，伦敦就像一幅出自老画家之手的被遗弃了的画作。她试着在脑海中协调记忆与眼前的现实，一切看上去都与印象中的不一样了，除了对面一角那栋爬满了常春藤的大楼，大楼大门上方常年挂着英国国旗，两侧则挂着维多利亚时代的煤气灯。

"艾米丽，你要去哪儿？"过马路时，她听到泰勒喊道。

她站在铁路酒馆外，抬头望着那块绘有一辆老式蒸汽火车的金

---

① 摄政时代（Regency era）：1811—1820 年英国国王乔治三世的儿子威尔士（后来的乔治四世）摄政的时期。

属招牌。它微微摇晃着，像宿醉了似的。走气啤酒的味道从一扇打开的窗户中飘了出来，让她不禁沉浸在对父亲的回忆中。

"好主意，"泰勒一边说着，一边扶着门等艾米丽进来，"我觉得咱俩可以喝一杯。"

这里和伦敦其他的老酒吧一样：光秃秃的木地板，临街的方形大窗户，一堆胡乱搭配的桌椅，外加一个长长的吧台，边上还有一根黄铜杆。这是她父亲过去常常光顾的酒吧。每周五下班后，他都会在回家前来这里喝一杯小酒，抽一支烟。他的办公室就在对面的大楼里，她和母亲有一回来这里找过他，仅此一回，那还是在她们坐上开往苏格兰的卧铺火车看望老朋友们之前。

"你想来点什么？"一个很胖的男人站在吧台的另一边，他肚子上的一颗衬衫纽扣开了，艾米丽可以从中看到一缕胸毛。他嚼着一种闻着像甘草的东西，圆溜溜的眼睛打量着艾米丽，目光掠过了她的伤疤，转向了泰勒。

"一品脱吉尼斯黑啤，还有……"泰勒等着艾米丽回答。

"苏打白酒怎么样？"酒保对顾客使了个眼色，伸手去拿杯子。

"威士忌，"艾米丽指着高架子上的一排酒瓶说，"达维尼。"酒的名字完全念错了，她看到酒保的目光又闪回到她的伤疤上。

"单份还是双份①？"

"双摁。"她的舌头卡在了两个字母的连音上。当回到角落里的一张桌子边时，她愤怒地咬紧了牙关。

艾米丽看着泰勒同酒保讲笑话，很羡慕他们交流时的轻松，而不需要尴尬地尝试和演练发音。如果她是一个外国人，就没有人会评判或议论她的发音了，他们会觉得可爱，会轻而易举地接纳她所

---

① 单份、双份是酒吧用语，表示小杯调酒的容量或酒精浓度，"单份"为30ml。

有的怪异。但是，对她来说这就是一个生理问题，总是在不经意间吸引人们的目光，让他们好奇于这个除了那道明显的伤疤，似乎和别人也没什么不同的女人经历了什么。

泰勒溜到她对面的座位上，喝了一大口啤酒，接着舔掉了覆在上唇的一层薄沫："我可没把你当成威士忌酒鬼。"

艾米丽转动着酒杯，看着粘在杯壁上的液体。

"记得吗，"他咯咯地笑着说，"卡特祖母以前都是直接对着瓶子喝龙舌兰酒^①的。我记得有一个平安夜，她大老远地从墨西哥带了一瓶回来，然后把里面的虫子咬成两半，就为了惹我爸生气。"

艾米丽能在脑海中回忆起这个生动的情景：祖母从杯子里拿出虫子，故意把脑袋向后仰，熟练地把虫子放在舌头上咬成两半。蒙哥马利先生看到这一幕后脸上的表情十分奇特。她和泰勒开心地尖叫着，然后被他们的妈妈领上了楼，要求他们立刻睡觉，否则圣诞老人就不会给他们送礼物。

每年圣诞节，他们都是在蒙哥马利那座能俯瞰公园的宅邸里度过的。房间里充满柑橘、肉豆蔻和烤肉的香气。爵士乐、香槟瓶塞的砰砰声和炉火的噼啪声混合在一起，她和泰勒就穿着睡衣在派对中穿梭，乞求大人们允许他们再多待几分钟。

圣诞节的早晨，他们会连滚带爬地下楼和管家一起在厨房里喝热巧克力，等着他们的父母从宿醉中清醒。再过一会儿，他们会享受用威士忌烤的鹅肉、栗子和布丁。当它们被端上桌时，炙烤它们的蓝色火焰舞动着。

两个家庭每年都在一起过。直到那年夏天，一切都毁了。

"我记得她在你受洗的时候也是这样。"一个熟悉的声音打断了

---

① 龙舌兰酒：此处应指梅斯卡尔酒（Mezcal），墨西哥龙舌兰酒的一种，会用虫子浸泡。

艾米丽的思绪。艾米丽朝对面看去，一个中年妇女走了过来。她穿着奶油色的绸缎衬衫、鸽灰色的皮裤和黑色的细高跟鞋，脖子上系着毛茸茸的蝴蝶结。

这是泰勒的母亲。他一定给她发了短信，告诉她，他和艾米丽在哪里。这意味着她知道他们要来，也知道祖母的计划。她弯下腰轻轻地吻了一下泰勒的脸颊，然后俯下身子把艾米丽搂在怀里。

"艾米丽，我亲爱的，你的脸色这么苍白。但愿我儿子这一路有好好照顾你。"

艾米丽上一次见到她的教母阿德里安娜·蒙哥马利已经是一个月以前的事了。她一直都知道祖母的计划，但她这一个月以来，什么也没说，而是丢下艾米丽，让艾米丽孤身一人面对这一切。当艾米丽试着整理卡特里奥娜的遗物，将它们放入存放在阁楼上的纸板箱时，没有人陪在她身边。

"我看得出来，你在生我的气，"她说着，把手提包放在了旁边的座位上，"但我答应过卡特里奥娜，你知道的，我们都了解卡特里奥娜是多么会说服人，多么固执。"

"曾经是。"艾米丽脱口而出。她又喝了一口酒，感觉喉咙后部正在灼烧，一种自知不敢说话的挫败感笼罩着她。她的教母就让她坐在那里，假装过去十五年里什么都没有发生，以为她会轻易原谅她的教母长久以来的忽视，这真令人恼火。

"曾经是，"阿德里安娜微微一笑，"当然。她真是个了不起的女人。我第一次心碎的时候，就是她帮我恢复过来的。她告诉我没有一个男人值得我流泪，尤其是和所谓的朋友一起背叛了我的人。"她轻笑了一声，心不在焉地抚摸着自己的头发，"她还让我和你妈妈像臭鼬一样喝托斯卡纳的廉价酒，说它不止一次地帮了她。"

"她什么时候心碎过？"艾米丽心想。卡特里奥娜·罗宾逊也有脆弱的时候，这太奇怪了。更奇怪的是那三个女人的样子，她们喝得醉醺醺的，因为男人的种种缺点而联合了起来。这让艾米丽想回到过去，去了解年轻时候的她们。

"就像那次你睡着了，忘了去游泳池接我？"泰勒的话里显然有一种苦涩，他甚至没有刻意加以掩饰。

"我记得好像是艾米丽教你游泳的。"阿德里安娜看了她儿子一眼。

"才不是。"泰勒喝了一大口酒，心不在焉地望着窗外。

"如果她没有潜到水里叫你跳下去，你就不会有勇气尝试。"

"这话可是出自一个因为怕妆花了就不下海的人。"

她看着他俩互相挑刺，就像在看一场普普通通的网球比赛。他们之间发生了什么，还是她忘了情况一直都是如此？

"玛戈特和我看到你俩像小鸭子一样屁股朝天，笑得前仰后合的。"一滴失神的泪从她的眼角流了下来，她轻轻地拍了一下，似乎很感激它的存在，让艾米丽知道她还在伤心。

艾米丽任由思绪游荡回那一天。那天太阳很高，万里无云，冰凉的水触碰到皮肤时，会让人倒吸一口凉气。泰勒站在岸边，既憎恨又钦佩地看着她。她喊他"胆小鬼"，而他妈妈答应如果他敢跳下去，就给他买一个冰激凌，这让他最终屈服了。

就在昨天早上，她还想着那天呢。时间过得这么快吗？自从泰勒来到这里，似乎已经过去了一辈子。她关紧前门，沿着小路走向车站，就像是过去了好几年而不是几小时。如果她还在家，她会想着要把晾衣绳上的衣服拿进来，或是从暖房里摘些西红柿来当午餐，又或是蜷缩在沙发里喝杯茶，吃块蛋糕，翻看素描或是读完祖母的出版商寄给她的《喜鹊谋杀案》的书稿。

然而，现在她却坐在一家酒吧里，马路对面是父亲曾经工作过的地方，身边是两个曾在她的童年里占据了重要位置、却在悲剧发生后消失不见的人。他们只不过会象征性地寄封信，或是从远方寄来礼物，好像艾米丽只有和她母亲在一起时才显得重要似的。

"我想你已经解开了第一条线索吧？"阿德里安娜微笑地看着艾米丽，但艾米丽没怎么看她。

"哈查兹。"艾米丽点了点头。她抿了一小口酒，按照心跳的节奏用手指轻敲桌底。

"我也这么想。玛戈特总说你在那儿待的时间比在家还多，我想这就是为什么卡特里奥娜把它写进了第一本书。"她伸出手，想要放在艾米丽的膝上，假装没注意到艾米丽挪开了身子，"她真的在写另一本书吗，在她……你懂吧？"

"在她去世之前，妈妈。"泰勒喝光了一品脱酒，把空杯子重重地放在桌子上，"她不会因为你提到这事就崩溃的。"

阿德里安娜眯起眼睛看着儿子，接着又把注意力转回到艾米丽身上。

"这很令人兴奋，这份宝藏的踪迹是你要解决的谜题。所有人都在问我这本书的事，新闻上铺天盖地的，我相信你也知道。"

艾米丽用指尖绕着酒杯的边缘转动，等待酒杯从震动中平稳下来，变成一个纯粹的音符，在空气中回响。

"难怪你的手机一直被媒体缠得响个不停。但你要记住，如果你有任何需要，我们都会在的。任何需要都行。"

"谢谢。"当她的确说不出任何话来表明自己到底有多愤怒时，这似乎就是该说的。

艾米丽的手指继续绕着玻璃杯转动。她盯着它，让这种重复的声音盖过了房间里其他的声响。如果她能以某种方式把他们及他们对正常生活的讽刺掩盖起来，也许她就能忘了自己也曾有过正常的生活。

阿德里安娜把手放在艾米丽的手上，紧紧地握着，中止了那个音符。"查尔斯向你问好，"她说，"他很抱歉今天不能来。"

"爸爸什么时候开始道歉了？"泰勒叼着一支还未点着的烟，把椅子往后挪了挪，他的手机紧紧贴着耳朵。接着，他猛地拉开了门，走到了外面的大街上。

阿德里安娜看着他离开。她吸了吸下唇，挑了挑裤子上一块不存在的绒线。"从那以后他就变了，嗯……我不确定你知不知道他工作上的变故？"

对于她的沉默，艾米丽发现人们往往有两种反应：一种是冷漠，和她说几句话后就去找更有趣的人聊天了；还有一种是像她亲爱的教母这样，试图用唠叨来填补沉默。很多时候，他们会泄露一些原本要保密的事情，好像艾米丽是个忏悔牧师似的。

"查尔斯并没有像我希望的那样处理好泰勒的小别扭。"她一圈又一圈地转动着手指上大大的钻石，"有各种议论说，查尔斯要把他从遗嘱中除名，但我设法说服查尔斯给了他第二次机会。"

一想到泰勒并不是那个装出来的迷人王子，艾米丽噘起嘴唇，强忍着不笑出来。她向窗外瞥了一眼，看见他在和什么人说话，夹着烟的手在空中疯狂地打着手势。

"我觉得这趟旅行可能是你俩重新建立联系的好法子，这样也有人帮你完成卡特里奥娜安排的任务。"

艾米丽感到自己的手指把杯子握得更紧了，指节开始变白。她想指出一个显而易见的事实：卡特里奥娜死了，她的父母也死了。每个人都会死，泰勒这么做只不过是为了挽回和他亲爱的父亲的关系，又何必要提过去的事呢？

"你长得真像她。"阿德里安娜伸出了手，抚摸着艾米丽的下巴，但艾米丽转过了脸，"对不起，我忘了。只是……我是说，我真的不知道该说什么。"

艾米丽希望自己知道该如何回答，希望自己能说些什么让教母理解。"我还是习惯一个人待着。"她边想边从座位上站起身，拎起手提箱离开了酒吧。

泰勒斜靠在墙上，挠着头，他的香烟还没有熄灭，余烬离发丝很近。当艾米丽大步走过时，他正盯着手机，过了一会儿才回过神来发现她是谁。他急忙跑回酒吧，抓起自己的背包和吉他，在人行道上追着她，而后上了 11 路公交，在车子后面的座位上坐了下来。

他回头看去，母亲正在后面盯着他们。他大笑了起来："你知道，你真的不该让她像那样站在街上。"

艾米丽抬起手腕看了看表。快两点了。时间都去了哪儿？

"你知道下一条线索是什么吗？"泰勒望着窗外。艾米丽顺着他的目光看去，伦敦的风景在窗外缓缓经过。

"不知道。"

金丝雀

窗边环绕着薄荷绿的、略带些鸭蛋青的，还有金色的树叶；在窗户的另一边，可以看到疯帽匠精心布置的茶会，有镀金的盘子、黏面包卷和隐藏在幽幽树影中的仙女。艾米丽记得自己小时候会把脸贴在玻璃上，希望能跳进那个为人们重新创造的虚幻世界里。

就像祖母在第一本书里写的那样，为了庆祝十岁生日，小奥菲莉亚被带到福特纳姆·梅森①去吃红丝绒蛋糕，人们让她尝一口，因为如果她不尝试，就永远不知道蛋糕有多好吃。在现实生活中，同款蛋糕被年复一年地送到诺福克，她们会一边喝茶，一边享用蛋糕。随着艾米丽年龄的增长，她们还会喝上一杯冰镇香槟。

"你不进去吗？"泰勒问道。此时，艾米丽正从一个窗口走向另一个。她歪着头，看着一只困倦的榛睡鼠从红宝石色的茶壶里钻出来。

"不。"艾米丽边走边答道。因为地图集不是在那里发现的，所以故事真正开始的地方不在放酥饼的货架、精致的瓷杯和成群的游客之中，而是在隔壁——英国最古老的哈查兹书店里。

她一走进书店，就仿佛回到了过去，回到了那些贪婪地阅读罗尔德·达尔②和伊妮德·布莱顿③等作家的作品的早晨。她每天都会从弯

---

① 福特纳姆·梅森（Fortnum and Mason）：伦敦一家拥有三百多年历史的百货商店。
② 罗尔德·达尔（Roald Dahl）：挪威籍的英国杰出儿童文学作家、剧作家和短篇小说作家，世界奇幻文学大会奖得主。
③ 伊妮德·布莱顿（Enid Blyton）：英国儿童文学作家，塑造了著名的童话人物诺迪。

曲的木楼梯跑上二楼，双眼因期待而发亮；接着，她会找一本感兴趣的书，然后蜷缩在一张绿皮沙发上阅读这本书，直到有人喊她回家。

"那不是卡特祖母吗？"泰勒指着墙上的一组照片说道，上面有贝蒂·戴维斯[1]、安东尼·霍普金斯[2]，还有卡特里奥娜·罗宾逊。照片是他们为自己最畅销的书签名时拍下的，之后被装裱了起来，供众人观赏。

艾米丽微微点了点头，看也没看就往前走了。这张照片是她最后一次来这里时拍的，艾米丽当时只有十六岁，那时的她有着青春期的种种不安全感。她讨厌兴奋的读者们围在祖母身边，更讨厌他们盯着她伤疤看的样子。就在十分钟前，她下了公共汽车，来到特拉法加广场。她惊讶于这里看上去是如此不同，但不知怎么的，又似乎丝毫没变。方才，他们疾驰过圣保罗大教堂、老贝利和考文特花园，艾米丽每年圣诞节都会去那里看《胡桃夹子》，然后再去萨默塞特宫滑冰。

祖母知道火车会停在哪里，也知道艾米丽出站后要坐哪辆公交才能找到下一条线索。这是否意味着她想让艾米丽记住：不要憎恨这些记忆，而要为曾经有过的幸福去拥抱它们。但福祸总是相依的，二者很难分离。她能感到泰勒正看着她走向二楼。她的许多记忆都和他有关，也许这就是他被选中的原因——让她不得不回顾过去。

当他们在一整面《奥菲莉亚与特伦斯的故事》的纪念墙前停下时，泰勒说道："这里就像一个童话圣地。"

面前是一排又一排的书，左右两侧各摆放着一个女孩和一只鸭子的巨型纸板。天花板上挂着一面旗子，上面绘着书中最受欢迎的

---

① 贝蒂·戴维斯（Bette Davis）：美国电影、舞台剧女演员，1999 年被美国电影学院评为"百年来最伟大的银幕传奇女星"第二名。
② 安东尼·霍普金斯（Anthony Hopkins）：英国演员、导演、制作人，第六十四届奥斯卡最佳男主角奖获得者。

人物。窗户的一角有一幅森林图景，一条中国龙盘在一棵银树的树干上，一根树枝上挂着海藻做成的秋千，上面坐着一条美人鱼。正中央是一本地图集，每一页都镶着金边。房间另一头的书架上摆满了棋盘游戏、铅笔、笔记本和马克杯——有你能想到的任何东西——上面都有艾米丽原创的图案。

那感觉就像是某种东西拥入——她曾在海边小屋创作的图画集中迸发了。寥寥几笔，人物就活了过来。它们被印在杯壁上，或是被做成毛绒玩具，人们可以带着它上床睡觉，抱着它度过夜晚。

"我……"艾米丽一边开口说道，一边看向柜台后面。她的目光掠过一个裹着棕色纸张、绑着条纹丝带的盒子，落在了那只还在原处的鸟笼上，笼子里仍有三只黄色的金丝雀。她不假思索地绕过柜台，来到了笼子边，打开了笼门，抚摸着最边上一只小鸟的胸脯。

艾米丽和祖母曾一起来过这里，她问这些金丝雀是不是真的，为什么有人把它们放在笼子里。祖母还给她讲了矿区里的金丝雀如何能预报毒气泄漏的事：如果它们不唱歌了，矿工们就知道死亡正在逼近。那天晚上，艾米丽哭着睡着了。她想着那些鸟儿，希望自己有办法救出它们。

"需要帮忙吗？"

艾米丽转过身来，看见一个年轻人站在儿童区与后面的储藏室之间的拱道里。他穿着一件黑色衬衫，衬衫上别着一枚徽章，自称克里斯，是来这儿帮忙的。他抱着一沓书，既愠怒又好奇地盯着她。

"你不该待在那儿。"他说道，等着艾米丽把手从笼子里伸出来，然后靠边站。他把书放在柜台上，检查了一下放钱的抽屉。

"我们是来找东西的。"泰勒上前一步，微笑着说。

"去一楼。"店员开始把书分成一摞一摞的。

"是给她的。"泰勒朝艾米丽点了点头，"卡特里奥娜·罗宾逊给她的。"

店员的视线从泰勒转向艾米丽，然后再转向他身后的展示墙，接着又转到了艾米丽身上。他蹦了起来，摆动着手指，脸上也慢慢露出了笑容。"哦，天哪。"他握着艾米丽的手，用力地摇晃着，"哦，天哪。"当她抽出手，双臂紧紧交叉在胸前时，他又重复了一句，"这太让人激动了。"说着，他朝艾米丽走近了一步，扫视着她的脸，目光在她的伤疤上短暂地停留了一会儿，"我们都听说这有可能发生，但这是真的吗？你是她的孙女吗？你真的是那位卡特里奥娜·罗宾逊的孙女吗？我是说，你一定就是，对吧？否则你为什么会在这儿？我特别喜欢你的作品，对了，是你们俩的作品。愿上帝让她的灵魂安息。太惊人了，太神奇了。我真不敢相信这事竟然发生了，我的朋友们会嫉妒死我的。"

　　艾米丽稍稍远离热情的店员时，其他几个顾客也朝他们看了过来。

　　"你有吗，还是没有？"泰勒问道，他的声音里有些倦怠。

　　"什么？"店员似乎忘了泰勒还在那里。他的双眼像硬币那样放光，全部注意力都集中在年轻女子的身上，她左手的手指在柜台上一遍遍地敲着。艾米丽的手指正做着重复的动作，她的嘴唇在动，却没有发出声音。"哦，对，没错，有个包裹。"他说道，"就在这儿，鸟笼边上。"

　　艾米丽的手指停止了敲击，看着他走到笼子边，捡起了一个小包裹。这个包裹没什么特别的，除了右上角的贴纸——那是一张戴着斑点领结的小灰鸭贴纸。

　　"为什么我没有早点看到呢？"艾米丽心想。她注意到书封上的特伦斯站在一双缀满银色星星的长靴边，那是她小时候穿的靴子，也是她第一次为一个叫奥菲莉亚的女孩画靴子。后来，靴子变成了粉红色，上面还有一朵紫花。最初的版本却从未付梓。

　　关于奥菲莉亚的一切都是艾米丽想象出来的：她的个头比常人小一些，喜欢把黑色的卷发扎起来，或是在头顶盘成一个发髻；当她激动的时候，一双碧眼会闪闪发光；她还有一个小巧的鼻子和一张笑时能咧到耳后根的嘴巴。而艾米丽最初没有画出来的，是有人被冤枉时奥菲莉亚强烈的愤怒；或是当她和特伦斯打开地图集，想知道地图接下来会带他们去哪儿时，兴奋摆动的手指；又或是她深夜不寐时，一次次地希望自己能像别人那样生下来就有双腿。所有这些都出自祖母的手笔，是她用语言编织出了魔法，而不是艾米丽。

"所以我看到你在找东西的时候才那么担心。"店员把包裹递给她，接着从后兜里掏出手机，迅速地拍了张照片。

艾米丽眨了眨眼，环顾了下四周。她从泰勒边上走过，来到人群渐渐聚集的地方。许多面孔和手机都对着她，记录着这一事件，准备与世界各地的人们分享。没过多久，就会有数百万人在社交媒体上点赞和评论，人们想知道包裹里装的是什么，会不会是已故的伟大的卡特里奥娜·罗宾逊的遗稿。

屏幕一次次地亮起来，艾米丽盯着那些陌生人，那些自认为有权知道一切的人。他们还在一如既往地问着问题，想了解祖母和她。

她紧紧地抓着包裹。此时，她感到泰勒的手抓住了她的手臂。

"你想走吗？"他问道。她点了点头，在他的护送下穿过了书店，尽量不回头去看那些跟在后面观看和私语的人。

他们坐在泰勒家的厨房里，他家的房子和樱草山绿道上的其他房子很像。艾米丽曾在这里待过很长一段时间，但她从未想过自己还会回来，和他一起吃一顿简单的午餐。午餐有面包、意大利腊肠片、从木制奶酪板上流出的奶酪，还有葡萄、泡菜和裹着大蒜的干番茄。泰勒放下餐具和玻璃杯，盘子落在桌上发出了哗啦啦的声音。艾米丽挨个吃下每种食物，又喝了一大杯威士忌，连玻璃杯边上附着的冰也一饮而尽。

"再来点吗？"泰勒问道。他站起身，走到大理石水池边，打开铜质水龙头，把盘子放在水流下冲洗，然后放入隐藏在一块上漆木板后的洗碗机里。

艾米丽看着泰勒清理他们来过的痕迹。这间完美的厨房丝毫没有被弄乱，与她上次来时相比，这里变了许多，但不知怎么的，又一点儿没变。线条流畅且时尚的超大橱柜、软垫椅子，还有墙上的织品与头顶的枝形吊灯，这些都一如往常。当他默默坐到她旁边的长椅上，光透过窗户照在他身上时，那感觉也和许多年前一样。那时，他们会一边聊天，一边吃着意大利面或冰激凌。他们赤着脚盘腿而坐，双腿因白天的户外活动弄得脏兮兮的，腿上还有些擦伤。

过去和现在难以调和。她意识到他和她都经历了那么多的事，而没有一件是她愿意主动提起的。于是，她看向桌子上打开的包裹。这又是一本书，书上的题词也与其他的书不同。

致玛德琳——感谢你对我们的信任。

"你怎么知道我们要去巴黎？"泰勒翻着那本书，问道。这本书讲的是一个想要画画、却总是拿自己和别人比较的女孩，她带着奥菲莉亚信马穿过开阔的田野，风吹过她们的头发，雄鹰在她们头顶盘旋。作为回报，奥菲莉亚教会了她——害怕失败从来都不是拒绝尝试的理由。

艾米丽指着题词上的名字。"我认识她。"她平静地说道。她的目光落在一个塞在书皮里的白色信封上，脑海里浮现出了祖母那位朋友的面容。她们曾在葬礼上见过，玛德琳当时伏在她的肩上哭泣，告诉艾米丽她是多么爱卡特里奥娜。她对祖母安排的解谜任务只字未提，尽管她一定知情。

信封和泰勒在火车上给她的那个一模一样，里面无疑装着另一篇祖母以前的日记。这是另一条线索，另一个艾米丽应当掌握的信息，但艾米丽觉得自己仿佛在黑暗中挣扎，完全不知道为什么要去巴黎，去一个只和她说过一次话的女人那里。

"为什么是这本书？"泰勒把书拿起来翻了一遍，像是在寻找线索。艾米丽听到这个问题后皱起了眉。"我的意思是，为什么卡特祖母会选这本书？它又不是以巴黎为背景的。"他一边说着，一边更仔细地看了看封面。他从奥菲莉亚的画像看向艾米丽，然后停住了目光："有什么联系呢？第一本书里写了哈查兹，那是奥菲莉亚第一次发现魔法地图集的地方。但这本书的背景是加利福尼亚的一个牧场，我们为什么不去那里呢？"

"因为那不是真的。"这些都不是真的。卡特里奥娜编故事是为了向艾米丽展示这个世界，这是她教给艾米丽关于生活、关于恐惧、关于她认为自己的孙女要知道的一切事物的方式。

"我知道，但这些书之间肯定有联系吧，除了都是关于奥菲莉亚的？这些书得有联系吧，不然也太随机了。"

在卡特里奥娜·罗宾逊看来，没有什么是随机的。在她开始提笔写故事之前，每本书的每个情节点、每个细节都是经过精心设计的。也就是说，这次寻宝之旅也同样经过了精心的策划，没有什么是偶然的，每条线索背后都有意义，每本书的选择都有其特定的目的。

"谷歌呗。"她指着泰勒的手机说。

"你想让我谷歌她选这两本书的意义吗？"他皱着眉头问，"艾米丽，接下来会出现一大堆你站在书店中央、看起来惊慌失措的照片。"

艾米丽抢走他的手机，打开网页，点击一幅挂在卢浮宫里的画的名字，它位于被一些人视为最著名的肖像画的对面。

她给泰勒看的是《迦南的婚礼》①。

---

① 《迦南的婚礼》（*Marriage at Cana*）：保罗·委罗内塞的画作，描述的是《圣经·新约·约翰福音》中耶稣去加利利的迦南参加一个犹太婚礼的故事。此为卢浮宫内最大的绘画。

"我不明白。"他说道，然后看着艾米丽在他的手机上打字。他凑近了些，念着她打下的解释文字："这就是挂在《蒙娜丽莎》对面那堵墙上的画，它描绘了耶稣创造的第一个奇迹——他把水变成了酒。这是一幅杰作，但从来没有人去那个房间看它。"

他说话的时候，她忍不住去看他下边的牙齿露出一小部分的样子。"祖母带我去过一次，"他接着念道，"然后就决定把它写进她的故事里了。"他看着她，等着她说点什么，但她却在竭力回忆他们方才在讨论什么。

"瞧。"艾米丽大声说道。她从泰勒身边挪开了一些，然后飞快地翻阅着他们在哈查兹发现的那本书，一直翻到故事的最后一页。她指着一幅画，画中的女孩们站在一个挂满了抽象画的画廊里，画廊一角就有一幅小小、卡通版的《蒙娜丽莎》复制品。

"我们添上去的所有东西都是有原因的。"艾米丽又开始打字了。他念出那些文字的时候，呼出的热气飘到了她的脖子上，她尽力装出若无其事的样子，"就和其他每本书一样，书后都有一个清单，要求读者找出所有重要的物品。这本书不仅讲述了一个坐轮椅的女孩奥菲莉亚骑马的故事，还教育孩子们不要盲从。"

祖母总是告诉她，不要在意别人的看法。当艾米丽感到泰勒的目光又停留在自己身上时，她看向了别处，试着不去想象他正在脑海里思考为何有人要教给孙辈这样的道理。艾米丽不知道他能否把这些点串起来，意识到这本书是在她返校后不久写的，那时候她身上的大部分伤疤都愈合了。也正是那时候，她发现孩子们对那些不太合群的人是多么残忍，他们可不管原因是什么。

"你可以和我说说的，你明白吧？"

他的话让她感到意外，因为他亲眼看见了她的伤势，也知道她用了多久才重新学会说话，学会走路，学会做那些她曾经觉得理所当然的事情。"我不能。"她没有同任何人说话。这是一个她不知如何打破的习惯，因为有了现代科技，有了电子邮件、短信和互联网，她就不怎么需要和人说话了，除了祖母和那些鸟儿。

"不能？"泰勒说着，见她将杯子里的水一饮而尽，"还是不想？"

"拜托。"她低声说道，把脸转了过去。

他等了一会儿，将一只手放在了两人之间的桌子上。她不禁想到：如果他把手放在她身上，那会是什么样的感觉。接着，他叹了口气，挪了挪身子。她感到他的身体向后倾了。

"那就去巴黎吧，第一班火车明早五点半从圣潘克拉斯国际车站开出。不过就我个人而言，我可不愿意一大早就从床上爬起来。"他停下了话头，看到了艾米丽脸上惊恐的表情，"你现在就想走吗？"他看了看表，缓缓地呼了口气，摇了摇头，"我还以为你想休息一会儿呢。但如果还有座的话，我想咱们今天也能去。"

她不停地摇着头，希望他能理解她为什么那样害怕。她知道自己做不到。

"艾米丽？"泰勒把双手放在她的肩膀上，想让她看着他，"你怎么了？"

她不愿进入海底隧道。那条长长的黑暗的隧道没有光，也没有空气，所有的水都从上面压下来。她将被困在一根没有出口的金属管道里。就像以前那样。"妈妈。"艾米丽几乎说不出话来，抽泣着。

"该死，"泰勒侧身靠近了些，搂着艾米丽，把她拉得更近了，"对不起，艾米，我没考虑到。"

"妈妈。"艾米丽又小声地说了一遍。她摇着头，想要甩开那一幅幅她不明白也不想明白的杂乱画面。一辆车，整个世界的倒转，刹那间的眼前一黑，沉闷的撞击声，撞击，撞击，撞击的疼痛沿着她的脊柱向上蔓延。她知道这种感觉会过去的，但她现在只能坐在原地，困在自己的恐惧中，无法从黑暗里爬出来，回到现实。

她任由他轻轻地来回摇晃自己，吸入他说出的安慰的话语，紧紧闭上了双眼，等着她的心归于平静。

接着，传来了信息提醒的铃声，那急促的声音召唤着他，转移了他的注意。他站了起来，低声道了个歉，说他很快就回来。她一个人留在他父母的厨房里，只有一本书和另一件祖母过去的纪念品相伴。那是一段她想要发现却又害怕它会将她引向别处的记忆。

艾米丽望向窗外，看着暮色降临，蓝黑色的云朵在天空飘荡。这是最难忍住哭泣的时刻，她难以忘记夏天的日落时分，母亲唱着歌、父亲抽着雪茄，教她认识所有的星座，或是坐等一颗流星划过。她真希望他们能在世界的某个地方，再一起看天色向晚。

四下安静的时候，她还能听见他们的笑声，听见他肚子里低沉的咕咕声，她喉咙后部发出的轻柔的颤音，还有他们说话时旁若无人的样子。有时，她相信他们还在她身边，又或许这一切只是她的想象。

这就是为什么她总是用音乐来掩盖寂静，她需要以此淹没脑海中的画面与记忆，阻止她画出自己最想念的事物。

她打开窗户，听见一只鸟儿正在高高的树上用歌声向她唱着一个故事。也许它有着黄色的羽毛，为了在天空翱翔而从笼子里飞了出来；也许它在试着帮她掩盖一些痛苦，哪怕只是一小会儿。

她失去的不只是父母，还有更多的东西，因此回到这个房子，这个家，只会让她觉得一切又重新开始了。他曾是她最好的朋友，他们很可能还会有别的进展，还会有别的事情发生，她和他一起经历了许多第一次，但随即戛然而止，仿佛一切都是她想象出来的。艾米丽在康复诊所住了两年，她的教母却从未来看过她，只是简单地给艾米丽的祖母寄了几封信。祖母会把信读给她听，上面写的是泰勒取得的成就及她本该拥有的希望和梦想。

她一遍遍地在指间翻转着信封，然后坐了下来，从中抽出了几张淡蓝色信纸，上面写有祖母另一段往事。她把它们平铺在桌子上，开始读了起来。

1965 年 6 月 8 日

"别不待见陌生人，万一他们是乔装打扮的天使呢。"

巴黎太美了！[1]这座城市在很多方面都令人兴奋不已，我不确定自己是否都能捕捉到，也不确定自己能否找到一种方式将它们付诸笔端。

上面那句格言就写在我现在住的书店的大门上方。是的，我住在书店里！那句话显然出自《圣经》，但可以作为所有有幸活着的人的座右铭。作为白天工作的报酬，我和其他五位有抱负的作家／艺术家／创意者能够留在这里，体验巴黎赐予我们的一切。

这一切是怎么发生的呢？我，一个来自苏格兰郊野的女孩，在巴黎，曾有那么多有创造力的天才踏足过的巴黎。詹姆斯·乔伊斯就住在这儿，就在这家店里。海明威、凯鲁亚克和菲茨杰拉德也是。更不必说这里的每一条街道了，几乎都浸透着莫奈、毕加索、凡·高、克里，以及每一个曾在这座荒谬之城里生活过的人的痛苦。有人告诉过我，毕加索初来乍到的时候，常常因为太穷而卖画为生。蒙马特区有一所离他的画室很近的房子，最近被卖掉了，新主人在地下室的一只旧箱子里发现了他的一幅油画。如果你是卖房子的人，你得多生气啊？

这里就是多年前他们起步的地方。还有谁曾经来过，又还有谁将要前来呢？我会成为那些人中的一员吗？我的名字会成为风靡世界的图书代名词吗？总有一天，人们会来这里怀念我，怀念我曾经躺在床上想出了一个激励他们追逐梦想的故事吗？

这地方充满了传奇，充满了代代相传的故事与经验，但奇怪的

---

① 原文为法语。

是，我觉得自己占有了它。那感觉就像，它好得无法分享，就像是我的私人发现，只有当别人知道这些斑驳的墙壁所蕴含的魔力时，这种感觉才会被破坏。我之前提过，还有五个人和我同住在这里，但到目前为止我只见过三个……

夏洛特来自西柏林。她机敏又聪明，抽起烟来像根真正的烟囱。她比我至少高一个头，总是走个不停，所以我已经有点讨厌她了，但这仅仅是因为她穿迷你裙时看上去美极了。

接下来是吉吉。她是法国人，长得很美。我完全被她迷住了。我感觉她非常富有，而且正在逃离她要接受的遗产，或是在逃离包办婚姻，又或是介于两者之间。但是，她有最浪荡的笑声。通过她看我的方式，我知道我们的友谊将十分长久。

她和每个人调情，我说的是每个人，这意味着顾客们至少会买上三件商品再走。因此，她绝对是最受欢迎的员工。

是因为她的眼睛，还是她的头发，还是她一说出你的名字，你就觉得房间里不再有别人的那种感觉？她鲜红的嘴唇叼着烟头，细长的手指像要轻柔地触碰你身上的某个地方，把你拉进她的领域和她的世界。还有她紧贴的裤子凸显的曲线及扣子解得恰到好处的衬衫都让人着迷。我希望自己也有那种自信，我希望她能教我是什么让法国女人如此性感。我想变得性感，我想让别人觉得我很性感，而不只是一个等待丈夫归家的妻子，一个尽职尽责、百依百顺的女人。我想遇到一个能把我逼到极限的人——他既爱慕我，同时也挑战我，让我因挫败和欲望而摇摆不定。

接下来是诺亚。哦，天哪。他来自加州一带，他的声音能将你的灵魂融化，他的微笑则能融化一切。他沉静多思。他可能会毁了我，但我不在乎。他留着胡楂儿，我想用手指抚摸它，想用嘴唇覆上它。他有着奶咖色的皮肤，穿着低低的牛仔裤。他念我的名字时，就像要开始唱一首歌，令我兴奋不已。我觉得自己像个傻姑娘一样站在他身边，慌乱的思绪让我无所适从。

昨晚，我们围坐在钢琴边，人们大都喝着法国（当然啦）红酒，一些人抽着能让整个世界天旋地转的可口香烟。我们谈论文学与艺术，音乐与爱情。我有很多要向这些陌生人学习的东西。大家就聚在一个破旧的屋顶下。这纯粹是偶然，还是也有命运的安排？无论哪种我都不在乎，因为我觉得在这儿比在家里更有活力，也更能被接纳。没有人告诉我该穿什么，该吃什么，该想什么！在这里，我可以成为任何我想成为的人。没有限制，也没有过去，未来完全取决于我的选择。

店里到处都是铺位。每当顾客们回家时，我们就在临时搭建的城堡里安营扎寨，浸润在伟人们的话语中，希望我们这些穷困潦倒的新人也能沾沾他们的能力。

情况就是这样啦。我能感觉到一场奇妙的冒险已经开始了，这些人已经见识过比我想象中还要广博的世界。诺亚搭便车穿越美国，你能相信吗？他经过了大峡谷，穿越了沙漠，踏过了平原，然后搭上了一艘从纽约前往爱尔兰的航船。他不知道该如何度过他的一生，我不确定我们之中是否有人知道，但他不在乎。他不在乎自己没有按照父亲的意愿行事，不在乎口袋里只有两法郎，不在乎明天的天是否会塌下来，因为值得活下去的只有今天。

哦，我讲过他是个牛仔吗？他是一个真正的牛仔，一个在牧场里长大、雄赳赳地去参加比赛的牛仔！我的心仍在狂跳！

我说过，他会毁掉我的。对此，我很肯定。

另一方面，吉吉的故事也一直吸引着我。那故事充满了法国色彩：她和一个农场工人光着身子在普罗旺斯的薰衣草田里跳舞；她记不清那个人的名字了，但她说了，其他关于这个人的一切都让她永生难忘。

她对我讲了大西洋海岸上的灯光，与巴黎白日将尽时像石头一样落下的黑暗相比，它是那么柔和，那么微妙。她还讲了她遇见的一个男人，他的皮肤像七叶树果一样黑，他有一条自己的船，还从船的后舱拿新鲜的海鲜给她吃，然后带着她在星空下裸泳（接着，他们做了各种各样的事，我觉得自己写着写着脸都红了）。她在家乡绝对不是一个好女孩——如果妈妈知道这些，肯定会大吃一惊的！

吉吉说她想成为一名厨师，去发现世上所有的味道，从她一路遇见（和爱上）的人身上寻找食物的灵感。她想写一本书，让人们不仅仅把食物当成是一天中的必需品，而要把它视为一门艺术，一份愉悦和一种嗜好。

她几周后就要走了。她想让我同她一起，前往地中海，去往未知的地方。可是，巴黎充满了可能与灵感，我不知道自己是否会与她同行，因为我需要写自己的故事，找到我自己存在的理由①。

明天，我将开始探索。我将沿着塞纳河漫步，站在埃菲尔铁塔下，吃着巧克力可颂，沉浸在这里纯然的壮丽之中。我希望我的缪斯会在途中的某个地方出现，让我在写作内容上有一些进展，因为在此刻，我的脑海中只有关于一个地方的画面：在海边的一所房子里，住着一个老妇人，她陷在自己的回忆中，害怕得不敢走出来。

CMR

---

① 原文为法语。

海鸥

艾米丽很想回家，想让一切都恢复到从前的样子。长久以来，她已经对一些事情习以为常了，尤其是牛奶瓶被放在门阶上的声音、信件滑进信箱的声音、茶壶的呼哨声、碗柜的咚咚声，还有祖母搅拌早茶时勺子发出的叮当声。

而现在，她正在一艘开往法国的渡轮上。她感到害怕极了。她被困在两个世界之间，却不想融入其中任何一个。

昨晚，她装出疲倦的样子，要求回到自己的房间，但她只是在房间里重读祖母的日记，翻阅自己的速写本，想看看以前是否有什么讯息，能让她知道最后那个故事与什么有关。如果她能弄明白，就没必要再继续行程了。书页的褶皱里夹着一些饼干屑。饼干是她每天的主食，她经常会往外扔一些给弥尔顿和它的朋友们。一想到她的生活里没有了它们，艾米丽感到非常难过。她不记得自己是什么时候睡着的。窗帘敞开着，黎明将她唤醒了。

祖母到底要她做什么，她已经没有时间思考和分析了。

"你在画我吗？"泰勒睁开了一只眼问她，接着把头靠在了座位上。

"算是吧。"艾米丽回答。他没有看着她，因此她说话变得容易了一些。她的速写本还在手提箱前面的口袋里，自从离开了家，她就什么也画不出来了。有什么东西阻碍了她，但她不确定那是什么。因此，她一直在观察和积累着她想要收集的图像，以备日后画画时能用上。

当她打量他脸上的每一个部分时，他周围的空间就模糊了起来。像往常一样，当她沉浸于脑海中形成的图像时，真实的世界就悄悄溜走了。

如果哪一天改变了，生活又会如何对待她呢？

这是一个无法回答的问题，艾米丽试过不去想它，却很难做到。但现在，她发现自己也在想：如果当初祖母留在苏格兰，做了别人希望她做的事，而不是在这片海域上航行，她又会怎样呢？那时候，海上航行还远未普及，女性也远远没有可以独自生活在巴黎书店里的自由。

"这就是你选择他的原因吗？"看着睡着的泰勒，艾米丽心想，"因为他让祖母想起了诺亚？"

诺亚。这是一个她从未听祖母提起过的男人。他和日记中提到的其他四个人一样，显然给年轻的卡特里奥娜留下了深刻的印象，但艾米丽只认识他们中的两个人。

夏洛特，艾米丽也叫她夏莉，是祖母的编辑。她在一个春天的晚上前来拜访时，偶然发现了奥菲莉亚和特伦斯的故事。她看到了这个故事的潜力，于是努力说服卡特里奥娜将辛勤耕耘了二十余年的成人小说放在一旁，试着将它出版。在她的争取下，艾米丽画的插图也写入了第一份出版协议中。每一本书、每一次巡回和每一条建议里都有她的身影。尽管全世界都想知道更多她们的信息，但她一直理解她们对于隐私的需求，没有透露丝毫关于她们的消息。

"她会知道吗？"艾米丽心想，"她也是这个计划中的一分子吗？"

但这说不通，因为夏莉昨天才打来电话，再次询问艾米丽是否知道新手稿的存在，以及报纸上传播的流言是否属实。

除了夏莉，还有四个人。

吉吉一定就是弗吉尼亚，卡特里奥娜和她一起游历了整个欧洲。

吉吉让她拥有了最亲密的友谊和一个不曾有过的姐姐。她们分手时，吉吉还送了她一个挂坠盒，就是艾米丽脖子上挂着的那个，里面放着两个年轻女孩在罗马拍的照片。那时候，她们的未来就在眼前。可后来，在吉吉去世之前，她们却只见过几次面。那是远在艾米丽出生以前的事了。

因此，也不是她。还剩下三个人，但此刻她想知道更多关于诺亚的事。因为日期能对得上，日记上的日期比艾米丽母亲出生的时间只早了不到两年，而卡特里奥娜从未透露过谁是孩子的父亲。

祖母去世前暗示的那个秘密会不会和手稿压根儿无关？艾米丽会不会是被派去寻找她不知身在何处的祖父的？

"说真的，"泰勒坐起身来，又打了个哈欠，"别再盯着我看了。一想到你盯着我看，我就很紧张。"他站在那里，高高举起双臂，露出了 T 恤和牛仔裤之间的皮肤。

"我要出去抽支烟，"他咧嘴笑道，"你要来吗？"

船舱外，清晨的天空如墨一般漆黑，湿气很重，似乎要下雨。艾米丽跟着泰勒来到渡轮后面。她俯下身，只见泛着泡沫的浪花正向着英国的方向涌动，一群海鸥在头顶飞过。它们时不时俯冲下来，抓起一条被船的引擎弄翻了身的鱼。

在家的时候，艾米丽常常坐在卧室的窗前仰望天空，数着天空中飞过的鸟儿。她越来越想体会那种自由，那种随着季节的变化上下翻飞，无论风把你带去哪里，你都不会在一个地方停留太久的感觉。

她看着那些海鸥，它们总是在飞翔，总是在寻找食物。她替它们感到一种难以言喻的难过，仿佛她感受到的自由实际上是假的。它们也和她一样，被同一根绳子拴在这个世界上。

"海鸥能喝盐水。"艾米丽看着一只海鸥在海上漂浮，和诺福克海岸边的那些一样，"它们也很聪明，会用从人类那里偷的面包屑吸引鱼群，还会用脚在地上踩来踩去，让虫子以为外头下雨了，从而把它们骗出地面。海鸥都是幸存者。"

"那是什么？"泰勒朝艾米丽正在摆弄的信封点了点头，信封的一角已经有些磨损了。

"她的日记。"艾米丽把信递给了他，想着如果他用烟把信点着了，或者干脆把它扔到海里，她会是什么感觉。

"你没读过吗？"他边问边打开封口，往里瞄了瞄。

"没。"艾米丽不知道祖母居然还写日记。小屋里什么也没有，这表明卡特里奥娜一定是生前就将它转移到了别处。

"这一切都是什么时候计划好的？"艾米丽每天都包裹在自己的生活里，尽量不去想祖母的身体有多么虚弱，也不去想她的生命已经缓缓流逝了多少，以至于没能留意她真正在做什么。

"你介不介意我看一下？"

艾米丽仰起头，闭上双眼，大口呼吸着咸咸的空气："请便。"

"还是以后再看吧。"她听见他低笑了一声，接着传来了脚步的移动声和纸张的沙沙声。她想象着他把信封塞进牛仔裤的后兜，她还想着要伸手检查一下。

"你今天早上很健谈。"

"所以呢？"

一阵停顿过后，泰勒缓缓地呼了口气："发生了什么变化吗？"

艾米丽耸了耸肩。她自己也不知道原因。也许是因为她在别处，和别人一起，要前往一个从未去过的地方。在如此短的时间里，发生的变化太多了。

"我可以吗？"她指着挂在他脖子上的耳机问道。她忘带自己的耳机了，她知道它仍挂在厨房的椅子背后，而她本该记得把它放进手提箱的。

"当然。"他脸上呈现出一种没说出口的好奇，但他的教养、他接受的隐私教育和学习的礼仪课程，似乎都在告诉他不要打听。

"我想画画。"她说着，指了指停在栏杆上的一只海鸥。它张着弯曲的橙色长喙，正用大理石似的眼睛看着他们。

她只想画一些熟悉的、与寻宝无关的东西来逃避现实。她想画一只漂亮的海鸥骄傲而神气地立在甲板上，等着从一个毫无防备的人的手里夺走一块三明治，就像海狸那样。

"你需要音乐是因为？"

他是在试探。他们彼此都心知肚明，这个问题其实有更多的含义。

艾米丽从口袋里掏出了钢笔和一张纸，打量了他一会儿，思考着他是否值得信任。无论他们小时候一起扮演过多少次巫师、间谍或是恐龙猎手，他现在仍是个陌生人。

艾米丽走了过去，在甲板上的一张塑料长凳上坐了下来。她把那张纸在膝盖上放平，接着低下了头，这样她说话时他就看不见她的嘴了。

"她闭着眼睛打字。"

艾米丽仍然能看见她。她坐在书桌前，眼睛眯成一条缝，手指不停地敲打着那台怪物般的机器。她才思泉涌，文字如水一般喷射到纸上。艾米丽会一如既往地待在她身边，膝上放着速写本，手边放着一支灌好了墨水的钢笔。

"接着说。"

艾米丽动了动下巴，感觉到了伤疤的拉扯，也感受到正等着她说出口的话，无论那些话说出来需要多长时间。

"她常说，这能消除疑虑。"

"你听音乐的时候也是这样吗？"

"有点儿。"因为那些画总有自我呈现的方式，而且用钢笔画画就意味着她无法改变自己的想法，也无法纠正那些注定会出现的所谓的"错误"。

在此之前，她就以此屏蔽世界的一切噪声，这个她不再想要融入的世界。

这是从她在瑞士一家诊所里听语言治疗师弹钢琴开始的。那时候，艾米丽正经历着一次极为漫长的痛苦：她从轮椅上摔下来，整个人躺在地板上，用拳头猛击地毯，对每个人大喊大叫。她还记得自己多么希望能说出话来，让他们明白，她想要的只是让他们别再烦她，别再盯着她看，也别再试图固定住她。

祖母曾试着安慰她，但她只是骂了一通，甚至叫得更大声了。治疗师没有理会艾米丽，而是径直走到钢琴边坐下弹奏。起初，那些音符并没有深入她的心灵，也没有穿透她脑海中挥之不去的迷雾，她的神经正忙着用疼痛折磨她，令她的耳朵难以恢复正常。但是，当治疗师继续弹奏时，她周围的空间似乎颤动了，缓缓地移至艾米丽躺着的地方。

就这样，她脑海里的尖叫停止了。所有她不想看到的画面、所有她无法克服的挫折都被那些美妙的旋律赶走了。

从那一刻起，每当艾米丽焦躁不安，或是情绪失控时，她就会走进那个可以俯瞰湖水的房间，戴上耳机，调大音量，坐下来平静地画着那些不会离她而去的鬼怪。她把它们画在纸上，然后扔掉。

艾米丽低头看去，原来自己一直在忙着勾画一个她曾经认识的人：那个将她拉出黑暗、为她指了另一条路的治疗师。

"她是谁？"泰勒看着画，问道。

"贝丝。心理……"艾米丽停了下来，因为她的舌头被这个词卡住了，"心理学家。"她边说边描着自己勾画的线条。她记得贝丝笑起来的时候，一侧的嘴角会翘得略高一些。她的脖子上挂着一副玳瑁眼镜，耳朵上戴着一对威尼斯玻璃制成的耳环。她曾告诉艾米丽，这对耳环是一位非常要好的朋友送她的礼物。

"那是什么感觉？"泰勒问道，把烟蒂弹到了海里。

他问的是事故发生后，当艾米丽醒来发现自己的世界已经裂成上百万个小碎片，而且再也没有希望将它们重新拼起时的感觉。

"凝胶。"

那种感觉就像生活在凝胶里，因为一切似乎都变慢了，整个世界寂静无声。

是音乐帮助了她，因为她能感受到音乐的震动，也因为它屏蔽了所有的噪声，屏蔽了她不想听到的同情的话语。几个月里，艾米丽一直都希望能恢复听觉，可当她恢复过来、明白了人们在说什么的时候，她又希望自己能回到无声的气泡里生活。

她将那张纸揉成一团，塞回了口袋，又愤怒地擦了擦眼睛，拭去那快要掉下的眼泪。

泰勒假装没看见，拿出了那只装有她祖母话语的信封，默默地读着里面的每一页。她看着他扫视那些文字，想着那些话对她以外的人会产生什么影响。

"你觉得她为什么给你这个？"他朝她扬了扬那张快要被风刮走的蓝色信纸。艾米丽抓住他的手，把信拿了回来。

"她遇到的人。"艾米丽低头看着他们的名字，想着她认识的人的面孔，也想象着她不认识的人的样子。她能听见他们的声音，想象他们的步态。她看到他们都坐在塞纳河边，抽着烟，喝着红酒。她认识的吉吉身材娇小，金发碧眼，兴奋不已。而她想象的诺亚则皱着眉头，身上散发着波旁威士忌的气味。

但她想象不出祖母的样子，充满了疑虑的年轻的卡特里奥娜。她无法想象祖母曾经是多么羞怯，多么没有安全感。艾米丽非常渴望回到过去，去见见那个已经不在了的女孩，问问她是什么让她发生了改变，让她成为一个似乎对一切都胸有成竹的女人。

"你觉得应该去找他们吗？"

"也许吧。"

也许这就是祖母想要的。她选择了那些特殊的岁月和特别的记忆与孙女分享，为的是让艾米丽理解她的过去，让孙女去发现是什么人、什么事塑造了她，给她的生活留下了如此深刻的印记。

可是，如果她这样做，却只是让艾米丽发现更多人的死亡呢？如果她历尽艰辛，却发现除了夏莉，没有人存活于世呢？艾米丽排除了这个悲伤至极的念头，因为她的祖母不能，也不会那么残忍。

泰勒把几页信纸叠得整整齐齐，将它们原封不动地放回了信封，递给了艾米丽："可能也没那么复杂，也许她只是想让你看看她过去的生活。"

海风扑面而来，从她的裙摆下潜行而过，撩动着她腿上的汗毛。她站了起来，背对着他们来时的英国。

她回到船舱，拿出了速写本和陈旧的随身听，在手掌中感受着它们熟悉的重量，接着插上了泰勒的耳机。她将放在窗边桌子上的速写本翻到空白页，抚平纸张，准备开始画画。她知道他在一旁看着，试图瞥一眼那一页页画纸。

"你之后会做什么？"他说。

"什么之后？"

"当这一切都结束之后。你会住在诺福克吗？妈妈告诉我你一直在做自由职业。"他指着窗户，那儿立着三只海鸥，"这就是鸟类的习性吗？"

"也许吧。"艾米丽戴上耳机，按下了播放键。这个按键曾有一个三角形的凹槽，但早就被磨平了。当低音吉他的重击声将世界淹没时，她稍稍避开了他凝视的目光，开始勾画熟悉的翅膀形状。

让艾米丽自力更生是祖母的主意，她那时已经决定重新开始写成人小说。艾米丽对此表示拒绝，说自己不想按别人的要求画画。但后来，卡特里奥娜病了，再也不可能继续写作。艾米丽看着医生把抑制剂注射进祖母的血管，努力让祖母摆脱癌症，她需要一些东西来占据她的大脑，让她的双手忙起来。

她们会坐下来讨论那些书，讨论那些艾米丽凭借才华创造出的栩栩如生的人物。但对艾米丽来说，一切都不一样了，因为他们出自一个令她感到陌生的自己。对她来说，没有比奥菲莉亚更让她想画的人物了。

后来，祖母的病情缓解了，癌症消失了，她又能从中断的地方继续写下去了。那一年多的时间里，艾米丽看着一个新的故事徐徐展开，一切都是那样理所当然。她曾听到祖母在电话里同出版商和夏莉讨论新想法，除了小女孩和她的鸭子，还有更多的魔法，更多关于将我们联结在一起的事物的探索。

一切都很好，她们又回到了创造小屋，为了创作将世界关在门外。艾米丽对过去按部就班的生活很满意：每天早上醒来后，吃个鸡蛋做早餐，然后沿着海滩散步，再然后继续画下一幅画，构思下一个想法。她很高兴能继续做自由职业，能等着祖母分享她的故事。

直到一天早上，卡特里奥娜从教堂回来时摔倒了，撞到了臀部。她说没什么好担心的，只是瘀伤而已。但后来，瘀伤扩散，疼痛加重，医生证实她的癌症复发了，而且比以前更严重。

就在那时，艾米丽决定不再为别人画画，而要为她的祖母作画。画的内容都来自她们读过的书，经典的和喜剧的都有——有她口中的伊丽莎白与达西，罗密欧与朱丽叶，希斯克利夫与凯茜。

有海景、森林和想象的世界，有格鲁姆、德古拉甚至波特先生的画像，她画下自己能想到的一切，并将其视作一种阻挡她们心知终将到来之事的办法。

现在，她究竟该画什么呢？

她不知道。泰勒坐在那里看着她画画。他注意到她的表情放松了，眉头舒展了，伤疤周围的紧张感也消失了。这让他想起了过去的她，那个教会了他永远不要害怕尝试的女孩。

长尾鹦鹉

在巴黎一条小巷的角落里，坐落着一家被文学爱好者奉为传奇的书店——莎士比亚书店。

莎士比亚书店的外观是绿色的，店外放着一些破旧的木制书架，一块黑板上写着古老的格言，大门上方挂着一幅莎士比亚本人的方形画像。

"它看起来还是一样的吗？"艾米丽边想边跨过门槛。她呼吸着书籍宜人的气息，感受着那些或新或旧的文字的分量——它们充实着世界各地人民的心灵。

她希望可以问问祖母在这里时的感受——到处散落着的成堆的书籍、淡淡的薄荷气味和棕色的地毯发生变化了吗，还是和过去一模一样？

"我们找谁问问？"艾米丽从祖母日记里提到的指示牌下走过时，泰勒朝她喊道。她摇了摇头作为回应。

"还没到。"她边想边迈过狭窄的台阶，来到一楼，只见三个金发女孩挤在一间凹进墙内的小读书室里，正低头看着一本书。

艾米丽屏住呼吸。她发现一张临时搭的桌子有一台灰色的塑料打字机，其中两个按键已经不见了，其余的则用胶带粘在了一起。

它四周的墙上钉着几十张纸片，每张纸上都有名言、涂鸦和告白。墙上还有用过的地铁票、拍立得照片和餐馆收据，都用胶带、别针，甚至嚼过的口香糖粘在了一起。

艾米丽凑近了些，喃喃地读了几首诗和一些笔记，想着祖母的某些东西会不会也钉在了这里，她的手指是否也曾在那台打字机上敲击过，创作出那些在艾米丽出生前写下的书。

这就是一切开始的地方，卡特里奥娜·罗宾逊把她对文学的热爱变成了事业与生活。她在这里找到了灵感，找到了善良的灵魂，找到了一个无论遇到什么困难都要坚持下去的理由。当她独自抚养女儿、生活一贫如洗时，她曾向他们中的谁倾诉和求助？他们中有人知道谁是孩子的父亲吗？他还活着吗？

书店深处传来了弹钢琴的声音。如同老鼠追随笛声①一般，艾米丽也随着音符穿过一个个房间。她发现了几张窄小的床，床下储存着更多的书。在一个房间的尽头，一架梯子靠在墙上，上面放着另一张用架子搭成的床，床上铺着一块像是褪了色的旧窗帘。

她曾经睡在哪里呢？哪张床曾承接了她？关于祖母的许多事都是未解之谜，但行走在她的影子里，似乎让艾米丽更加想念她。

"艾米丽？"泰勒站在钢琴边喊她过来，他的手里拿着一个系着绳子的棕色纸包。

当艾米丽走近时，那个弹钢琴的男人转过了头，边弹琴边向她点头表示欢迎。他的年纪要大一些，但还没有大到她希望的那个人的岁数。

艾米丽从泰勒手中抢下了包裹，将它翻过来看另一张贴纸，这张贴纸上画着一条正弹着贝壳制成的竖琴的金发美人鱼。她停下来，试着猜想祖母藏在里面的是哪一本书。这会是讲述害怕把头埋入水下的小男孩的那本吗，就像以前的泰勒那样？奥菲莉亚带着他和美人鱼一起游泳，他们潜入深蓝色的海底，而他成功地克服了自己对未知的恐惧。她有些希望这是最后一条线索和最后一本书，但她已

---

① 老鼠追随笛声：《格林童话》中《吹笛手》的故事，吹笛手的笛声将老鼠引到河中淹死。

经感到失望了，因为她知道接下来会有更多事情发生。

"在哪儿？"她低声对泰勒说，尽量不表现出愤怒，也不让自己的情感倾泻而出。

"我问了前台的那个女人。"他回答道，眯着眼睛仰视着身后的书架。

"那不是你的东西。"艾米丽咬紧牙关，一阵痉挛随之而来，每当她试图加快语速时，总是会出现痉挛。

泰勒耸了耸肩，从书架上拿起一本书，接着又把它放了回去："我只是觉得那样会节省时间。"

"节省时间？"艾米丽尽量不去想象他显然更愿意去的地方和更愿意待在一起的人，因为她开始觉得，这次旅行对他来说更多的是出于利害关系，而不仅仅是为了帮她解开祖母的谜题。她背过身去，解开包裹上的绳结，把书从纸包里抽了出来。她扫了一眼封面，接着打开了书，去看上面的题词。

致安东尼——谢谢你教会我如何捕捉光线。

"安东尼是谁？"泰勒在她身后窥视着。她挪开了一步，尽量不让他看见。

"不清楚。"她一边回答，一边翻看着那个赤脚上学的男孩的故事。这个孩子得到了一双魔法靴子，他能飞得比所有因为他穷就看不起他的人都高。"它在哪里？"她喃喃自语，然后抓起这本书，将它翻了过来，轻轻地摇了摇。

"她说明天再来。"泰勒回头看了看书店前方，一个留着黑发波波头的店员正将一只装满了书的袋子递给一个男人，他的三个女儿期待地抢着书，金色的辫子随之一抖一抖的，"显然，玛德琳想要亲手拿给你，还有别的东西。"

"什么？"

"她也不知道，但她给了我这些。"他拿出两张长方形的塑料小卡片，卡片的一角都有一个小小的金属正方形。是酒店的门卡。

"酒店？"她不想去。一想到她要和他一起被领进一家酒店，她就感到别扭。这也是计划的一部分吗？

但这是不可能的，因为玛德琳还有别的东西给她，可能是一些祖母不知道的事情。

"显然就是拐角的那家。卡特祖母每次回来都住那儿。"

越来越多的秘密，越来越多要接受的意外。

艾米丽知道，当玛戈特还是婴儿的时候，祖母就带着她周游世界了。当她在构思自己的下一本书时，她就用婴儿绑带抱着她。为了挣到足够的钱养活母女俩，以及购买纸张、墨水和一张她下一个想去之地的车票，她做任何能找到的工作。当艾米丽的母亲长大了，需要接受适当的教育才能拥有人们所谓的"稳定"时，卡特里奥娜才回到了英国。那时，她和一位供职于伦敦一家大出版社的老友住在一起。

可是巴黎呢？她从未提过巴黎。

"我做不到。"艾米丽感到了伤疤的疼痛，不是脸颊上的那道，而是从脊柱一直延伸到大腿的那道。那里有很多伤口，坑坑洼洼地交织在一起。

"你能做到，"泰勒说着，将一只手搭在她的胳膊上，"只是再等一天。"

对他来说也许是一天，可对她来说却是永远。

她推开了他："我想回家。"

"我明白，我明白。"他跟着她走出了书店，看着她左转，右拐，再左转，"只得到了一半的线索，一半的答案，这是很令人沮丧。但你找到了，还有伦敦的那个，你轻而易举地就找到了它们，这说明下一条线索也会是这样的。"

艾米丽没有回答，因为她不敢承认，她完全不知道安东尼是谁。

她沿着右侧的河流向前走着，没有注意到人群都在朝圣母院走去。她没有想过自己小时候是如何走过这座城市的街道的，但从那以后，她只在想象中游览这座城市。这座她梦里的城市——浪漫的、历史的、艺术的——可她从未想过自己还有勇气回来。有些时候，她觉得自己再也没有勇气了。

"你听我说，我俩都累坏了。"他和她的步调终于一致了——先快后慢——这样他们就能完美同步，"还很饿。你饿了吗？反正我饿了。我们为什么不去吃点东西呢？离这儿不远有个吃东西的地方，我们可以去试试。"

"我不饿。"

"你现在是这么说，"他笑着回答，"等你尝了他们的椰子青口和新鲜法棍再看吧。我保证，那绝对是天堂般的享受。"

艾米丽拖着脚步，盯着马路对面的一座桥。巴黎有很多桥，桥上挂满了锁，这被认为是永恒爱情的象征。她还在生他的气，因为他从玛德琳那里得到了下一条线索，她也气自己给他看了速写本。

"所以，那本书是讲什么的？"泰勒大步走在前面，问道。

"你没读过吗？"

"我读过，每一本都读过。但它到底是讲什么的呢？"

艾米丽在人行道中间停了下来，不理会经过的人发出的不耐烦的啧啧声，努力回想着这本书是什么时候写的，以及当祖母想出这个主意的时候，她们在做什么。

"判断。"她说着，满怀期待地回过头来看他。

"对贫穷的偏见？"

她迅速地摇了摇头。

"比这更多。"永远都不要以貌取人。

艾米丽回想起那天，她们从教堂里出来时看见一个无家可归的人靠在停枢门[①]上睡着了，腿上还卧着一条狗。那可怜的动物身上太脏了，它的皮毛与其说是奶油色的，还不如说是灰色的。艾米丽捏着鼻子快步走过，而祖母为此批评了她，说她不知道他是谁，也不知道他经历了什么才绝望到睡在大街上。

卡特里奥娜把这名男子和他的狗请回了家，然后让艾米丽在一个旧的锡制澡盆里给狗洗澡，而它的主人则坐在厨房里，一盘接一盘地吃着加了大量肉汁的烤土豆。小狗舔着她手上的泡泡，它的小尾巴摇得很厉害，把半盆水都溅到了草坪上。后来，他们俩走了，只留下了一顶破帽子和一个露着黄牙的微笑。

艾米丽曾问过祖母，为什么他不愿留下来，为什么他会选择回到那样贫困的生活中去，可她的眼里却流露出了一种神情，表明她正在神游别处。她脑海中的齿轮转得太快了，快到艾米丽跟不上。

卡特里奥娜·罗宾逊冲进书房，开始写一个新故事的梗概。故事讲的是一个来自新加坡的男孩，他的母亲住在雇主家花园尽头的一间棚屋里。男孩从未有过一双鞋，但他对世界充满了无尽的好奇。他每天早上都步行去上学。同学们取笑他破旧的衣服和身上的污垢，取笑他是无父无家的仆人的孩子。但有一天早上，他还是把自己的早餐分给了一位被班里其他孩子嘲笑的老女巫。

这是《灰姑娘》里的一出戏，还巧妙地穿插了其他的童话故事，但传达的信息已经足够清晰了。

"这是关于你的，"泰勒说，"它们都是关于你的。"

她走了起来，每一步都激动难安，行李箱的轮子也随之上下颠簸。

"你觉得这是关于金钱的教训吗？"泰勒一边问，一边小跑着跟了上去，"卡特祖母本可以住在苏格兰的城堡里，或是摩纳哥的一艘

---

① 停枢门：教堂墓地前面有顶盖的门。

船上？”

“所以呢？”

“她为什么不呢？我的意思是：小屋很棒，但它很小，真的很小，而你又有足够的钱去买她想要的任何东西。”

“她不在乎钱。”

她写作是因为她必须如此。她总是告诉艾米丽，这是她骨血里的东西。

“很多人都会变得富有而贪婪。”泰勒走到一边，让一位老太太和她的贵宾犬先过，“你的父母也像卡特祖母一样，不在乎钱，”他边说边赶上了她，“不像我的父母，他们似乎总是热衷于拥有比别人更多的东西。”

他们并肩站着，等着人行道上的绿灯亮起来。当艾米丽开始过马路时，泰勒稍稍把手放在了艾米丽的后背上。

“我记得卡特祖母告诉过我，不要依赖钱。她试着让我明白：有人拥有得多，也有人拥有得少。”

那是法国南部的一个夏天，他们都住在泰勒父母买的一幢可笑的别墅里。卡特里奥娜匆匆走进厨房，坚持要帮佣人们准备晚餐，因为她永远不会忘记，每个富人都是如此地接近贫穷。

“圣特罗佩①。”艾米丽扭头说出了地名，没有费心去看他是否还跟在后面。

“什么意思？”

“下一站。”

“你确定吗？”他瞥了她一眼，然后掏出手机，开始输入一条信息。

---

① 圣特罗佩（St Tropez）：法国普罗旺斯—阿尔卑斯—蓝色海岸大区瓦尔省的一个市镇，以“富翁的消暑天堂”而闻名于世。

她很确定。因为那次除了挨批评，还让她想起了在南法度过的那些夏天。那时，她和父母在奢华的别墅里度假，享用着龙虾和香槟，可别处的孩子却空着肚子，光着脏脚上床睡觉。圣特罗佩是一个挥霍无度的小镇，一个卡特里奥娜·罗宾逊第一次来就住下了的小镇，当时她还很贫穷。

"但安东尼是谁呢？"当艾米丽路过一家商店的橱窗时，她又一次想到这一点，橱窗里陈列着一些没有人真正需要可总会有人买单的漂亮东西，"他是和她一起住在圣特罗佩的人吗？"

那是她写下第一部小说的地方。那部小说讲述了一个女人错爱了一个男人，那个男人尝试了一生，却永远无法以爱回报她。

她追随安东尼到了南法吗？他会是那个她不能爱上的男人吗？他会是艾米丽的祖父吗？

泪水模糊了艾米丽的双眼。她摇着头，想要抓住一件不让她感到痛苦和后悔的东西。她从未询问过祖母更多的事情，从来没有问过祖母是谁，没有停下来想过祖母为了抚养自己而放弃的一切，以及因为她的幸存，一切又发生了怎样的变化。

"如果你确定的话，我们就没理由不上火车了。"泰勒一边在手机上查着时刻表，一边说道，"去圣特罗佩，如果你想去的话。"他等待着艾米丽的回答，等待着她表明听见他说话的迹象，但她的注意力却在别处。

在那里。再往前走一点。熟悉的、她以前见过的东西，但她是什么时候见过的？

那是一段回忆。她的脑海里出现了一团模糊的儿时记忆：她穿着一双崭新的红鞋子过马路，鞋子的两边都有扣子，在光的映照下闪闪发亮。

"你去哪儿？"

"我记得它。"艾米丽边想边朝一家美术商店走去。橱窗里陈列着色彩鲜艳的长尾鹦鹉剪纸：有些正在飞翔，嘴上叼着古旧的错配了的钥匙，仿佛掌握着某个古老之地的秘密。

她深吸一口气，走了进去，蜡、油和羊皮纸的味道扑面而来。这里就像是一间药房，每面墙上都排列着木制抽屉和玻璃橱柜，目之所及都是彩色的——颜料管、颜料桶、颜料瓶、蜡笔、铅笔和成堆的纸张。

商店一角的墙上覆着数百个白色方块，每个方块上都有一幅孩子画的画。艾米丽将它们一一看过后，想要伸出手指触碰。一只鸽子，一个天使，一只亮紫色的章鱼……她还记得有一次，她的父母以为她失踪了，而实际上她正坐在书店顶层的画架边，试图画些什么，因为她看到了那些钉在墙上的小小的方块画。

有人指着她的画作，告诉艾米丽的父亲她有天赋，应当被培养。她画的是一只鸭子的素描。它的脚长长的，和她随身携带的毛绒玩具一模一样。这只鸭子叫克莱德。它知道艾米丽所有的秘密，所有的希望和梦想。

她的身后立着一只木柜，木柜分为几个相同的区间，每个区间里都放着一支粗粗的圆柱形蜡笔。它们就像口红一样，用乳白色的纸包着，上面标着各自的编号。

她的父亲曾给她买过一盒蜡笔。艾米丽伸出手，却始终没有勇气碰那支深红色的蜡笔。她想到，家里的梳妆台中还放着一个纸板箱，里面装着她收到的第一件这家商店的礼物的最后一块残片。这让她怀疑，祖母是否知道这里将是她在巴黎的最后一站。可祖母知道它的存在吗？知道它对艾米丽来说意味着什么吗？

她仍能听见父母的声音——他们讨论着晚饭前是否还有时间去蒙马特高地，争论着带艾米丽去会不会太远，那毕竟是一次假期和一次体验。她能看见父亲望着母亲的样子——他给了她一个绵长的吻，仿佛他们拥有世界上所有的时间。她还记得有他们爱着自己是什么感觉。她环顾四周，一种熟悉的感觉开始占据心头。她想象着那些柜子向她靠近，蜡笔和颜料管像瀑布一样倾泻到她的身上，将她深深地掩埋。她的双腿弯了下来，有一种下坠的感觉，她的脚下没有土地，头顶没有天空，只有一片黑暗和耳畔永恒的嗡鸣。

艾米丽没有注意到泰勒的声音，也没有注意到其他顾客关切的表情。当他带她离开商店时，她几乎听不到车流的喧嚣，也感受不到打在皮肤上的雨水，她一心只想着她的父母，想着她失去的生活。

过了一会儿，她坐在一家咖啡馆里，听着泰勒像本地人一样用流利的法语点食物和红酒。她隐约记得他把她安置在某个座位上，咖啡馆的墙上挂着装饰派艺术的海报，门边立着一只巨大的木头公鸡。

她坐在那里，双手捧着酒杯，缓缓地抿着碾碎的葡萄，感受着哽在喉咙后部的酸楚。慢慢地，世界又回到了眼前，她的心绪恢复了平静，身体在软垫椅子里放松了下来。

服务员端来了一篮子热面包和两只平锅，平锅是坩埚似的黑色，有着弯弯的把手，一丝丝蒸汽弄得她的鼻子痒痒的。艾米丽往里瞥了一眼，只见一层青口覆在香喷喷的奶油下，还有软软的香菜叶子和细细的青葱。她的肚子咕咕叫着以示赞赏，双手也在开动前搓了搓。她把面包蘸上贝和椰汁，这样吃起来又咸又甜。这顿饭很简单，但恰到好处。

"我在想你说要回家的事，"泰勒边吃边说道，"还有远程工作。"

"哦？"艾米丽把一枚合上的贝壳扔进了自己锅里上翘的地方，然后望着他。一股果汁顺着他的手腕滑了下来，一根香菜卡在他的牙缝里，面包屑在他的衬衫上撒得到处都是。

"我觉得这不是个好主意——只用电子邮件，而不是在现实世界中和人交流。"

"我也见人。"

"见同样的人，"他指着一个空壳说，"你大半辈子都住在同一个村子里。人们是退休后才搬去韦尔斯的，嗯，在那里走到自己生命的尽头。他们已经完成了力所能及的一切，创造过回忆，也经历过冒险，心碎过，也梦想成真过。"

艾米丽舔着手指上咸咸的汁液，忽略了这种毫不掩饰的无礼。

"嗯？"一滴果汁从他的下巴上掉了下来。

"嗯，什么？"

"我觉得你应该离开诺福克。"

"你不懂。"

"是，我不懂。"他往后一靠，推开了盘子。低头时，他才发现：她竟然在不知不觉间把桌布上的面包屑摆成了一个图案。那是一只老鼠的形状，长长的尾巴环绕着她的盘子。

"你以前常常编故事。"

"是吗？"

"一直都是。"他点了点头，伸手去拿另一片面包，"我们在公园里，公交车上，或者看一出很无聊的戏剧时，你就会编我们身边的人的故事。想象他们住在哪里，有什么秘密，他们喜欢马麦酱^①或是软糖吗。"

"香草软糖。"咬上一口就像是进了天堂。

"是巧克力味的。"他在桌底用脚轻轻踢了她一下，她笑了，"我的意思是，你可以继续，你懂的，没有她也可以。"

好心的朋友们一遍又一遍地向艾米丽提出相同的想法。那些都是祖母的朋友，因为祖母，她才认识了他们。在某种程度上，艾米丽知道他们是对的，她明白自己是继承卡特里奥娜·罗宾逊遗产的最佳人选。但是，她也不想一个人去完成，因为万一泰勒是错的呢？

---

① 马麦酱（Marmite）：盛行于英国、新西兰等地的一种酵母酱，由酿酒酵母提取物制成。

万一他们都错了，她只会给别人的故事配图呢？

"不。"

他又那样看着她了，好像她是他需要解决的个人难题一样。

"那么，这份未完成的手稿，"他往后一坐，双手抱头，"你知道结局吗？"

"知道一些。"事实上祖母从未说过。

"能告诉我吗？"

艾米丽坐在椅子上弯下身，拿出了速写本，翻到奥菲莉亚十几岁时的那幅画。她正带着神奇的地图集，骑着自行车在乡间小路上飞驰。

泰勒翻着速写本，看着奥菲莉亚的每一缕发丝，看着像是在旋转的自行车轮辐，还有粘在她皮肤上的细小灰尘。

"她要去哪里？"

"不知道。"

"也许你不需要知道，"他说道，"也许她只是要把地图集送人，因为她已经长大了，不再需要它了。"

"可那也太悲哀了。"艾米丽脱口而出，"就算你不再是个孩子了，但那并不意味着所有的魔法都应该消失。"

"终于开口了！"他笑着说，"我还以为你永远不会开口说话呢。"

这句话如同当头棒喝，她意识到这是自己几个星期以来第一次一口气说出一个完整的句子，而没有停下来想她的舌头会怎样背叛她，会怎样结结巴巴地说不出话来，或者更糟糕的是，唾沫飞溅得到处都是。

"所以，你是真的什么都不跟人说，还是只是对我这样？"

"我……"艾米丽犹豫了，因为这些年来，她从未真正想过这是为什么。

"你以前从不在乎别人怎么想。"

艾米丽抿了一口饮料，接着看向了别处。

泰勒又注视了她一会儿，然后把速写本凑近了些，去看上面的图画。地图集像是从奥菲莉亚的背包里跳出来，而不是掉出来。他注意到前面有一群羊挡住了路，似乎是想让她停下来，转过头去看看画里藏着什么。

　　他盯着一个消瘦的牧羊人的脸，牧羊人的一只手被一个古老的鱼钩缠绕，另一只手抱着一只毛茸茸的黄色小鸭。泰勒认出了牧羊人，尽管艾米丽似乎没有察觉。那是她的父亲。她把一些事情藏在了画里，甚至连她自己也没看出来。

　　"你好像什么都注意到了。"他把手放在人物描述上，这个人教会了他如何打出漂亮的拳，教会他永远不要背叛真正的朋友，永远要为你爱的人挺身而出，"你总是比别人更理解他们自己，还有他们的情绪。"

　　"我只画我看到的。"

　　"不，"他摇了摇头说，"不仅如此。这幅画的背后有一个故事，比你祖母写的任何文字都要丰富。我现在看到了。"他看着她，真正地看着她，看着她丰满的上唇、褐色的大眼睛和如精美瓷器一般的皮肤，"你比自己想象的更有才华。"

　　艾米丽无视了他的赞美与善意之辞，因为她不习惯被这样的关注，对此也不知如何是好。

　　"那你呢？"她看到了他眼睛下方的蓝色阴影。他这两天长出了胡楂儿，但胡楂儿下精细的线条还在，过去的一些东西消失了，取而代之的是一种不同往常的微笑。

　　"我？"

　　她朝放在他旁边椅子上的吉他点了点头。

　　"我爱音乐，"他说，"它让我觉得自己还活着，这是其他任何东西都无法做到的。但你知道，我来自一个什么都替我做主的家庭——替我决定上什么学校，去哪所大学，从事哪一份工作……无疑，我父亲甚至在某个地方还写了一份我未来妻子的名单。"

"那现在呢？"

"这么说吧，我亲爱的爸爸不同意我的人生选择。"

艾米丽记得祖母告诉过她泰勒失业了，与婚外情和吸毒有关。她记得自己当时还想，泰勒向父母坦白这些并不容易，还想着是什么原因让他放弃了自己的事业，他为什么决定在显然不会让他快乐的生活里蹉跎好几年。

她为他感到难过，这种感受令她惊讶。长久以来，她一直讨厌他母亲的来信，信里说他被选为学生会主席，成了游泳队队长，被剑桥大学录取了。当艾米丽听说他周游世界、爬山、和海里的动物一起游泳时，她会嗤之以鼻，假装不在乎。而更重要的是，她恨他，因为他的生活让她嫉妒如狂，那是她曾想过可能属于自己的生活。

"而你讨厌这样。"

泰勒点了点头以示回应："我讨厌一切。毒品、婚外情，那不是我，不是我真正想要的，而是我强迫自己进入的生活方式。我不想像他那样，这一点让他愤怒至极。"

他的脸是漠然的，没有其他表情，但仍有一丝破绽，从他拨弄餐桌上叉子的方式可以窥见——他用叉子敲着杯子，发出了音符的响动。艾米丽把那些声音想象成了气泡，气泡里藏着他所有的秘密与痛苦。那气泡穿过巴黎，在城市上空飘浮，最后在云层中破碎。

"我第一次听约翰尼·卡什①演奏的时候。"他边说边招呼服务员来结账。

"什么？"

---

① 约翰尼·卡什（Johnny Cash）：美国乡村音乐创作歌手，他的大部分作品，尤其是晚期作品，常常回响着悲伤、忧患和救赎的旋律。

"我记得很清楚，我们从祖父家开车回来，收音机里放着《火环》。那是一种生理上的反应，我整个身子都坐得更直了。我让妈妈把声音调大。"他看向了他的吉他，"我突然知道了自己想做什么。"

有一年圣诞节，他得到了一把吉他。艾米丽记得他兴奋地坐在床尾问她："即便不再相信有圣诞老人存在，是否还能得到自己最想要的东西？"他们是那样年轻，那样充满希望。那是艾米丽最后一个还敢许愿的圣诞节，也是她最后一次相信世界上还有魔法。

"你有过那种感觉吗？"他放了一些钱在桌子上，把椅子向后拉，接着在她站起身的时候过来帮她拉开椅子。

艾米丽的脑海中浮现出了一本她最喜欢的书的封面，她露出了微笑。

"玛蒂尔达[①]。"

"谁？"

"罗尔德·达尔写的。"这是最初几本她自己阅读而不需要别人帮她解释字句的书之一。这本书让她真正明白了话语的力量，明白了它们是如何将你带到另一个世界。更重要的是，那个小女孩的速写让她想要画出记忆中所有挥之不去的图画。

那年，泰勒收到了一把吉他，但她得到的似乎更多。一本皮革封面的速写本，上面刻着她名字的首字母，还有一只装满了蜡笔的木箱，里面的每支蜡笔都用乳白色的纸包着，边上还印着一个数字。

蜡笔是她父母在巴黎买的。那时，她无疑还坐在书店的顶层，盯着每一个白色的方块，想着她是否也能足够幸运，去重新创造想象中的世界。

---

① 玛蒂尔达（Matilda）：世界奇幻文学大师罗尔德·达尔的经典作品《玛蒂尔达》中的主人公。

"你喜欢找什么乐子？"泰勒问。

"乐子？"艾米丽皱着眉头回答。

泰勒搂着她的肩膀走着，艾米丽闻到了他呼出的大蒜味。

"我们可是在巴黎，世界上最棒的城市之一。按照卡特祖母的性格，我敢肯定：她希望你至少试着在这儿找点乐子。"

他在等待答案，但她不知道该说什么，因为自从她的生活因一个愚蠢的错误而分崩离析后，她就不再拥有"乐子"了。刹那之间，一切都变得漆黑一片，毫无乐趣可言，不仅对艾米丽而言如此，对她的祖母也是一样。但无论如何，她们只能生活下去，从最简单的事情中寻找快乐，比如一只逐渐信任了她、每天早上都来和她共享早餐的小鸟；又或是沉浸在想象的世界里，努力说服自己快乐是可以创造的，只要你不去回忆最想与之分享快乐的人。

"我只有八天时间。"八天之后，她将一无所有。

泰勒拂去了她的鄙弃："我知道，我知道，在不远的将来会有一颗要爆炸的定时炸弹。但玛德琳明天早上才回来，书店里还有些人问我们要不要晚点再去见他们。"

"我们？"

"就今天，我们假装自己在巴黎不是为了寻找失踪的手稿，不是为了保住你的遗产，也不是简单地按照卡特里奥娜·罗宾逊的要求行事，而是出于别的原因。最坏的结果又会怎样呢？"说最后一句话的时候，他带着灿烂的笑容。艾米丽许多年前就记得那样的笑容，这笑容让她知道，他是站在她这一边的，他不会让任何不好的事情，至少是那些故意为之的事情发生在她身上。

小猫头鹰

　　这感觉就像置身于一本故事书中，她仿佛变成了一个陌生人脑海中幻想出来的角色。她和一个半生不熟的人共度了一个下午，那人告诉她：想要在巴黎所有的画廊和博物馆中做出选择是不可能的。于是，他带着她沿圣马丁运河骑了一圈自行车，又沿绿廊步道的旧铁路①散步。他们探索了拱门下的手工作坊，那里有吹玻璃和制作小提琴的工人；接着他们坐在绿树环绕的地方品尝着咖啡和马卡龙，看着身边的世界。

　　在这段时间里，泰勒没有强迫她，也没有问过她所选择的生活方式的问题，相反，他用他们过去共同经历的故事充实了那些时刻。他谈起沙堡、雪人，还有闭上双眼仍能看见的烟火。而艾米丽一直都很乐于倾听，乐于回想起那些美好的时光，她的思绪不再游离到那些她刻意不去想起的记忆。

　　几个小时后，她的脚走得抽筋，满脑子都是下午的画面。泰勒让她相信，她现在最需要的不是回酒店洗个泡泡浴，而是一杯鸡尾酒。

　　他们在一家酒吧前停下了脚步。酒吧外的人们坐在明黄色的椅子上，身旁是几棵种在超大花盆里的棕榈树，入口的上方还有一盏粉色的霓虹灯。室内铺着木地板，座椅是嵌壁式的，一面墙上爬满了

---

① 位于巴黎第12区，原有一条从里昂车站延伸出来的铁道，但在20世纪70年代废弃，后经改造，以独特的绿廊步道呈现于世。铁道下方（桥拱下）则成为艺术家进驻、贩卖艺术品的良好场所。

常春藤。这里和外面同样时髦，也同样令人不安。一个酒保在肩膀上方倾斜酒瓶，将一长串液体倒进了一排高脚杯里。年轻的巴黎人挤满了这里的每一寸空间，享受着对他们来说和往常一样的夜生活。

但是，这对艾米丽来说完全是另一回事，因为这还是她第一次来到这种地方。她觉得自己像一只没了壳的乌龟，拼命地想要躲进一个狭小、安静而熟悉的空间。

"来吧。"泰勒轻轻地将她拉到自己身边，用胳膊搂住她的腰，带着她穿过人群，坐到酒吧里的一张天鹅绒椅子上。

艾米丽扫了一眼酒单，想把注意力转移到其他事物上，而不是像现在这样觉得格格不入。

"你想喝什么？"泰勒不得不俯下身去，好让艾米丽听见他的声音。艾米丽感受到他的气息吹到了自己的脸颊上。她发现自己正一边摇头，一边将身体倾向了一侧。

泰勒像是要同她说些什么，但又转向了酒保，和他说了一些艾米丽能听清却不太能听懂的话。几分钟后，两瓶啤酒从对面的吧台送了过来，还有几只盛有发光蓝色液体的小酒杯。

"那是什么？"艾米丽拿起其中一瓶啤酒，用它推开了酒杯。

"酒壮人胆。"泰勒在音乐声中喊道。他拿起两只杯子，递给艾米丽，接着将自己的酒一饮而尽。酒直击喉咙后部，他的双眼被呛得睁不开。"来吧。"他轻轻戳了戳她的肩膀。艾米丽把自己的杯子举到唇边，将里面的液体倒入口中。自己的这一举动令她很惊讶。

那一瞬间的感觉就像是冰火两重天，鼻子里仿佛灌满了海水，双眼也感到刺痛。她迅速地眨了眨眼，浑身直打哆嗦。当发现面前又莫名多出了两杯时，她擦了擦眼睛。

"不。"她说道，但却心口不一地伸出了手，想要握住杯子，将它再次送到嘴边。当她的目光放平时，她注意到泰勒的身边出现了一名年轻女子，乌黑的头发剪成不对称的波波头，嘴唇涂成了深红色。她像一只猫一样蜷缩在他身边，两只漆黑的眼睛扫过艾米丽，接着又落在了它们的猎物身上。

"艾米丽，"泰勒边说边走下吧台，抓着艾米丽的胳膊，"这是艾格尼丝。她在莎士比亚书店工作。"

"很高兴见到你，"艾格尼丝用带有浓重口音的英语说道，尽管当她发现泰勒不是一个人来酒吧时，脸上的表情十分不悦，"你要唱什么？"

"唱？"艾米丽诅咒自己发出"s"这个音时的口齿不清，憎恨艾格尼丝盯着她的伤疤看了许久时，自己嘴唇的微微抽搐。

"对。如果你不唱歌，为什么要来音乐酒吧？"艾格尼丝从吧台拿了一托盘的酒水，当她走开的时候，各种各样的玻璃杯在一起发出了碰撞的声音。她转过身来，向艾米丽发出了挑战，"还是你唱不了？"

"我们去和别人一起吧，好吗？"泰勒递给艾米丽一瓶啤酒。艾米丽一边跟着他走到吧台后面，一边用指甲在瓶颈上挠来挠去。他们走过一段通向走廊的工业楼梯，走廊两侧各有三扇门，每扇门的上方都有一只灯泡，其中五个是亮闪闪的红色。艾格尼丝在上方是一只白色灯泡的门外停了下来，用脚踢开了门。过了一会儿，门开了，另一个年轻女人探出头来。她染着一头金色长发，目光从艾格尼丝转向泰勒，接着又转向了艾米丽。她对艾格尼丝说了些什么，然后走上前去吻了吻艾米丽的脸颊。

"幸会，"①她笑着说，眼里也洋溢着笑意，"我叫克莱门汀。"②艾米丽立刻就喜欢上了她，尤其是她穿着背心和牛仔裤，还涂了指甲油。这让艾米丽对自己的卡其色短裤和纯白T恤不那么在意了，对

---

① 原文为法语。
② 原文为法语。

那样光彩照人、充满法式风情的艾格尼丝也不那么在意了。

克莱门汀向泰勒作了自我介绍，接着走到一旁，让他们进入了私人的 K 歌包厢。艾米丽原本期待的是那种墙壁四面设有软垫的房间，可这里却像是一个没有窗户的小客厅，三面墙的边上环绕着绿色的座位，灯挂得很低，门边有一个巨大的屏幕，一个男人正自言自语地摆弄着屏幕下方的控制板。他穿着紧身皮裤和一件饰有花朵图案的衬衫，肚脐边的扣子解开了，露出了文身的一角。他在他们走进房间时抬起了头，当他注意到艾米丽时，皱起的眉头变成了微笑。

"艾格尼丝，你可没说要带礼物给我。"① 说着，他鞠了一躬，握住艾米丽的手，慢慢地吻了一下，接着护送她走到房间一角，让她坐下。

"我不是……"艾米丽说着，隐隐记得法语中"礼物"的说法。她看向泰勒，想让他解释一下，却发现他正瞪着他们。

"别理弗雷德里克，"艾格尼丝说着，关上了门，"他和谁都调情。"

木门轻轻碰撞的声音和门锁坚实的咔嗒声，让艾米丽的心不断跳动。她努力地呼吸，尽量让自己保持镇定。

"你没事的。"艾米丽开始用手指轻拍大腿，"你没事的。"她一边对自己重复着，一边看向了房门。方才，通向楼梯的地方还有一丝光亮，而现在，她置身于一个没有窗户，除了电视屏幕发出的人造强光，也没有任何光线的房间。

"你还好吗？"弗雷德里克在艾米丽身边坐下，但她无法尝试做出任何回答，因为环绕立体音箱里响起了《单身女郎》的旋律，震动着她的耳膜。艾格尼丝走到房间中央，开始用沙哑的声音对着泰

---

① 原文为法语。

勒唱歌。艾米丽忍不住地看向艾格尼丝，她扭动的身体在艾米丽的脑海中变成了一条盘绕在房间里的蛇，将他们紧紧缠绕，让他们透不过气来。

艾米丽猛地摇了摇头，向下动了动下巴，试图把注意力集中在之前所见的那个男人吹玻璃的方式上——他一遍遍地转动玻璃，打造出了一个精美的花瓶，似乎还有一道彩虹穿过了花瓶的中心。她深吸一口气，等待着音乐像往常一样，让她忽略真实的世界。

"你想试试吗？"弗雷德里克坐得离她很近，他看她的眼神就像是在品尝一道美味佳肴。他的行为让艾米丽感到很不舒服，她挪到了一边，在两人之间放了一个垫子。

"不用，谢谢。"①她说着，喝了一口酒，朝艾格尼丝那里望去。为了吸引泰勒的注意，艾格尼丝扭动着身子，但泰勒更感兴趣的似乎是弗雷德里克如何一步步接近艾米丽。这太不真实了，艾米丽仿佛掉进了一个兔子洞，在另一个世界中醒来。

音乐停了下来，房间里一片寂静，没有人开口说话，大家都在等着发生些什么。艾格尼丝信步走来，把麦克风递给艾米丽。她扬起了一侧眉毛，无声地向艾米丽发问。

"她说'不'。"②克莱门汀拿起麦克风，向艾米丽露出了同情的微笑。

艾格尼丝打了个哈欠，接着又去给自己拿了一杯酒，用一根小棒搅拌着橄榄和马提尼："所以，你只是个插画家，和你祖母不一样？"

"只是"，一个简单的词，如此漫不经心，又如此处心积虑。艾米丽随即意识到这话是艾格尼丝说的："你知道？"

---

① 原文为法语。
② 原文为法语。

"全世界都知道你和你的小任务，"她回答，"不然他为什么要跟你这么紧？"艾格尼丝看了看泰勒，接着又看回了艾米丽的伤疤。

这是一个挑战。艾米丽一生中的大部分时间都在设法避免挑战，但它总是会在某个时刻突然出现。也许是酒精让她提起了精神，也许是这一天过得不同寻常，又或许她只是受够了艾格尼丝用怜悯和打趣的眼光看她。于是，她站了起来，从艾格尼丝手中夺过麦克风，来到了屏幕前。艾米丽一边浏览着歌单，一边竭力不让自己过多地思考接下来要做什么。

"你没必要这么做。"泰勒边说边走到她身边，把头凑近了她。

艾米丽不敢抬头看他，因为她知道如果抬起头，所有疯狂的冲动就会消失殆尽。

"没错，我就要这么做。"

《玻璃之心》的前奏充满小房间，艾米丽闭上眼睛，想象着周围所有人都被悄悄带走了。她抓着麦克风，感受着低音吉他的震动，任由它充溢着自己的身体。她开口歌唱的那一刻，一切都消失了，只有她和那首歌，只有总是给她自由、让她完全摆脱恐惧的音乐。她的声音柔和而有力，每个吐字的音色都很丰富，它们从她的喉咙里流出，没有被她的伤疤或是疑虑缠住。

一曲终了，片刻停顿后，世界又回归了原位。艾米丽睁开了双眼。恰在此时，弗雷德里克、克莱门汀，甚至连艾格尼丝都跳了起来，大声地喊叫着。

"哦，真是，哦。"泰勒拨开脸上的头发，注视着艾米丽。她把麦克风递了回去，咬了咬脸颊内侧的肌肉，努力不让自己露出微笑，但这丝毫不能平息从脸上一直蔓延到脖子的激动。她举起手来遮住伤疤，泰勒却将它拉开，紧紧地握住。这一举动吓了她一跳。

"太惊艳了。"他边说边缓缓地摇头。

"所以，那不是真的？"艾格尼丝皱着眉问道。

“什么？”艾米丽一边回答，一边把一只手放在墙上。现在，她感到先前喝的两杯酒正在血管里翻腾。

“那次事故让你无法正常说话。你既然会唱歌，肯定就能说话吧。”艾格尼丝拿出手机，给艾米丽看了一张她在莎士比亚书店里的照片，照片还配着一个她看不懂的法语标题。随后，艾格尼丝把手机拿走了：“这是假的吗，就为了宣传？”

艾米丽摇摇晃晃地倒在了沙发上，试图让自己模糊的大脑拼凑出一个机智的应答。

“唱歌不一样。”

“艾格尼丝，”克莱门汀拉着她朋友的胳膊，“让她静静。”①

“那些书真是不可思议，”艾格尼丝噘着嘴说，“但如果已经没有新书了，撒谎是不对的。”

“你可能失去了一个偶像，一个你远远仰慕着的人。”泰勒把他的夹克盖在了艾米丽的肩上，扶她站了起来，“但她失去了祖母，你别再烦她了。”

“很高兴见到你，艾米丽。”克莱门汀微笑着为他俩扶门，回头看了一眼正坐在弗雷德里克腿上的艾格尼丝，微微耸了耸肩。

“来吧，灰姑娘，”泰勒对艾米丽说道，他们爬上了楼梯，穿过酒吧，“我送你回家吧。”

“家。”他们走出门外时，艾米丽喃喃道。有那么一瞬间，她觉得自己的情绪从方才平衡的地方跌落了下来，虽然只是一会儿，但那也已近乎幸福了。接着，她呼吸着这座陌生城市的气息，想起了一群陌生人邀请她进入他们的世界的声音和模样，不禁笑了。那是一个真正的微笑，一个抹去了伤疤的微笑，一个让她第一次相信和

---

①原文为法语。

泰勒一起到这来不是错误的微笑。

明月低悬，将斑驳的光影洒在了水洼上。当他们还在房间里歌唱爱情、失去和那些艾米丽告诉自己不要相信的希望时，这些水洼就形成了。她仿佛又一次进入了别人的生活，那是一种她从未得到过也不属于她的存在。长久以来，她一直认为，那份她曾经自以为能够得到的未来将永远不会来到。她在循规蹈矩、一成不变的生活中过了一年又一年，因为那样是安全的。但现在，她看到了另一面，看到了如果她敢于跨过那扇门，进入那个她忽略已久的秘密花园，等待她的会是什么。

"我们等出租车来？"泰勒边说边点燃了一支烟，对着天空吹出了几个烟圈。

艾米丽抱着双臂，摇了摇头，在过马路前朝两边看了看。

她的身体里似乎有什么东西正试着解放自己。有一种感觉，或是对一种感觉的记忆，直到现在都只像一个遥不可及的梦。艾米丽仍然无法想象自己正走在巴黎的大街上，泰勒在她身旁，她远离了自以为需要和拥有的一切。

这就是祖母想让她寻找的吗？

她又抬起头来，开始数天上闪烁的星星。

"我要搬去纳什维尔①了。"当他们经过一座桥时，泰勒注视着桥上的一个流浪艺人。那人留着黑硬的胡须，粉色的脸颊在他吹奏一把锃亮的小号时鼓了起来。

"为什么是纳什维尔？"艾米丽想不出什么更好的话来，因为她不明白为什么一个过去从事股票证券交易、让富人变得更富的人会突然决定去做乡村音乐。

---

① 纳什维尔（Nashville）：美国田纳西州首府，是美国乡村音乐的发源地。

"去拥抱它、呼吸它，把它当成你最喜欢的毛衣，让它像茧一样包裹你、滋养你，保护你远离所有的消极。"

就像卡特里奥娜来到巴黎，遇见了五个后来成了她密友的陌生人那样。

"一切都是浪漫的，"他说着，挽着她的胳膊，带她穿过铺着鹅卵石的街道，"让自己沉浸在音乐里，所有的心疼，所有的痛苦，都包裹在如此美妙的旋律中。"

艾米丽想起了他随身携带的笔记本，她好奇那里面藏着什么，他又是否愿意和她分享，就像她同他分享自己的画一样。

旅馆的楼梯又旧又窄，一个金属笼子似的电梯立在中间。304房间门前有一只猫头鹰形状的黄铜门环。

"一群猫头鹰也被称为议会①。"艾米丽沿走廊望去，看见了一排小小的黄铜猫头鹰，它们的嘴从每扇门里探了出来，"而且它们的耳朵不对称，因此能准确地找出猎物的位置。"她开始用猫头鹰的头叩门，轻轻地，轻轻地，一遍又一遍。

"真是很抱歉，"泰勒站在她身边，手里拿着一把钥匙，"关于艾格尼丝先前说的话。"

"没事。"艾米丽回答道。她放开了猫头鹰门环，开始摆弄她挂坠盒上的链子。

"我不想让你在网上看到那些东西。"他靠在门框上，靴尖碰到她的鞋子。

"没关系。"

"不，有关系。连你自己都不知道要来这儿干什么，其他人却对此评头论足，这不公平。"

---

① 一群猫头鹰在英语中称为 "parliament"，也有 "议会或国会" 的意思。

对于她，每个人都有各自的看法，他们向来如此。只是艾米丽现在不能视而不见了，因为如果她放弃了，回家了，可能就回不了头了。

"晚安，泰勒。"

"晚安，艾米丽。"他说着，向她倾过身去，在她的脸颊上轻轻吻了一下。她没有躲开，没有像躲别人那样，从他的触碰中退却。

他的气息没变——皮革、发胶和薄荷。她的记忆闪回了童年，一直回到青春期开始的时候，他们第一次以不同的方式看向对方。

她站在自家老房子的走廊里，准备去摄政公园看《仲夏夜之梦》的演出。她披散着头发，穿了一件深绿色的茶歇裙。门铃响了，她打开门，看见他站在她面前，穿着夹克，打着领带，头发向后梳起，脸上露出了一种难以置信的表情。

十三岁，正是人生中最不平凡的时候。两个孩子尚未长大成人，但他们身上的变化已经显现了出来。

他向后退去，望着她，正如十五年前的那个夏夜一样。那时候，他仿佛是第一次见到她，他看到的不是她的伤疤，不是她的身体所承受的伤害。

就在那一瞬间，艾米丽完全忘记了祖母扔下的那颗重磅炸弹。但当他走开，她关上房门时，她意识到自己有些失望。不知怎么的，他让她开心了起来；而没有了他，一切都显得比以前更加沉闷和无趣。

当疼痛开始慢慢逼近时，艾米丽像往常一样，坐在窗边，打开窗户，呼吸着夜里的空气。她戴上借来的耳机开始画画，但这一次画出的线条有些不同：一个漫步的男人，肩膀上背着一把吉他，颈背上有一绺头发。

她将他画在了午夜的田野中央，当他弹奏时，树都转过身来倾听。一长串音符从轻轻拨动的琴弦中飘了出来，飞到他的头顶上方，一个接一个地变成了蜜蜂，变成了成百上千只飞翔的鸟儿。

青鸟

　　坐在艾米丽对面的那个女人脸上有一种表情，像是在因为变老而感到抱歉。她搅拌着咖啡，用小叉子吃着蛋糕，等着艾米丽读完另一段祖母的往事。艾米丽也在试图忽略咖啡馆另一头传来的交织的口音。那里有六个人围在一张桌子旁，用蹩脚的英语谈论着前天晚上的冒险经历，其中一人顶着黑色的波波头。

　　艾格尼丝是下一批二十来岁的嬉皮士中的一员——他们睡在隔壁楼上的图书馆里，以此实现自己的文学幻想。除此之外，他们还会探索巴黎的种种乐趣。艾米丽能看出来，他们刚刚一起度过了一个夏夜。一想到他们将要过上的生活，想到艾格尼丝他们正追随着祖母的脚步，而她自己却从没有机会这样做，这令她感到嫉妒。

　　"卡特里奥娜过去经常给我母亲写信，即使我母亲已经不再经营这家书店了。"玛德琳注视着艾米丽的伤疤。当艾米丽小心翼翼地把祖母的信叠好塞进包里时，她能感到那双眼睛正看着自己。"她以前会提前寄样书给我们，甚至包括她成名前的那些书。"

　　"以前。"艾米丽心里默念着。总是会说回以前，好像她的祖母之所以值得纪念，只是因为她偶然构思出的想法和人物触动了许多人。令她感到被冒犯的是，祖母出版的所有作品的价值都只是因为那些接踵而来的东西——名声、财富和永久的梦想。

　　艾米丽打了个哈欠，喝了最后一口咖啡。她昨晚又失眠了，在陌生的床上辗转反侧。她试着画画，但脑海中充满了疑问，也充满了回到英格兰而后销声匿迹的理由。最后，她起了床，在泰勒的房门下塞了一张字条，接着步行穿过巴黎，寻找更多关于过去的线索，等待着记忆的浮现。

天刚要破晓，她便发现自己已经站在了书店咖啡馆的门外。咖啡馆里已经点上了灯，咖啡和羊角面包的香气飘溢在大街上。一个女人站在柜台后，一头褐色的头发中点缀着几根白发。当艾米丽站在门口时，她抬起头来。两人迟疑了一下，便一起喝了一杯。

玛德琳指了指窗边的一张桌子，外面的世界正慢慢苏醒。接着，她端来了一杯黑咖啡和几片杏仁樱桃蛋糕，因为羊角面包还在烤箱里。她坐下后，一言不发地把桌上一个朴素的白色信封递给了艾米丽。

艾米丽看着那些嬉皮士，想着要是自己也变得如此放纵而自然，那会是怎样的感觉。如果她有足够的勇气踏上这样的冒险之旅，她的生活会不会变得不一样。

"很抱歉让你感到困惑。"玛德琳顺着艾米丽的目光，和她一起注视着那群人慢慢走出咖啡馆。艾格尼丝朝她们这边点了点头，简短地打了个招呼。

艾米丽很羡慕他们的亲密，羡慕他们因共同的经历而建立起的联结。他们轻松自如地在彼此身边走动，浑身都弥漫着欲望的气息。

"你知道了。"

"寻宝之旅？"玛德琳端起杯子，又放了下来，"是的，但我答应不说出去。"承诺和秘密，交织在一起。

"安东尼是谁？"

玛德琳一听到他的名字就笑了，用叉子把蛋糕屑堆在了一起。

"安东尼过去——安东尼是——一种自然的力量。强壮、英俊、聪明……这样的组合对任何人来说都是致命的，更何况他就算喝了两瓶红酒也照样能背诵《莎士比亚全集》。我妈妈告诉我，她们都以不同的方式爱上了他。就连我也对他心动过，尽管我知道他永远不会对像我这样的人感兴趣，那时候我才十几岁呢。"

"现在，他在哪儿？"他还活着，艾米丽感到了一丝希望。

"还是由你来告诉我吧。这一切的意义不就是让你自己找出线索吗？"

艾米丽希望她知道那意义是什么，以及安东尼是不是她上这儿来的真正原因。

"来。"玛德琳站了起来，"让我来告诉你，我让你到这儿来的目的。"她们来到咖啡馆后面，爬上狭窄的旋转楼梯，来到了一间杂乱的阁楼——这里既是办公室，又是储藏间。玛德琳开始在一堆书中翻找，然后爬上了其中一张桌子，把架子最上方那个落满了灰尘的纸板箱挪到一边。艾米丽走到窗前，探出身子向下看去，内院里有人正坐着看书。巴黎的阳台和屋顶琳琅满目，如果踮起脚尖，她几乎能看到埃菲尔铁塔的塔尖。

"啊，在这儿。"玛德琳把什么东西扔在了桌子上，接着爬了下来，摩擦着双手，摩擦间落下的细小灰尘在空中打着旋。

那是一本相册，里面全是过去的照片。艾米丽最先认出的是吉吉，她对着镜头噘着嘴，站在一只上翘的木箱上整理隔壁书店的架子，一只脚在身后翘着；另一个女孩坐在一把很大的椅子上，抽着一支烟，全神贯注地看着膝上的书。夏莉也在照片里，她张开双臂，在院子里跳舞，周围是落叶与黄昏时的光。另一个男人长发及肩，微笑地看着镜头，他似乎能看透你的灵魂。

"诺亚？"艾米丽问道。

"你怎么知道？"

她翻了一页，看到了六个人的合影：他们年轻而充满希望，在咖啡馆门外挤作一团，胳膊互相搭在一起，紧密得连光都透不进来。

现在，艾米丽认出了他们。前排中间是她的祖母，她搂着吉吉的腰；诺亚站在她的另一边，手臂搭在她的肩上，手指却伸进了黑色的卷发；他身边是夏莉，个头和他一样高，她甚至还光着脚。夏莉皱着眉头，挥着手，好像正在向摄影师喊着什么。无疑，那时候的她也和现在一样威风。

这群人的另一边，是两个艾米丽从未见过的人。这对男女似乎有些疏离，女人低着头，头发从两侧垂下，令艾米丽看不清她的脸。站在她身边的是一个天使般的男人，他有着精致的五官和淡金色的头发，赤裸着上身，穿着紧身的阔腿牛仔裤。他肩膀宽阔，肌肉紧致，笑容灿烂而轻松，两颗门牙之间还有一道缝隙。他一定就是安东尼。

艾米丽情不自禁地注视着这个人身上所有的美好。一想到他可能是祖母曾经爱过的人，她便露出了微笑。艾米丽凑近了些，试图辨认自己的容貌是否和他有相像之处，接着又看了一眼诺亚，但她没有在这两个可能和自己有血缘关系的男人身上发现任何明显的相似。

在照片下面，有人潦草地写了一句《爱丽丝梦游仙境》里的话，还画了一个笑脸，标上了日期。

回到昨天毫无用处，因为我已和过去不同。1965 年 7 月 12 日。

"这句话是你写的吗？"艾米丽想。她看着墨迹勾勒出的环形与曲线，注视着祖母脸上幸福的表情与自如的举动。是什么时候一切都变了，又是哪个迷人的男人让她心碎？艾米丽又翻了一页，当看到祖母站在窗边画架前的那张照片时，她停了下来。祖母的头发大多随意地盘在头顶，脑后和耳朵附近留有几缕松散的卷发。画上有一对栖息在树枝上的青鸟，它们正在分享或是争夺一条虫子。这幅画就挂在诺福克老家的书房里，但艾米丽以前从不知道它是祖母在这里画的。

"这是卡特里奥娜在我这儿的最后一张照片，"玛德琳靠在桌子上说，"在她离开之前。"

"和安东尼一起？"

"和安东尼一起。"

"不是诺亚？"

玛德琳苦笑了一下："看来，你根本不需要任何人的帮助就能弄明白一切。"

"她为什么要离开呢？"艾米丽希望自己能让他们都活过来，或者能回到过去，去体验祖母的感受，只要一天就好。一个想法、一幅画面开始在她的意识边缘游移，她不由自主地四下寻找一支笔。

"我不清楚全部的细节，但我妈妈的确说过，安东尼和诺亚一直都合不来。她说起那六个人的时候，就像是在谈论自己的孩子。她为他们每个人感到骄傲，甚于之前或之后来的其他人，但那两个男人总是争执不下。"玛德琳仔细地看着艾米丽，看着她嘴唇的曲线，看着那双从不停驻于什么的明亮双眼，"但当你看到他们相争的女人时，这就不奇怪了。"

"我能保存这些吗？"艾米丽翻阅着那两张照片，似乎没有注意到自己在说出最后一个字时的口齿不清。她全神贯注地看着祖母过去的样子，无暇考虑如何正确地说出一句话来。

玛德琳深吸了一口气，迟疑了一下，回答道："只是……它们是我母亲的。"

艾米丽脑海中的画面瞬间消失了，取而代之的是一架金属梯子从家里天花板上的舱口垂下来的样子。她曾一次次地爬进那个黑色的方块。"没关系。"艾米丽能够理解，因为她也不想将任何东西送人。这就是为什么诺福克小屋的阁楼上满是装着祖母遗物的箱子，艾米丽并不需要那些东西，但她无法将它们送出去或是卖掉。她确信那里面还有几十件曾属于她母亲的东西，卡特里奥娜一直留着，但从来不拿出来看。人们的记忆躲藏在黑暗的空间里，积着灰，除了时间，什么也留不住。

"你为什么给我看这些？"

"我想这可能会对寻宝有帮助。"

艾米丽的目光落在了另一个半开着的箱子上，里面放着订在一起的几十张纸。她将最上面的一份拿了出来，第一行写着一个名字和一个日期。"席琳·杜波伊斯，1979。"艾米丽念了出来。她翻看剩下的几页，都是用法语写的，但她只看懂了一半。她翻到下一页，看到了另一个名字、另一个日期和一些文字。她满腹疑问地看向了玛德琳。

"每个在这里待过的人都得留下点东西：通常是简短的自传，但有时候会是别的。"

"别的？"

"在你发问之前，"她说着，把那沓纸放了回去，关上了箱盖，"她的已经不见。当然，她留下了一整本笔记本，里面全是诗歌和故事片段。当意识到它有多么珍贵时，我的母亲便将它保管了起来，后来就不记得放哪儿了。"玛德琳叹了口气，环顾房间，看着那一堆一堆的箱子，"就我们所知，它可能就在这里。或者她把它给了别人，又或者有人偷走了它。我想这就是成名的诅咒吧。每个人都想得到你的一点东西。"

他们一直都在索取更多的东西，但卡特里奥娜很擅长让艾米丽远离那种生活，远离公众的视野。

"妈妈告诉我，卡特里奥娜和吉吉总是捉弄人。卡特里奥娜不让任何顾客买到他们声称想要的东西。她说，她有一种知晓别人想读什么或需要读什么的本领。当那些顾客离开的时候，还以为自己一直都是这么想的。"

卡特里奥娜·罗宾逊总是很善于说服别人遵从她的指令，甚至当她不在人世时，也似乎有能力让每个人都按照她的计划行事。

"很多人都回来过，讲述着她卖给他们《动物庄园》《一间自己的房间》或是《愤怒的葡萄》那天的故事。有个男人说，尽管他和卡特里奥娜曾发生过争论……他说奥斯汀写的不过是一堆情感废话……但他还是带着一本《傲慢与偏见》离开了这里。后来，他在回家的路上遇见了未来的妻子。她看到了这本书，还评论说自己很喜欢班纳特一家。"

"她的故事是什么？"艾米丽万分希望它就在这里，这样就可以发现和阅读她在这里写下的第一个故事。

"什么？"①

"她在这里写的那个。"

玛德琳笑了。

"故事讲的是一个生活在森林边缘的女人，她受困于自己对外部世界的恐惧。但到了晚上，她就会变成一只鸟，在土地上空飞翔，寻找她久违的爱。你知道这个故事吗？"当她们走下楼梯时，玛德琳问道。

"不。"艾米丽回答。她看到半个咖啡馆里都是人，他们大多站在门边，听一个人唱歌。那个声音就像是奶油糖果，甜美中带着一丝危险。歌声在空中飘扬，猝不及防地溜进了艾米丽的身体，直抵她记忆中长久遗忘的地方。

她发现自己正穿过一小群聚在一起听歌的早起者，来到了门外。她看见一个男人坐在一把金属的编织椅子上，一旁的桌上还放着一杯喝了一半的咖啡。

是泰勒。他的手指灵巧地在吉他弦上来回拨动，弹出一首十分哀伤的曲子。当他弹奏时，她注视着他嘴唇的动作。

一曲终了，他点了点头，向那一小群观众和他们轻轻发出的掌声致谢，而后拿起了吉他，缓缓走向艾米丽和玛德琳。

"你脸红了吗？"他皱着眉头说。

艾米丽立刻用手摸着脸颊："什么？不，我没有。"

"你看起来状态不错。"他说着，转向了玛德琳，一只手放在胸

————————————

① 原文为法语。

111

前，微微地鞠了一躬，"幸会①，夫人，您一定就是玛德琳吧？"

两人轻松地用法语聊了起来，艾米丽没有去听他们的对话。她不再试图听懂他们谈话的内容，而是通过眼波的微妙流转和泰勒向商店打手势时，玛德琳的点头和脸上慢慢泛起的红晕来感觉这一切。

泰勒一向都泰然自若。他魅力十足，能够和任何人交流。艾米丽现在明白了，就算其他的一切都失败了，他还有他的吉他。他的歌声不仅发音准确，也同样深刻、丰富以及情感充沛。他手指的节奏、他拨弄出的轻柔的震颤、他脸上专注的神情以及他忘我的歌唱，更加吸引着她的注意。这像是一种催眠，让他看上去更迷人了。

但在这一切的背后，她看见了一个害怕让父亲失望的男孩，看见了他第一次试着弹琴，借此赶走怀疑与恐惧。就像她画画时那样，他沉浸在另一个没有情感的世界里。

她抬头望着阁楼的窗户，努力回忆起脑海中第一次浮现出一幅画时的情景。她模糊地意识到左手的手指正在大腿上移动，画着她不太能记起的形状。

"你准备好出发了吗？"泰勒问道。艾米丽怔了一会儿，才回过神来，注意到他在同自己说话。

"出发？"

"是的，去圣特罗佩。神秘奇幻之旅的下一站。"

艾米丽看到他拿着两个人的手提箱，这意味着他已经把她的东西打包好了，把它们全都放进了一只破旧的黄色皮箱，然后带到了这里。

艾米丽默默地罗列着他能看见可她不想让他触碰的私人物品。

他未经允许就进她的房间，翻她的东西，这令她感到了某种侵犯。但他显然不认为自己做错了什么。他难道不觉得，等她回来或

----

① 原文为法语。

者至少问问她是否准备好了要走，这样更谨慎、更有礼貌吗？

他为什么这么急着离开巴黎？

她弯下腰，拉开箱子的拉链，把手伸了进去。知道速写本、那些书和信件还在时，她松了口气。

"希望你找到了要找的东西。"玛德琳将艾米丽揽入怀中，在她的两颊上吻了一下，接着把什么东西塞进了她的手里。

"谢谢你。"艾米丽轻声说道，她看到了那两张她曾问起的照片。

"再见。"[1]泰勒带着艾米丽离开时回头喊道。最后，艾米丽也回头看了一眼，希望也许，只是也许，她还有机会回到巴黎这一方美妙的角落。

又一列火车，又一趟旅程。她感觉和之前并无不同，但每一秒都有新的事物需要应对。艾米丽将它们塞进大脑的盒子里，尽量不去想它，因为思考会带来回忆，会让自己无法处理任何事情。

他们坐在顶层的平台。谁知道这是一列双层火车呢？一处靠窗的人造皮革座椅上，椅子倾斜的空间令人感觉不够舒服，座椅之间还有扶手。一张锃亮的折叠桌上覆满了杂志，还有凑合着能吃的面包和奶酪，泰勒正慢慢地吃着，对面还有两个空座。

艾米丽低头看着祖母站在画架旁的那张照片，想起了一直挂在书房墙上的那幅画，还想起了炉火边的那把刚好只够坐两个人的椅子。艾米丽喜欢坐在上面听古老的法国童话：王子被邪恶的王后变成了一只青鸟，美丽的公主被锁在了一座塔里。

"青鸟。"[2]艾米丽知道阁楼上的一只箱子里有一本17世纪的故事集，但她从未想过祖母为什么会有那本书。艾米丽只是喜欢封面上那

---

① 原文为法语。

② 原文为法语。

张华丽的图片：一个女孩正伸手抓一只从天上飞下来的青鸟。

但她为什么要画一对呢？当艾米丽翻来覆去地想着所有的问题与可能的答案时，她的眼睛疲劳地眨了眨。她知道青鸟只在北美被发现过，并且雄性青鸟有着很强的占有欲——它们会保护自己的巢穴和伴侣不受其他追求者的侵害。这是否意味着书中有一条线索与那两个和卡特里奥娜共度夏日的男人有关？那本书似乎激发了她画那幅画的灵感。她悉心保存着那幅画，每天都会看一遍。

火车加速时，艾米丽的头向后靠在了座位上。持续的运动迫使她闭上了眼睛。这些天来，她的眼睛一直因为太过焦虑而无法正常合上。

她睡觉的时候，手指会不停地抽动。她做着关于图画的梦，画过的、将要画的、祖母笔下的，还有祖母让她想象出来、用色彩与光线付诸笔端的图画。她还梦到了过往的事情，那些她醒来就再也记不起的，关于两张她最思念的面孔的回忆。

泰勒坐在她旁边的座位上，读着她祖母的书，翻看着书里的图画，寻找着藏在每一幅画里的宝藏。他微笑地看着挂在衣柜门上的旱冰鞋、墙上的《星球大战》海报，还有色彩鲜艳的火车布景。故事里处处都是艾米丽童年生活的细节，有些甚至连她自己似乎也没注意到——那些人物的面孔或者他们穿的鞋子。一辆光鲜的黑色敞篷车，后备厢上还贴着GB①的标志。它曾属于泰勒的父亲，但再也不能开了。

艾米丽像是在描画着她的过去，为的是将它们从脑海中抹去，让自己从回忆那戛然而止的生命的痛苦中解脱出来。

他把书放在一边，看着艾米丽平静的脸，又等了一会儿，才把手伸进她的包里，拿出了一个朴素的白色信封，那里面装着更多的淡蓝色信纸。

---

① 英国的简称。

"是的：我是一个梦想家。因为梦想家只能发现用月光铺就的道路，而他的惩罚是比所有人都更早见到黎明。"

——奥斯卡·王尔德，《身为艺术家的评论者》

现在很晚了，或者说太早了，这取决于你怎么看。不管是太晚还是太早，我正坐在我们小公寓的屋顶上仰望月亮，想着它如何能一直挂在那里（我知道这很傻），无论你在世界的哪个角落，都可以坐下来凝望它，想着某个你希望也在思念你的人。

我离开才不到两个星期。上一次见到诺亚已经是一个多星期前了，自那以后就一直杳无音信。我知道自己应当把这当作一个信号，我所有的理性都在告诉我应该如此，但我不想。也许他甚至都不知道我在哪里。更有可能的是，他被一群意大利美女迷住了，已经快要忘记我长什么样，更不记得我叫什么了。我可以随时去找他，我很清楚他会在哪里。在一片湖水上，伴着他的船与梦。独自一人，但自由自在。

我不能去找他。这太俗套了，而且也很软弱。我不软弱，再也不软弱了。我不会成为那种只因为一个男人说爱她就要去追随他的女人。虽然我很想去看看湖，想要驶过陶土色的高楼大厦和点缀着柏树的海岸线，想要在清澈的水中游泳，尽可能深地潜入水底，屏住呼吸，像一条美人鱼或者一个生活在神奇潟湖①里的动物那样。

不过这里也很美，一个叫作"圣特罗佩的小镇"（听上去就像是一首歌的开头）。我不太确定要期待些什么，但当你抛开所有的浮华

---

① 潟湖：被沙嘴、沙坝或珊瑚分割而与外海相分离的局部海水水域。

与诱惑，你会发现这个地方有一种朴素之美，这里的生活按照潮汐与阳光的起落进行。渔民们从早已死去并埋葬的先辈那里习得技能，农民和工匠们隐藏在那些百万富翁之中，而一旦夏天结束，这些富翁似乎就要回到他们来时的地方了。

这里黄昏时的光令人叹为观止。一道粉色与紫色相间的温柔彩虹慢慢褪成灰色，缓缓地沉入地平线之下，融入不断运动的大海之中。带有咸味的新鲜空气能让你从内而外恢复活力。阳光把我乳白色的皮肤晒成了金棕色，让我从头到脚都布满了疯狂的晒斑。安东尼一直恐吓说他也要变成一块晒斑，看看我身上还有什么秘密。

他和我见过的人都不一样。和他在一起，我觉得很轻松、很舒服。他让我相信，我能做任何想做的事，成为任何想成为的人。他告诉我不能自欺欺人。这真令人难以置信，因为他自己就有那么多要隐瞒的事。

我知道我来这里是为了帮他，就像他帮我一样。我知道我的存在能让他在表面上装作和其他人一样。我们每个人心里都藏着秘密，而相比在巴黎，他在这里似乎更难藏住了。

在去南方的路上，他送了我一枚戒指。一颗切割的祖母绿宝石镶嵌在一枚曾属于他祖母的金戒指上。他告诉我，当他把戒指递给我时，我的嘴张得像一条巨大的石斑鱼。接着，他把戒指套在我的手指上，整个公交车上的人都开始欢呼。他在我的耳后吻了一下，悄声说："我们能不能假装一会儿？"

租给我们公寓的房东是一个叫艾斯梅拉达的可怕女人，她拿着念珠的时候就像拿着一件武器。她的胯部能挤满一扇门，两道眉毛之间有深深的皱纹。这可是个不容小觑的人物。我们刚来的时候，她就站在临时厨房里（里面只有一个水池和一个电炉），一口气说出了一长串规则（全是法语，我一句话都听不懂，但安东尼说主要讲的是不要开派对，也不要养猫），全程一直上下打量着我。她的目光落在我左手的第三根手指上，然后简短地说了一声"好①"，接着砰的一声关上了门，走了。

安东尼告诉我，我想待多久都可以，或者至少待到我把书写完。他不收我一分钱房租，自己就睡沙发，而我睡在（相当凹凸不平的）床上。作为回报，我要做的就是帮他圆谎——我们已经订了婚的谎。他说，当我觉得该走了的时候，我们可以大吵一架，他会因为出轨一个叫索菲亚的女人而承担全部责任。他痴迷于索菲亚·罗兰，经常偷用我的睫毛膏画眼睫毛，然后在公寓里上下走动（整个公寓最多二十步就走完了），咕哝着我听不懂的意大利语。我怀疑他说的只不过是一些脏话和废话。

我不习惯这种生活方式。不用负担责任，不用付出时间。随心所欲，来去自由。每天就是沿着海滨慵懒地散很久的步，注视着各种各样的船——一些是旧的，一些是新的，一些破败不堪，一些结实耐用。

只是我不太擅长无所事事。显然，我不会当一辈子的花瓶妻子，在游艇上喝香槟，被丈夫包养（相反，安东尼会毫不犹豫地投入那种生活）。所以，我给自己找了份工作，在海边一家昂贵旅店的酒吧里当服务员。我的工作就是收拾空杯子，对有钱的美国人和英国人微笑。他们来这里度假，之后会再回到纽约和伦敦的银行。当然，夏天很快就要过去了，这份工作也快要结束了，但安东尼向我保证这不是问题，因为总有人会来这里花钱。

我有些害怕，问他怎么知道这些以及他晚上不回家的时候都去哪里，因为我爱他，那完全是一种纯洁的爱，就像兄弟姐妹们斗嘴打架，然后笑到肚子疼那样。

---

① 原文为法语。

117

他一直都吸引着我。前几天，我抓到他趁我睡着的时候看我。他说，当我们不再试图隐藏，当我们回到真实的自我，不再被时时刻刻要保持的社交礼仪所束缚时，我脸上的变化令他着迷。

他正在办一场展览。我担心我会成为展览的中心，但他不让我进画室（画室只不过是一间坡屋，这让我想起了我父亲花园尽头的那间旧棚子）。他说，在一切都准备就绪之前，他不能给任何人看。与此同时，他一直对当地画廊抛橄榄枝，试图找人在一种全然未知的东西上碰碰运气。

他的确让我进过一次画室。那是在巴黎，他受一位贵妇之托作画，那位贵妇看中了他，请他送她一幅好的画作，只要不是裸体的就行。他画了一群人在港口背后的小公园里玩滚球，他们戴着鸭舌帽，穿着亚麻背带衬衫，嘴里叼着卷烟，一生都带着战时的恐怖记忆。他说，这是把真相挂在她墙上的方式，即便她的富有和特权让她永远也无法真正理解什么是真相。

我坐着看他画画的时候，仿佛看到了我从未见过的东西。他任由它吞没自己，成为自己的一部分。他相信这幅画，也相信他心中的想法会随画布上的笔触释放。

他让我闭着眼睛打字，赶走所有的疑虑，让缪斯女神尽情绽放。因此，每天晚上我从旅馆下班后，都会带着一瓶红酒、一些奶酪和一根法棍回来打字。只是今晚有一些别的东西——那轮圆满的月亮，月亮周围那些映射着大海光辉的星星，令我太分心，也太伤感了，我无法写作。

我心里有些明白，我到这儿来是想气诺亚。因为他嫉妒安东尼，而我任由他这么想，甚至还助长了他的嫉妒。他很少向我表露感情，更别提说出来了。那些相拥而眠的夜晚里，我们分享着彼此的身体和彼此的欲望。你会以为这就是亲近一个人的方法了，但我更傻，因为每一次醒来，我都会发现他已经离开了，然后在第二天的夜里，发现他和别人调情。

吉吉一向不喜欢他。她下周就要来了，并且在信里说想让我和她一起回意大利。她遇见了一个让她重新爱上美食的厨师，她说担心自己会变胖，担心他不再喜欢她。这可真是个荒谬的想法，所以我告诉她，如果他看不到她身材与嘴唇之外的东西，看不到她是个多么美妙的人，他就不配拥有她的爱。

我不知道自己是否会和她一起走，也不知道离开巴黎仅仅是因为它让我想起诺亚，还是因为我已经改变了许多，准备好了去一个新的地方冒险。我已经和那个在伦敦下火车的害羞姑娘不一样了。那个姑娘睁大了眼睛环顾四周，那样天真，那样容易相信别人。

但我还是有些想留在这里。和我的假未婚夫，和我的书与法国红酒一起，把我的寂寞藏在山顶。

昨晚，安东尼给我做了海鲜饭，坚持说我会爱上它，甚至还会爱上鱿鱼条（它们很好吃，蘸上大蒜蛋黄酱更美味）。他告诉我，水母会如何根据它们吃过的东西改变颜色——他的大脑就像一个巨大的信息库，尽管他不记得自己是从哪里学来的。

我问他海鲜饭里有没有放水母，他拍着我的手说没有。他最近一直在和一个想要赞助他的作品、支持他的热情的人交谈，那个人对海洋生物也很了解。我当然想知道这个神秘的赞助人是谁，以及他想要什么作为回报，但安东尼只露出了一个狡黠的微笑。这个微笑足以告诉我一切，甚至更多。

他得留神。我得替他留神。因为世界虽然在变化，但还不够快，我担心即使在这里，也有人接受不了他的风格。也许吉吉和我可以在这儿多待一阵，让他远离窥视的目光与无端的揣测，因为尽管他很漂亮，尽管他很可能是我见过最聪明的人，但我很清楚：爱会让人做出愚蠢而鲁莽的事情。

CMR

公鸡

"该死。"泰勒边说边看了看表，来回踱着步，又一次盯着画廊门上挂着的"关闭"标志。

"今天是星期天。"艾米丽低声说道。她不敢相信他们竟愚蠢到不去查看博物馆周日是否开放。

"他可能根本就不在这里。"泰勒面向她说道。他的双手放在臀部，眼神令她感到费解。

"你用谷歌搜过他。"她推开了他，踢着自己的手提箱，想要拿起他的吉他往博物馆的墙上砸，砸到它彻底碎裂为止。

"七个小时。"她心想。坐了七个小时的火车，又在闷热的公交车上待了两个小时，身边围绕着一群男人的臭气，他们似乎忘了水和肥皂是干什么用的。她应该留在巴黎的。

她本可以去参观罗浮宫，发现更多祖母离开家的第一个夏天前往的地方，又或者回美术商店买点东西，接着坐在杜乐丽花园里，把她看到的都画下来。她为什么不能多待几天，一直走到圣心大教堂，去许多艺术家前辈都曾居住过的蒙马特广场附近转悠？

因为她的脑海里有一个无形的煮蛋计时器。它缓缓地倒出一颗颗沙粒，每一粒都代表着一个时刻的流逝，离她不必再完成那个所谓的"冒险"更近了一步。

这个念头让她感到恐惧，即便她在巴黎时也会这样想。但她身体里的一小部分，一个长久以来被忽视的声音，那个一直试图让她关心自己、关心自己的秘密与梦想的声音，却在更大声地呼喊着，它让艾米丽回忆起了体验新事物的感觉。

"你说得对。"泰勒靠在墙上，闭上眼睛，叹了口气。

艾米丽都忘了他还有这一面：即使不是他的过错，他也会为此而愧疚。这个男孩很擅长让别人为他心疼，尽管他已经有很多优势了。

"今天是星期天，"她又一次想着，"是休息日。"当她们从教堂回来，打开家里的后门时，混合着各种配菜的烤牛肉的香气会扑鼻而来，与此同时，教堂的钟声也依旧清晰而真切。星期天，她们会沿着海滩散很长时间的步。她祖母过去常说，冬季的寒风会吹走所有的蛛网，接着，她们会回到家，一边喝着茶，吃着自制的饼干，一边坐下来玩填字游戏。

可是没有了她，味道就不一样了。自从她去世后，没有什么尝起来、听上去或感觉上和过去一样，甚至在那之前也是如此，直到当她得到最终诊断，决定放弃进一步治疗并选择优雅地离开，却不管那意味着什么的时候。

现在，除了一堆令人无所适从的杂乱思绪，她在星期天都干些什么呢？所有的日子都去了哪里呢？怎么不经意间就又过去了一周呢？

"在这儿等着，"泰勒说道，她歪着头看他拿起了他们的手提箱，"我把行李送去旅馆，然后我们去吃点东西。"

"我不饿。"艾米丽听见自己低声回答，觉得自己就像个任性的孩子。但当初是他坚持要离开的，他甚至都不问她是否同意就订了火车票。他才是那个急于离开巴黎的人，而现在，他们来到了这里，来到了这个在艾米丽出生很久以前，她的祖母曾住过的另一个城镇。

艾米丽沿着狭窄的街道往回走去，一直来到了一个岸边都是名牌商店和昂贵餐厅的港口。她视线越过那些超级游艇，刚好能看见莫尔斯山脉，心想：那里的生活会是多么安静啊。

"是什么让你留了下来？"她沿码头走着，抬头望着滚滚而来的云，心里想到。她看见了几只在蓝天中上下翻飞的鸟儿，一直看着它们飞过了港口的岸壁。她能看见远处的圆形石制结构，上面立着一根没挂旗子的桅杆。

两根生了锈的锚并置在隔开了陆地与海洋的岩石上，海平面上满是船只。有一架飞机从她的头顶上飞过，一路向北，留下了一道白色的痕迹。她爬上岩石，在上面坐了下来，然后脱去鞋子，眼神空茫地望着远方。"我为什么会在这里？"她又自问了一遍，试图弄明白关于祖母生命中那个特别的部分。祖母想让艾米丽看到和理解什么，为什么要把连她都不知其存在的日记选段给她看，而不是在去世前当面告诉她一切。她想象着曾在这里的某个地方生活过的幽灵，一个心碎的年轻女子，从一个以最安全的方式爱着她的男人那里寻求庇护。和他有关。她灵光一闪，就这么简单。祖母出版的第一本书讲的是一对男女的爱情，但事实却并非如此。

"每个人一生中都至少值得被爱一次。"她默念着小说的第一句话，而后快速地在脑海中过了一遍小说的梗概。它围绕着一个男人背弃的诺言展开，那个男人需要掩盖真实的自我，因为社会尚未准备好接受真相。他向一个需要爱的女人许下了诺言，而她应得的爱比他给予的更多。最终，她学会了如何放开那些无法控制的事情。

"安东尼是你的缪斯。"想到这里，她摇了摇头，微笑着想象祖母在这里生活，并写下了一个与生活如此紧密相连的故事。

这是祖母一直在做的，将现实生活融入故事，让艾米丽看到，总有办法去想象出更多的东西。

"你在这里啊。"泰勒有些气喘吁吁地站在那儿，手里抓着一只锚，"我都忘了你有消失的习惯。"

"不，我没有。"艾米丽边说边站起身来，套上了鞋子，跳过了岩石。

"哦，是吗？"泰勒一只胳膊揽着她的肩膀，胯部撞上了她的身体，"那在自然历史博物馆的时候呢？"

她耸了耸肩，挣脱了他，仔细地看了看港口边一家普通餐厅的菜单。艾米丽几乎没有记住那一页上的任何字词，她正努力压抑着挥之不去的失望之情。

　　"喝一杯怎么样？"泰勒朝一家酒吧的方向仰了仰头。那家酒吧的上方挂一株鲜绿的三叶草，内部布置得很简单：石质的地板，几张桌子，角落里放着一只啤酒桶，边上站着两个喝着黑啤的男人。里面与其说是房间，不如说是洞穴，低矮的天花板上覆着瓦片，上面还挂着一排塑料旗帜。木制吧台有一整面墙那么宽，上面放着一台泵状铜管机器。艾米丽的目光落在一台老式点唱机上，是那种有黑胶唱片和条状彩灯的款式。伴着利亚姆·加拉格尔唱着烟与酒的低沉鼻音，整个房间弥漫着陈年啤酒、防晒霜和淡淡鱼腥的味道。

　　"威士忌？"当艾米丽爬上靠着另一面墙的凳子坐下时，泰勒问道。她点了点头，试着不去想如果牧师知道了她现在在哪里，会说些什么。

　　吧台边上放着一摞啤酒垫。泰勒用指节扣了扣底部的垫子，啤酒垫被弹到空中，散落在地。

　　艾米丽在指间转着一个垫子，每转一圈就能看见一只红色的小公鸡一闪而过，这让她想起了家中橱柜里的一包包麦片。

　　公鸡是中国十二生肖里唯一的鸟类，人们认为它既自信又聪明。她一面考虑着是否要把这个随意想到的念头告诉泰勒，一面努力回忆自己最初是怎么知道这个信息的。这一点和安东尼很像。按照祖母的说法，他是一个会说会动的百科全书。这让她怀疑自己是否继承了他的艺术才能及容易沉迷的天性。

　　但她不太相信安东尼和祖母会生下私生子，也不太相信他们会假订婚。即便是对祖母那样的人来说，这些事也太过了。她把啤酒垫扔进了一个编织篮，篮子边上还粘着一根薯条。她拿起自己的空杯子，将它放进了过去几个小时收集的物品里。"所以，那个安东尼是谁？"泰勒边问边示意酒保再来一杯，"他和卡特祖母真的订婚了？"

"你读过她的日记了？"

"没错。"

"让我看看你的。"她说着，伸出了手。

"我的什么？"

"笔记本。你看了我的，也读了她的，让我也看看你的，这才公平。"

有那么一会儿，她觉得他是不会答应的。他可能会声称把它落在旅馆里了，但她知道它就在他夹克内侧的口袋里，甚至在他走去旁边挂着夹克的凳子那里，把笔记本递给她之前，她就知道了。

她随意翻开一页，边读边皱着眉，努力辨认着上面的笔迹。

"你的字很难看。"

"你好像我的小学老师。"

艾米丽忍住了笑："像一只喝醉了的蜘蛛在网上爬。"

"如果你说话这么刻薄……"他说着，伸手去拿笔记本。但她把他的手挡开了。他写过一首关于秋日落叶的歌，将它们比作生命中那些不得不放手的人。还有一首歌写的是残酷的命运之手，将你从内心最渴望的东西身边推开。歌词不完全是普鲁斯特式的意识流，但其中包含的情感是清晰的。艾米丽能看到的更多，能感受到那些隐藏在字里行间而泰勒还没有足够的勇气说出来的话。

她能看出他对父母的责怪，因为他们强迫他成为某种人，过上某种生活。但是，他是有选择的，他本可以选择拒绝的。

她有选择吗？还是她也默许了让祖母替她做出所有选择？

"你觉得怎么样？"他坐在那儿，等着艾米丽的反馈和一句小小的鼓励，就像她第一次向祖母展示她的画那样。

她合上了笔记本，用一根手指轻敲着平整的黑色封面，想象着她会在上面画些什么来呈现那个藏在里面的人。也许是一座山，山里流淌着一条河，还有一道由声音的晶滴组成的瀑布，每一滴都代表了他的一部分灵魂和一部分他所感受到的痛苦。

"乡村音乐不就和教堂音乐差不多吗？"

"这话我听着就生气。"他一只手捂住了心口，脸上却带着微笑。

"就是啊。它们都把生活中的问题归咎于别人。"

服务员走了过来，又放下两只玻璃杯，并把空杯子收走了。

泰勒慢慢地喝了几小口，接着舔了舔嘴唇，朝她倾过身来。

"对于一个周日的夜晚来说，这气氛有点沉闷，你不觉得吗？"

艾米丽捞出一块冰，吸干了里面的威士忌，用后槽牙咀嚼着剩下的部分，感受着半边脸失去感觉的状态——那里的神经从未完全愈合过。她想象着有一口井，一个男孩坐在井底，他被自己的过去和错误所困，等待着一个人放下绳子，让他自由。

"我不是说音乐没有力量。"

"的确，"泰勒说着，举起了他的杯子，"想想因为有了音乐，你看一部电影，或是一档电视节目的时候感觉会丰富多少。心理分析最初面向大众的时候，用的可不是那种臭名昭著的打分表，那时候人们可一点儿都不害怕。"

艾米丽微微耸了耸肩："我总是把浴帘拉上，确保没人在那儿。"

"真的吗？"他扬起了眉。

有一种感觉在她身上蔓延，像是一个生日的惊喜。他用友谊之网来掩盖她的悲伤。一点一点地，某种新的东西从旧的东西里生长了出来，而它以前从未有过机会透一口气。

"无论如何，音乐和宗教都是在表达某种难以解释的东西。"泰勒说道，"事实上，画画不也是这样吗？你肯定能理解吧？"

"你不能把多莉·帕顿①等同于上帝。"

---

① 多莉·帕顿（Dolly Parton）：美国歌手，1946 年 1 月 19 日出生于田纳西州，代表作为《约书亚》。

"我敢说多莉·帕顿是个天才，"他边说边朝她挥着啤酒，还洒了一些在自己的牛仔裤上，"而且我打包票你知道《朝九晚五》①里所有的台词。"

她露出了微笑，因为她已经能在脑海里听见那些台词了。

"你笑起来很好看。"

她回头看了看桌子上的啤酒垫，迫切地想要换个话题。

"你知道公鸡的睾丸会受太阳影响吗？"

泰勒差点弄摔了他的啤酒："你再说一遍？"

"真的。它们会随着季节变化而变小或变大。"

他摇着头大笑，声音从低矮的天花板上弹了回来："显然，酒精让你的舌头放松下来了。"

"可能只是让我不那么在意别人的看法了。"

他又在以那种她不大理解的方式看着她，好像她有些反常，与他脑海中长久以来的形象不相符合似的。

"你有什么特别的仪式吗？"他问道。

"比如圣诞节那样的仪式？"

"比如幸运符，或是某种让你记住一个特别的人，一个特别的日子的方法。"

艾米丽总是会和父母道晚安。她会用手指触碰嘴唇，在每晚睡觉前将它印在房间的窗玻璃上。她会凝视着窗外的天堂，寻找一颗颗星星，而后向她的父母送去祝福，无论他们在哪里。她床下的宝箱里有一只盒子，里面放着一只小瓢虫、一棵四叶草、一只大黄蜂和一串雏菊。它们来自很久以前的一个夏天。

---

① 《朝九晚五》（*NIne to Five*）：简·方达、莉莉·汤姆林和多莉·帕顿联合主演的喜剧电影。

仪式？没有。回忆？这却比她想要得更多。

"给。"泰勒把手伸进牛仔裤前面的口袋，拿出了一个小纸包，顺着吧台把它滑到了她面前。

"这是什么？"除了祖母，没人给她送过东西，不过她对此也无所谓。

"就当是这次旅行的纪念。"

艾米丽将手伸进纸袋，拿出了一对金星形状的耳环："谢谢你。"

"我在巴黎看到了它们，觉得很适合你。它们就像是从你眼里取出的金粒。"

她不知如何回应他的好意。

"我得告诉你一件事。"

听罢，艾米丽感到自己的喉咙紧了紧。

"我来这里的原因不止一个。"

艾米丽晃了晃杯子里的酒，以免在泰勒说话时看着他。她听见他深吸了一口气，为将要说出的事情而感到煎熬。她很感激他的紧张，因为这意味着他的确是在意的，哪怕只有一点点。

"我爸爸把我踢出局了。"

"你妈妈说，她说服了他不要那样做。"

"不完全是。至少得等到我能向他证明，我不完全是个失败者。"

艾米丽琢磨着他的反应，在做出回应之前，她让真相在自己的脑海中沉淀了下来。

"所以，这和钱有关。"

"是的。不是，我是说，一开始肯定是的。但我真的很高兴重新认识了你，而且巴黎也很有趣，不是吗？"

艾米丽尽量抑制住微笑，因为她发现自己几乎没有生气或是失望，而就在几天前，她很可能做出的是后一种反应。

"发生了什么变化呢？"她想着，"难道就是和一个新的人分享一刻时光、创造一段记忆这么简单吗？"

"谢谢你。"她说着鼓起勇气看了他一眼，却发现他已经在看她了。

"谢什么？"

"谢谢你告诉我真相。"

他微微点了点头。她以为他要再说些什么，但留声机里的音乐换了，帕斯蒂·柯林轻柔而饱满的声音流溢在酒吧之中。泰勒站起身，伸出手，向艾米丽发出了邀请。

当他走得更近时，她身体的每个部分都觉醒了。她感到了他们之间的电荷，试图定格脑海中的这一刻，像是定格一幅她未来几年里都可以拿出来重看的照片。她的情感原始而强烈，却不形于色，但她知道他能看见，就像她能看见他的一样。他突然改变了姿势，挪开了身体，像是想起了自己该做什么似的。在他开口之前，连空气都在因抗拒而震动。"不早了，"他说着，边看表边解释道，"你想回旅馆吗？"

"我不累。"艾米丽背起包走出了酒吧，离开了"疯狂"的回声和室内的一切。

黑夜包裹着一切。情侣们紧紧相拥，缓缓地穿过后街，在门口接吻。她经过的酒吧和餐馆里不断传出玻璃杯碰撞声、笑声与音乐声，一切都不为她停留。她也无法呼吸到那么多人都享有的幸福与平常，似乎有什么东西抛下了她。

一位老人正遛着他的狗。他一手绕着它的皮带，一手握着一根弯曲的木拐杖。他在一根低矮的石柱边停了下来，将绳子系在上面，弯下腰摸了摸狗的耳后，接着向她点头问好。两个陌生人分享着夜晚的气息。他显然是那种为生计奔波的人，那是真正的工作，不是在屏幕上摆弄数字或是画漂亮的图画那么简单。他们世代居住在此，当游客们离开很久之后，他们仍在这里。是他们填补了这里的空白，收拾了残局，那些离去的权贵们都未留意到这些。

艾米丽在水边走着，停在那里的船好像在向周围的人炫耀着主人的财富。她走上台阶，通往慢慢被潮汐吞没的狭窄海滩。

　　她赤脚站在海水中，想着以前祖母每年夏天都会在法国沿海的不同地方度过。从六月到九月底的四个月里，她会在那些海边小镇中租一套公寓，说那里的空气有益于她的心情。现在，艾米丽明白了，那是因为大海使她快乐，让她回想起在这里的第一个夏天，她发现自己要写什么的时候。

　　"为了照顾我，她放弃了一切。"艾米丽想。这个念头让她感到十分难过，但同时也充满了感激。

　　"闻起来还是一样。"泰勒用脚磨着沙子，惊动了一只疾逃回大海的小螃蟹，"我们没来过这儿，对吗？"

　　"没有。"艾米丽摇了摇头，指向了西海岸。她仍能想象出他们经常租的那间别墅：一套白色的大房子，悬崖边有一个游泳池，池水蓝得让人如同在过滤器里游泳。那些夏天里，两个家庭就在快艇上探索海岸，在泳池边懒洋洋地躺着，吃着雇来做饭的女佣做的海鲜和苹果挞。女佣们穿着围裙，一句英语都不会讲。

　　艾米丽看着一个渔夫整理渔网，收拾渔船，准备再去水上过一夜。

　　"你还记得那年卡特祖母带我们去钓鱼吗？"

　　"我们潜水去抓牡蛎。"艾米丽笑着说。她记得自己天还没亮就被摇醒了，他们骑着单车下山，她的双腿向两侧伸展。当泰勒放开车把时，她尖叫了起来，两人都扯着嗓子唱 ABBA 的歌。那感觉是如此自由，如此有活力，那是自己永远也不会忘记的一天。

　　"那是一只勉强能容得下两个人的小船，"泰勒回答，"但她让我们三个都划出了港口，一直划到了一个小海湾，那里有很多别人的空船。"

　　"然后，她告诉我们，第一个跳上去的人要戴面具。"

　　他愉快地看着她，停下了要说的话，拾起一块石头，迅速查看了一下，然后把它扔进了海里。石头又蹦又跳，一次，又一次。

　　"我妈妈很生她的气。"

"为什么？"

"因为无论她怎样使劲地擦洗我的手指和脚趾，那股气味仍然好几天都没散去。她甚至把我的鞋扔进了垃圾箱。"

艾米丽想着一个人会在什么时候改变。如果你被金钱包围，你会从什么时候开始对它上心？泰勒的母亲是一个以财富为荣的人，她竭尽所能地把好形象展现给任何愿意捧场的人。这对泰勒和他的选择有多大的影响？一个人的一生有多少是由他出生的家庭决定的？

但这并没有改变祖母选择的生活方式，即便是信箱里滚落出的银行对账单和版税支票开始多了几个零，她们买下半个村子都绰绰有余，或者搬回这个祖母写下第一本书的地方，过上一种完全不同的生活也行。祖母这样做是为了她，为了艾米丽，她认为留在诺福克对艾米丽更好。

艾米丽回到码头后，拂去脚上的沙子，看向停泊在港口里一排排静默的船。当船身被即将到来的潮水摇晃着的时候，她听见了十几只铃铛的叮当声。

如果你不质疑自己的生活或是周围的环境，有些事情就很容易变成习惯。当某天醒来，你意识到自己一直处于一种停滞不前的状态，而你却逃避了能够增长经验、让你真正活着的改变，这太容易了。

"那是我最喜爱的一天，是所有夏天里最棒的一天。"此刻，泰勒就在她身边。透过薄薄的衬衫，她能感觉到他皮肤的温度。她转过头来看着他，他的注意力却被远处岸边的一个人吸引了，那人正朝他们挥手致意。"艾米丽，我……"他挪开了一步，一只手捋了捋沾着盐的头发，"我想告诉你关于她的事。"

艾米丽看到一个年轻女子走了过来。她穿着一件淡紫色的棉质连衣裙，露出晒成小麦色的修长身体。即便是在夜里，她的那一头金发似乎也能闪闪发光。她蓝眸皓齿，完美无瑕。她拥抱着泰勒，给了他一个绵长的吻。

火烈鸟

艾米丽站在原地，抬头望着一排铁门。越过铁门，她刚好能看到一座宅邸的屋顶。画廊女经理告诉过她，这栋房子属于安东尼·马尔尚，他会在家里等她。她谢绝了女经理载她一程的邀请，也不愿让女经理事先打电话告诉安东尼·马尔尚她已经在路上的消息。

相反，艾米丽决定步行前往。她从市中心出发，沿着公园外围行走。道路两旁一侧是树，另一侧是被高墙遮挡的房子。这给了她时间思考接下来该做什么，以及接受泰勒终究不是为她而来的事实。

原来，他的女朋友在戛纳的一家高级旅馆的酒吧里工作，她是在换班后跳上一辆出租车来见他们的。艾米丽希望不是祖母曾经工作过的那家酒吧，不希望祖母和泰勒的女朋友之间有什么联系。

当她躺在另一张陌生的床上时，和他一起来到这里的兴奋全都烟消云散。她听着大海的声音，想到自己远离家乡，远离了熟悉的一切，尽量不让自己哭出来。

看着他和别人在一起，艾米丽觉得不舒服。那女孩向她伸出一只柔软的手来问好，介绍说自己叫菲比，很高兴认识她，还说泰勒讲了很多关于他们的友谊及他们一起长大的故事。

因此，艾米丽今天早上都没有费心给他留张便条，告诉他自己要去哪里。他和菲比没有从他们的房间里出来，甚至在早餐结束很久之后，他们也没有出现。而她一个人坐在桌子边，当服务员又来问她是否还有人要共进早餐时，她对他礼貌地笑了笑。

艾米丽用脚摩擦着大门边一座花坛上的土，看着一只蚂蚁从视线中消失。她真希望自己能钻到地下去，变成一只鼹鼠，对她能够看到和已经看到的一切都视而不见。

因为她不想看到他们在回旅馆的路上相互依偎；不想看到当他和前台要房间钥匙时，菲比用充满渴望的眼神盯着他；也不想看到他们走出电梯，拐进走廊，而后出于礼貌转头向她道一声晚安。

艾米丽用指尖摩挲着铭牌。只要按下旁边的门铃，她就能召唤那个自己要寻找的人了。她闭上双眼，努力不去想泰勒的脸。

她恨自己还清楚地记得他第一次吻她的情景。那是在夏夜露天剧院的座位后面，一个被偷走的瞬间。莎士比亚的台词召唤着他们，他吻向了她。那时，他们正处于青春期，荷尔蒙和夜晚斑驳的光撩动着他们的心。回家的路上，她的嘴角挂着微笑，走路时和他相互碰撞着身体。他们轻声互道晚安，回家后她躺在自己的床上辗转难眠，希望这一切能重来一次。

第二天，当未来的一切在她面前展开时，那晚的每一份幸福都碾碎在了一辆飞驰的卡车的轮下。

"我要进去吗？"她想着，又看了看门铃上的名字。如果她进去了，一切就都不一样了，而她习惯的生活已经发生了太多的变化，她不确定自己是否还能承受更多的惊喜或是失望。她能肯定安东尼不是她的祖父，但她也怀抱着一丝他可能是的希望。无论如何，她希望在这里找到一些家庭的残存和一点正常生活的迹象。

掉头回家的想法很诱人。但如果她回家了，她的余生都会想着"如果当时进去了会怎么样"。有时候她喜欢一成不变，但有时候，千篇一律的生活也让她无法忍受。

即使她设法为自己重建了一种生活——夏莉肯定会帮她的，对吗？——艾米丽知道，她永远也无法制止自己的好奇心：祖母让她寻找的究竟是什么，以及安东尼是不是这一切的关键。

要是她能和祖母说话，让祖母告诉自己该怎么做就好了。

一辆小摩托车上坡的声音传了过来。引擎开始减速，摩托车排气时发出了一阵轻柔的砰砰声。

"你还好吗？"[1]

艾米丽睁开眼，只见一个人从一辆白色的蓝美达摩托上走了下来。她等着他摘下墨镜，而他的手在半空僵住了几秒。接着，他微笑了起来，露出了两颗门牙之间的缝隙。

"艾米丽！"他喊道，含着眼泪将她拉进怀里，一遍遍低唤着她的名字。

在正常情况下，被陌生人拥抱会让艾米丽感到僵硬和不适，但这个男人身上的某种东西却让她也抱住了他。这就像一个老套的爱情故事，只不过他老了，而她年轻（相对），却一点也不漂亮。

"让我看看你，我的天。"安东尼说着，后退了一步。他一只手放在嘴上，另一只手扶着他的摩托。"哦，天啊。"他又说了一遍，然后在墙上的小键盘上敲着密码。大门缓缓地打开，嗡嗡着恢复了生机，敞开了里面的世界。

"欢迎来到寒舍。"他说着，走到一旁，让艾米丽进去。

艾米丽不会用"寒舍"来形容安东尼的家。它华丽、庞大，甚至有些炫耀的意味，但它真是好极了。石板车道两旁种着棕榈树，墙壁是极浅的粉色，屋顶铺着赤褐色的瓷砖，窗户上挂着橄榄绿的百叶窗。

一个穿着浅灰色女佣服饰的女人打开了前门，她接过安东尼的头盔和钥匙，快速地走开了。屋内，双层高的会客厅上悬着一盏水晶吊灯，两侧各有一个旋转楼梯，从中间可以直接看到修剪整齐的花园、庞大的游泳池和远处的大海。

在艾米丽身旁的那面墙上，还挂着一幅卡特里奥娜·罗宾逊的

---

[1] 原文为法语。

画像。艾米丽静静地站在那里，意识到身边的那个男人正带着一种既好奇又兴奋的眼光看着她，从他一直向她靠近、像是要开口说些什么、可想了想又走开了的举动可以见得。

这一举动持续了几分钟，但艾米丽无法打破沉默，也无法从那幅画像上移开目光。在那幅画里，祖母坐在靠窗的软垫座椅上，读着《道林·格雷的画像》。她的头发扎在脑后，几缕鬓发像往常一样随意地松散着。她的嘴唇微微张开，像是在自言自语地念着王尔德的文字。她的面容平静而满足，即便她的脸后来因岁月而皱缩，艾米丽也认得那样的神情。

"她很美。"

"你和她长得很像。"

艾米丽的手移到了自己的伤疤上，用手掌捂住了它，摇了摇头以示回应。

"这是你在 1965 年画的？"

"她告诉你的？"

"算是吧。"她不知道是否要告诉他日记的事情，也不确定自己想告诉他多少。

"都是因为她，"他边说边向画像点了点头，"我疯狂的卡特里奥娜，我的缪斯，我的爱人。是她激发了我内心的激情，激发了我想要把那张脸画上画布、让全世界都看到的欲望。"

"真不可思议。"他只用寥寥几笔，就捕捉到了她脸上的光芒和眼中的神情。艾米丽走上前去，想要试图理解他是怎样用如此少的笔触画完了这么多的细节。

"它属于你。"

"我？"

"她很多年前就买下了。然后，她又把它寄给了我，让我有朝一日将它传给你。"

"我不明白。"

安东尼搂着艾米丽，将她拉近，在她的额头上吻了一下。接着，他用手托起她的下巴，将她的头转向灯光，暴露出她的伤疤。但她没有抽离，她发现自己不想躲开他，因为他让她感到轻松自在，就像他让卡特里奥娜感到轻松自在一样。那是一种无法解释也难以描述的天赋。

"我觉得她是想让你明白，幸福不是永恒的。"他用双手捧起她的脸，"从很多方面来看，那个夏天很奇妙，但也几乎毁了她。"

"你指的是诺亚。"

"你知道诺亚的事。"这不是一句询问，他只是稍稍点了点头，便牵着艾米丽的手来到了屋后的露台上。

两只明亮的火烈鸟陶瓷守在泳池边。艾米丽用手护着眼睛，望着圣马克西姆的海岸线，一片绿色中点缀着一些小白点。微风轻拂，送来了海水的气息和散布在花园里薰衣草的芳香。

"薰衣草总是让我想起卡特里奥娜。"安东尼用手指捻弄着艾米丽的一缕头发，接着用托盘端来一杯冰茶。那只托盘仿佛奇迹般地出现在一旁的桌子上。他抿了一口自己的饮料，目光越过杯沿，看向了她。

"她为什么离开？"艾米丽双手捧着杯子，感到一阵寒意袭来，令她的脊梁骨直打战。

"开门见山。"安东尼轻笑了一声，"和她一个样。"

"因为诺亚？"

"他是个彻头彻尾的混蛋。玩弄她的感情，她的爱，好像她愿意爱任何人似的。"

"但他们曾经……"艾米丽欲言又止。她不确定自己是否想知道答案，是否想要查明她的祖父是不是那个给祖母带来许多痛苦的人。

"我想是的，但她走后就再没向我提起过他。她知道我有多反对他们在一起。"

他在隐瞒些什么。她可以从他肩膀耸起的曲线和他回答问题前又喝了一口饮料的举动看出来。

"他现在在哪儿？"

"你和我一样会猜，亲爱的。诺亚和我从来就不是朋友。噢，"他说着，注意到艾米丽听完他的话后身子一沉，"你感到失望了。可你为什么要失望呢？"

这个问题没必要问，因为当艾米丽站在大门外默默注视着他的时候，他就已经看到了她仔细打量着他脸上每一个细节，以及她听他说话时歪着头的样子；也感觉到了她急促的呼吸和拥抱他时的紧密。所有的一切都让他意识到，她希望寻找的是什么。

"她离开是因为我。"他短促地抽了抽鼻子，擦了擦眼角，而后恼怒地扬起了头，"我真蠢，竟然要求她留下来。"

"为什么说那真蠢？"

"她待在这里，就像一只关在笼子里的动物，总是在四处徘徊，总是在寻找更多。"

"更多？"

"一切，"他说着，张开了双臂，几乎要碰倒其中一只火烈鸟，"关于生活，关于爱情，关于失去。她需要灵感。而在这里，你能得到的就只有这么多，这个小镇满是精神空虚的富人。"

"还有你。"

他露出了微笑，顽皮地捏了一下她的胳膊："还有我。我年轻，正谈着恋爱，还自私自利。我心想，只有她在这里保护我，我才能留下来。"

艾米丽知道最好不要向这个男人询问陈年往事的细节，这个男人对祖母来说仍然意味着全世界，即便他们已经疏远了。

"你就是塞巴斯蒂安。"这不是询问，也不是指责，而是她向他表示理解的方式。她读过祖母的第一本书和她的日记。她曾对他说，他不必透露任何关于自己，或是那个他爱上的男人的事。

"你聪明又漂亮。为什么我一点儿也不意外呢？"

艾米丽抬起头，看着一对麻雀从一棵棕榈树上飞了下来，像兄弟一样争吵着落在草地上。她慢慢地走近，弯下腰以免吓着它们。它们蹦跳着分开了，一只飞走了，另一只打量了她一会儿，看着她从杯子里拿出一片苹果递了过来。

小鸟向前一跳，咬了一口苹果，接着又跳了回去。

"没关系的。"艾米丽低声说着，把苹果掰成碎片，撒在了地上。

"他们信任你。"安东尼看着她和那只鸟儿，说道。

"我喜欢鸟。"

"为什么？"

从来没有人问过她为什么。

"喜欢它们的简单？"她转头看向他，看着麻雀飞上了屋顶。

"不，鸟儿一点也不简单。就拿我的朋友火烈鸟来说。"他指着一尊戴着闪亮礼帽的陶瓷雕像说道，"你知道吗，它们之所以是粉红色的，是因为它们吃的是一种特殊的藻类，而这种藻类会在它们体内产生化学反应。"

"你是从教给你水母知识的人那里学到的吗？"

安东尼皱起了眉，接着张大了嘴巴，明白了她指的是什么："她告诉你了。"

"我读了她那个夏天写的日记。"

"她写了日记？她从没告诉过我，那个疯丫头。她也写了我吗？我想那里面一定有我。"

"她写了来这里的原因。"艾米丽明白那是因为安东尼，还有诺亚，她因为对他们的爱而进退两难。

"很长时间以来，我不得不隐瞒真实的自己。"他看向了那栋房子。艾米丽觉得他似乎在回顾过去，在试着拾起一段回忆，一种早已不存在的感觉。"但我从来没有瞒过她。她总是会接受一个人真实的内在，不管别人怎么想。"他看上去很悲伤，好像他也明白失去一个特别的人、一个对他来说就是全世界的人意味着什么。

"我真希望在那时候认识她。"

"她光彩夺目，真的是光彩夺目。我已故的伴侣吉恩·克里斯托夫告诉我，她就是我未能拥有的妻子。他还说我是个白痴才会放她走。"

吉恩·克里斯托夫，一个不在了的人。艾米丽能感受到那些不在身边的人，能从安东尼的眼睛里看到对他的回忆。她向他伸出手，他拉住了她的手，轻轻地捏了一下。去触摸一个人，跨越人与人之间无尽的鸿沟，这太不符合她的性格，也太出乎她的意料了。直到他放开她，她皮肤周围的空气感到他的手已不在那里，她才意识到自己做了什么。

"我喜欢它们的自由。"艾米丽仰望天空，寻找着鸟儿。她经常这样做，以此来逃避要处理的问题。

"你希望获得自由吗？"

"我甚至不知道自由是什么。"

"从这里解脱出来？"他伸出手去触碰她的伤疤，接着把手放在了她的心口，"这里面装着太多东西，太多你从不示人的伤疤。你一定是从她那儿学来的。"

艾米丽觉得自己的五脏六腑都绷紧了。

"你觉得她把自己的真实感受告诉过诺亚吗？你觉得她曾为了幸福而放手一搏吗？即使在玛戈特出生后，她也拒绝向任何人求助，甚至包括我。她坚持每件事都亲力亲为，说肯定不会找玛戈特的父亲帮忙。"

艾米丽喝了一大口饮料，试着在开口说话之前抑住自己的哽咽："诺亚？"

"我想有可能是他，"安东尼回答，递给了她一块丝质手帕，假装没看见她擦了擦眼睛，"但她从来不说。重点是，不要像她那样，不要因为害怕会发生什么就把自己封闭起来。人生苦短，你要勇敢起来，尤其是在爱情面前。"他停顿了一下，"所以，他叫什么？"

艾米丽缠着手帕。安东尼对她来说不过是个陌生人，却不知为何能理解她的感受。

"他有女朋友了。"

"他们总是如此。"他说着，伸出胳膊搂住了她，带她进了屋，绕着那通往天空的楼梯向上走去，"根据我的经验，那种男人不值得你为他烦恼。"

艾米丽跟着他走进了一间四面有窗的角楼，一道壮丽的海岸线在她眼前展开。

"我亲爱的姑娘，"他说着，在一张躺椅上坐了下来，打开一个装着满满的土耳其软糖的玻璃小罐子，"你值得拥有一个将你尊为女王的人。"

艾米丽把一块又软又黏的美味送进嘴里，一面吮吸着甜味，一面环视房间。物品的摆放很不和谐，似乎没有一件放对了位置：一桶桶刷子，一堆堆纸张，半开着的抽屉里胡乱塞着蜡笔和颜料管。相比楼下那些浮华炫目的财富，这样的摆设似乎更适合他。

"那些钱从来都不是我的，"他说道，像是看穿了她的心思，"我只是在 J-C 死后继承而已。但如果能让他回来，我会眼都不眨地把这些还给他。"

"我懂你的意思。"

艾米丽在房间里走着，注意到有四个朝外的画架，分别放在东西南北四处。其中三个被布盖着，但第四个是公开的，那是祖母的另一幅画像：她一身白衣，站在浅滩上，海水在她脚边打着旋儿；她侧着脸，似乎在望着一个看不见的地方。

"这是在哪儿？"

"哪儿也不是。我发现自己只是凭着记忆画下她，越画越多。这能帮助我想起一些事情。"

"她一直都很喜欢水。"艾米丽走近了一些，看着安东尼使用的一层层颜料。细小的笔触重现了祖母脸上的皱纹。这是她所羡慕的才能——能捕捉到人们自己都未必完全意识到的情绪和表情的能力。

"你考虑过进艺术学校吗？"他问。

"我为什么要那么做？"她曾一度考虑过，但不敢做出尝试。

"你很有天赋，我能从她书里的插图看出来。但你没有经过训练，而我可以训练你。"

"你真好心，可是……"

"可是什么？你能自己做决定，不是吗？去你想去的地方生活，成为你想成为的人。"

艾米丽在一堆杂志下发现了一本广受欢迎的《青鸟》。她想着自己上一次读这本书是什么时候，想着是他把它送给了祖母，还是祖母送给了他。这也让她看到了自己未知和不解的东西还有很多：关于祖母的生活，关于她的过去，关于是什么塑造了她，是什么促使她成了一个单身母亲和一位著名作家。在不同的时间点上，她扮演了如此多的角色。

"没那么简单。"她说道。她看着安东尼打开了一个有黄铜铰链的大箱子，从里面拿出了一个纸包递给她。

"不，我没觉得简单。我想我们都太擅长伪装成另一种样子了。"

"我没有伪装。"

"你确定？"

她盘腿坐在被烟头烫过的波斯地毯的一角上，撕开纸包，纸包撕开后露出了书的封面：灿烂的星空中有一轮巨大的满月，两个朋友坐在秋千上，伸直了腿，向后仰着身子，在地面上空荡来荡去。这本书讲的是一个跟着父亲住在山里的女孩和奥菲莉亚一起捕捉星星，然后将星星做成了两串一模一样的项链，奥菲莉亚戴着的那一串从来没有摘下过。

艾米丽抚摸着脖子上的项链，打开了书的扉页，读着新的题词。

献给 G——因为你永远不知道即将到来的是什么。

"吉吉去世了。"艾米丽看着题词，皱起了眉头。

"然后呢？"

"我怎么能找一个去世的女人呢？"

安东尼又往嘴里塞了两块土耳其软糖："也许不是这个意思。"

"我不明白。"艾米丽抽出了一个白色的牛皮纸信封，放在手中翻了过来，接着合上了书。

"也许你不该去找一个人。"

"这说不通。"为什么要把她引向一个已经不在人世的人呢？那感觉就像是她被故意引向了失败。

"你觉得她想让你去哪儿？"

艾米丽戴着那条吉吉送给祖母的项链，里面放着一张她们年轻时的照片，照片上还有艾米丽的母亲。这就是祖母从不打开它也不戴着它的原因。

在一起待过的最后一座城市里，她们在后街的一家小店买了一对挂坠盒；她们在那座城市道别并相约很快再见面。但几年后，吉吉死于脑溢血，而艾米丽一直遗憾不知道祖母已时日无多。

"罗马。"她笃定地说。这时，传来了轻轻的敲门声。女佣走了进来，告诉安东尼有一对年轻情侣在前门等候，他们要见艾米丽。

雁

    艾米丽坐在露台上，早午餐已经备好了，但她发现自己什么也吃不下，也无法将目光从泰勒和菲比身上挪开——他们正接受安东尼的盛情款待。她希望自己有一架魔力秋千，能将她送往任何地方，只要不留这里就行。

    他们俩急匆匆地冲了进来，脸上带着因睡过头而没有陪艾米丽来画廊的歉意和懊悔。泰勒甚至责怪艾米丽没有手机，但当他瞥见卡特里奥娜的肖像时，便识趣地闭上了嘴。菲比滔滔不绝地评论着这房子有多么惊人、多么华丽、多么壮观，安东尼能住在如此美丽的地方是多么幸运。她自从踏进房门就一直说个不停，当看到游泳池和外面的风景时，她的热情更是有增无减。

    "我真不敢相信，"菲比说着，又举起一叉子熏鲑鱼送到嘴边，"我是说，一想到就觉得太不可思议了。经由那位卡特里奥娜·罗宾逊设计的神奇寻宝路线，去发现她未完成的手稿的秘密之旅。这就像电影似的。"

    "你告诉她了？"艾米丽瞪着泰勒，对于他将目光看向了别处而不敢看着桌对面的她并未感到惊讶。

    "泰勒什么都告诉我了。"菲比接着说道。她又往嘴里塞了一片鱼，舔着手指上的柠檬汁，微笑地看着她的爱人。

    "我没那么说。"泰勒在椅子里动了动，抿了一口咖啡。

    "那你怎么说？"安东尼搅拌着自己的饮料，然后将杯子举到嘴边。艾米丽想象着他的瞳孔朝泰勒射出火焰，像是一个顽强的超级英雄。一想到他穿着内裤和斗篷大摇大摆地走来走去，她便露出了微笑，一时间忘了自己有多生气。

安东尼也笑了，向泰勒露出了一口珍珠般的白牙。在那些眼光稚嫩的人看来，他是一个完美的主人，热情、温暖、有趣，有一种能让周围的人都感到轻松的神秘能力。但是，艾米丽只向他吐露了一点点心事，他就已经知道坐在桌边的那个吃着东西和欣赏着风景的帅气年轻人不一定值得信任了。

"我得解释我在南法干什么。"

"你在这里做什么？"艾米丽问他。她希望他能转身回家，不要再跟着她，不要再出于他那点私利而担起这份责任。

"这是下一条线索吗？"菲比未经允许便拿起安东尼交给艾米丽的那本书，开始翻了起来，"我更年轻一点的时候尤其喜欢这个故事。"她说着，抬头对艾米丽笑了笑，似乎没有注意到艾米丽的恼怒，"能乘着魔力秋千在天空翱翔，去月亮上参观，把星星装进口袋带回来，这个想法真是不可思议。"

艾米丽低下头，发现安东尼的手放在了自己的手上。这让她松开了叉子，她甚至没有意识到自己正握着它。

"艾米丽觉得下一条线索在罗马。"

"为什么会那样想？"泰勒被激起了兴趣，这足以让他直视艾米丽的眼睛。自从他那无趣的女友不请自来，并把自己牢牢地搅进一切来以来，这还是他第一次直视她。

"罗马，"菲比夸张地叹了口气，靠向泰勒，抚摸着他的脸颊，"那座城市真是棒极了，虽然罗马斗兽场有点可怕。我还是个孩子的时候，爸妈带我们去过一次，我哥哥一直把我当成一头狮子，而他是一个角斗士。"

艾米丽转了转眼珠，忙着收拾盘子。

"那就是吉吉买项链的地方。"安东尼说道，无视艾米丽给他的警告眼神。

"就是你戴着的那条？"菲比斜倚在桌子对面，伸出一只手。艾米丽把椅子往后推了推，站起身来想要离开。"真是棒极了。"

"拜托别再说什么棒极了。"艾米丽闭上双眼，认真地做了两次深呼吸，"也拜托别再说话了。"

"我们怎么去？"

艾米丽拿起几只空盘子，可它们被安东尼的女佣接了过去。于是，她环顾四周，想找点别的事情让自己忙起来，好从对话中抽身，尽管她也没说几句话。她的嘴和舌头似乎都因泰勒的出现而打了结。

就在艾米丽收走菲比的盘子之前，她往嘴里塞了一个草莓："我觉得咱们开车去吧。"

"不。"艾米丽脱口而出，甚至还没想好要不要回答。

"可是，艾米丽，亲爱的，"菲比把手放在艾米丽的胳膊上，对她假笑道，"坐火车要花很长时间的。"

"我说不！"她把盘子摔回了桌子，看着它碎成两半，掉落在地。"对不起。"她低声对安东尼说，接着转身大步走向花园尽头。那里有一扇门开着，她能从那儿沿一条沙路走向海滩。

泰勒看着她离开，似乎没有注意到菲比惊叹自己只是想帮忙。他耸了耸肩，拒绝了她的碰触，然后蹲下身来，开始一言不发地拾起瓷器的碎片。安东尼看着他，接着跟着他朋友的外孙女来到了海边。

"我明白了。"安东尼说着，走到了正往海里扔石子的艾米丽身后。

"明白了什么？"

"车。事故。"

艾米丽又捡起了一些石头，将它们放在手心画着圈，然后全都抛向了大海："我不想谈这个。"

"不，我没想让你谈这个。"他搂着艾米丽，吻了她一下，嗅了嗅她身上薰衣草洗发水的香气。自从留住这份记忆的人离去以后，艾米丽就一直用薰衣草洗发水。"那么，卡特里奥娜告诉过你，我有多有钱吗？"

"关于你的事，她什么也没告诉我。"

"没有吗？"他看上去很受伤，艾米丽也因此而感到难过。

"除了夏莉，她没和我说过你们任何人的事。"

"天哪，她太可怕了。"

"她依然如此。除了夏莉，她还说起过去世的吉吉。"

安东尼叹了口气，轻轻地摇了摇头，对艾米丽露出了微笑："嗯，重点是我有钱，非常有钱。也就是说，我有法子让你不坐汽车就能去罗马。"他拿出手机，发了一条短信，接着给她看了一张私人飞机的照片。

"真的吗？"

"真的。现在，我知道你要说什么，密闭空间之类的，这就是我为什么要送你这些作为临别礼物的原因。"他拉起她的手，将一只银色的小铁罐放入她手中，铁罐上还有一朵手绘的玫瑰，"飞机起飞前十分钟左右吃一颗，你会感觉像是在云中飘浮。"

艾米丽打开铁罐，看见半打白色的小药丸正回视着她。这让她将他想象成某个怪异的仙女教母——把她送上私人飞机，还给她塞满了药。

"现在，有一个条件。"

他绝对是仙女教母。

"你得答应会回来看我，很快很快，否则我会出现在你家门口，永远不走了。"

"我不确定你会喜欢诺福克。"艾米丽带着笑意说道。不知怎么地，她的情绪被这个男人提了起来，她觉得自己好像认识了他一辈子。

"我老了，亲爱的。无所事事也许正是我所需要的。此外，我还想见见理查德，就是那个带着斑点狗的男人，他让你祖母再次相信了爱情。"

"理查德？"

"啊，看来她还有一些秘密没有分享。"

"她的秘密太多了。"为什么祖母会把理查德的事告诉安东尼，而不是她，这个问题至少会困扰艾米丽一小段时间。也许祖母觉得艾米丽不想让她在最后的日子里快乐，也许艾米丽那时只想着自己，只想着自己该如何应付一切，而这在一定程度上减少了她的快乐。

"但时间不够了。说到这儿，我们最好还是送你去机场吧。"

"时间。"艾米丽想着。她瞥了一眼手表，感到胃里一阵紧张。她又一次想象着那个煮蛋计时器已经走完了剩下的时间，并尽量不去想如果没来得及解开谜题会怎样。小屋将属于别人，另一户人家会挖出玫瑰花坛，粉刷所有的墙壁，抹去一切曾住在那里的人的痕迹。

陌生人搬进她曾经的家，这在她父母去世时就已经发生过了。然而，一想到别人在那里过得很快乐，艾米丽就觉得厌恶，她嫉妒那样的快乐不属于自己。

"我真的觉得不行。"

"胡说。你都大老远跑来了，再来一次小小的飞洋过海也不成问题。你比自己想象的更强大。"

"不是飞机的问题。"艾米丽回头看了看房子。她看到泰勒在后门徘徊，假装在专心听他的电话，但头却时不时地偏向他们这边。

安东尼顺着她的目光看去："她让你俩搭档是有原因的。"

他揽着艾米丽，两人缓缓地沿着小路散步。她有些想留下来，想藏在安东尼金碧辉煌的宫殿里，除了画画什么也不干；想去了解他所有的秘密，发现更多关于她祖母的过去。但她知道躲藏不再是办法，她只是不知道自己是否还能继续和他、和泰勒在一起。

"我猜他没有你担心的那么坏。"安东尼把艾米丽的头发别到耳后，露出了她的伤疤。

"你也会这样说诺亚吗？"

"有些人无可救药，亲爱的。"

在离地面几千英尺的地方，艾米丽被困在一个猛地穿越大气层的金属容器里。她在座位上努力地回忆该如何呼吸，因为接受失控是可怕的，也是人们所要学习的最重要、最艰难的事情。

"据悉，斑头雁已飞过了海拔 27000 英尺的马卡卢山。"艾米丽一面用手指轻拍着座椅扶手，一面自言自语道。

"你还好吗？"泰勒见艾米丽的嘴唇在动，便探身向前，想听听她在说什么。但她把头扭开了，拿起一杯加冰威士忌，把它送到唇边，喝了一口。

安东尼给她的药见效很慢。她的心怦怦直跳，脚趾不停地踏着铺有地毯的地板，眼下的一切无疑都使她感到不安。

更不用提那对情侣靠得有多近了，近得她都能看到菲比的脸上没有任何毛孔和瑕疵。他们甚至没问过她菲比能不能加入，后者就这样跳上了飞机。艾米丽希望自己能有勇气直面泰勒，对他说不。

"一个半小时。"她自言自语道，尽量忽略飞机轻微的颠簸。也就是说，只要一个多小时就结束了。

"关于你父母的事，我很难过。"

艾米丽低头看到菲比将手放在了她的大腿上，但她没有力气拍开它。

"我得解释一下，"泰勒清了清嗓子，说道，"你知道的，关于车的事情。"

艾米丽眯起眼睛，抑制住了想朝他扔东西的冲动。

"无论怎样悲伤都是可以的。"菲比的手移了上来，轻轻地捏了一下艾米丽的胳膊，艾米丽避开了，"我祖母去世那会儿，她要求我们一整天都不说话，这样我们就可以用自己的方式来思念她。"

泰勒伸出一条长腿，接着又伸出另一条。他的一只靴尖顶着艾米丽的脚，她将它踩在了脚下。

"真的吗？"他打着哈欠说道，"我爷爷只是让我们去酒吧里大醉一场。"

菲比轻轻打了他的胳膊一拳，他夸张地说了声"噢"以示反应。"我是想说，当他们去世的时候，他们就真的去世了，所以她完不完成任务又有什么关系呢？卡特里奥娜永远都不会知道的。"

"我会知道。"艾米丽从泰勒的手中抢过啤酒，两大口就喝完了。她无视了他看她的眼神——好像她是一只需要悉心照看的小狗。

他打开了座位之间的小冰箱，拿出另一瓶啤酒，撬开了瓶盖。艾米丽尽量不去看他嘴唇张开时的样子，也不去看他吞咽时上下起伏的喉结。

"而且，那是她的家。"

"闭嘴，泰勒。"艾米丽在脑海中朝他尖叫。

"听起来她可以用要继承的财产买一百套房子。"菲比踢掉了凉鞋，把腿缠在了泰勒的腿上，"卡特里奥娜·罗宾逊已经连续五年登上《星期日泰晤士报》的富豪榜了，而且死亡总是有利于做买卖的。"

"这不是重点，亲爱的，"泰勒边说边在她的大腿上摩挲，"如果她完不成任务，"他看了一眼艾米丽，接着说道，"她就一分钱也继承不了。"

"当然了，钱才是你关心的。"艾米丽心想。

艾米丽意识到自己的脚一直在上下动弹，手指在掌心抓来挠去，胸腔里的空间不断缩小，她的心就像是要在体内爆炸一样。

"不能在这里。"她绝不能在离地面几千英尺的高空中惊慌失措。

"但那也太可怕了。"菲比坐直了一些，"如果你失败了，那些钱怎么办？"

艾米丽向前坐了坐，又喝了一杯："人们认为，斑头雁是印度神话中桓娑的原型。"

"抱歉，你说什么？"菲比回答。

"我不在乎。"艾米丽说道，这是实话。她不在乎自己是否发出了正确的音节，她只希望能盖住他俩的声音和亲密的举动。这在平常是很容易的，她可以听音乐，闭上眼睛，屏蔽世界。但她忘了把随身听放进手提箱里，因为一想到要进入一个金属块，还要靠它飞越天空，而一旦坠落，下面没有什么能接住他们时，她便有些紧张。

"她紧张的时候就会这样。"泰勒大口喝着啤酒，跷起了二郎腿，这让菲比也挪开了自己的腿。

"'桓娑'是梵文里'雁''天鹅'，或者是'火烈鸟'的音译，安东尼喜欢火烈鸟。"

泰勒把手放在了艾米丽的杯子上："我真心觉得你不该再喝下去了。"

"拿开。"她含糊地说，甩开了他的手，"桓娑是一种神秘、诗意、智慧的鸟儿。我知道很多关于鸟儿的事，我知道很多很多各种各样的事，但我没有可以聊这些事的人。"

她觉得自己的舌头变大了一倍，知道自己口齿不清，因为菲比正以那种特殊的、令人恼怒的同情眼光看着她和她的伤疤。当她说不出话来的时候，人们便总是如此。

"她吃了多少药，泰勒？"

"印度教徒相信，桓娑是至高无上的灵魂，但我不太记得其他的了。哦，还有一件，在瑜伽里，它就是生命的气息。"

"一只雁就是生命的气息吗？"泰勒说道。菲比则试图用自己的手捂住露出的笑容。

"哦，你知道些什么呢？"艾米丽失望地伸出胳膊，洒了些酒在泰勒的腿上，"过去六年里，你所做的不过是让富人更富罢了，但你搞砸了，你老爸不帮你搞定了。所以，你现在通过帮那个奇怪的鸟女孩找她去世祖母留下的东西，来求一个悔过的机会。顺便说一句，"她说着，又往他的牛仔裤上洒了点酒，"我不觉得那是什么异想天开的东西，没有魔法，没有……无所谓什么。我不觉得那是一本书。"

"你不觉得？"菲比看上去很吃惊，好像这是对她存在的蔑视，让她无法从这次小小的旅行中得到想要的东西似的。

"当然不。"艾米丽说着，伸出了舌头。

"有人饿了吗？"泰勒打开了安东尼的女佣为他们准备的旅行篮。

艾米丽不能直视那个篮子，因为它让她想到一只很容易就躲在里面的动物。一只长着尖牙和绿色眼睛的小怪物已经吃掉了所有的食物，只是在里面等着某个笨蛋把手伸进去，好让它咬下来。

"我希望有一个宠物，"当泰勒递给她一块熏火腿和布里干酪三明治时，艾米丽说道，"一个叫参孙的小怪物，我会喂给他香蕉蛋糕。"她朝泰勒露齿一笑，"他害怕香蕉。"

"不，我可不怕。"

"没错。"她接着说道。她咬了口法棍。当咸肉触碰到她的味蕾时，她发出了赞赏的声音，"我以前会在厨房里追他，朝他挥舞香蕉，还有水仙花。"

"我不喜欢你这么爱说话。"

"可这么多年来，所有人都想让我开口说话。"

"多么讽刺。"菲比闻了闻自己的三明治，接着又把它递了回去。

"难道不是吗？为了打开那扇闸门，我的家人都死了。"

沉默。艾米丽笨拙地挪动着四肢，继续吃着东西，她的下巴发出了咔嗒咔嗒的响声。

"这本书是讲什么的？"泰勒拿走了艾米丽的杯子，放了一瓶水。

"哪本？"她边说边把头向后靠，感受着它的重量陷入柔软的皮椅垫，"你要说得更具体些，因为我不相信我能完全控制自己的感官或者能力，二者之一。"

泰勒站起身，打开了头顶的储物柜，把手伸进艾米丽的包里。他将书摊开放在他们中间的桌子上，书上有一副女孩的图画：她在帮父亲干活，从附近的果园里采摘橄榄榨成油。这是一个怀揣着梦想的孩子，但她不想因为没有继承家业而让家人失望。

"是关于她的。"艾米丽边说边用手指抚摸着祖母的文字。她现在明白了，明白了这个故事其实是关于卡特里奥娜如何抛弃了一种生活，一种意味着婚姻、孩子和平凡的生活。

这样的生活会像故事里的小绿果那样把她压垮吗，又或是她仍能找到一条超越之路？

艾米丽低下头，感觉到自己落了泪。她看着它们掉在了还没来得及拆开的白色牛皮纸信封上，打薄了纸张，微微露出了里面的字句。

"我来读给你听。"泰勒从她手里接过信封，他的手指在她手上多停留了一会儿。

"为什么不呢？"艾米丽心想。她陷在座位里，闭上了眼睛，聆听他念祖母信时那温柔的声音。他已经知晓了其他的，再多一件又有何妨？

1965 年 12 月 11 日

我们都在阴沟里，但仍有人仰望星空。

——奥斯卡·王尔德

又是王尔德，我知道。我不断回到他身边，回归他的真诚，回归他对世界"去你的"的态度。这无疑是因为安东尼，因为我们之间发生的事。我也许应该留下来，但我已经厌倦了他每次找到更有趣的玩伴时，我就被甩在一边。然后，又是道歉，总是道歉，当他清醒的时候，他说很抱歉，说他不能没有我。

我总是原谅他。因为他就是他，我欠他太多了。如果没有他，我就写不出《想象》。我并不是说它是一部文学杰作，但它是一个开始。我认为它讲述了很多女性在一定程度上都会感同身受的故事。我的意思是，我们不会都爱上像塞巴斯蒂安这样的人，我也从未对安东尼产生过这样的感觉。（可如果我们真的喜欢对方，事情不就简单多了吗？）

男人和我们是如此不同。他们不会感同身受，即便能做到，他们也不会承认。

但凡事总有例外，吉吉好像就刚好在意大利中部找到了一个。那个男人既不英俊也不练达，但他温柔、善良，也绝对爱慕着她。他让她笑得比谁都开心，她看上去也的确非常非常快乐。

正因为如此，我有点恨她——嫉妒是一种如此丑陋的情感——我想她也知道，这就是她带我去看图书馆的原因。图书馆里有超过二十万本古籍，还有小小的、衰老的我。这里是如此的宁静，充满了历史感。每当我走进这里，我都能感到自己的心跳变慢了一点点。

我一直在写一些新作品。吉吉已经读了开头几章，她告诉我写得不错，但还需要尝试一些更大胆、更真诚的东西。我不是很确定她是什么意思，毕竟主角的塑造多少是基于我自己的经历。我觉得她指的是诺亚，但我不确定自己会把对他的种种感情都付诸纸上。

他给我寄了一封信。从巴黎寄到安东尼那里，但安东尼对我隐瞒了，这就是我们争吵的原因。我们大吵了一架，都不知道是否还能和好。我明白他这么做是出于爱，他相信这样可以让我免受更多的痛苦，但这不是他能做的决定。他很自私，只想着要我做什么。我受够了由别人来决定我是谁，我该去哪里，我要成为什么样的作家，以及我应该和谁一起过什么样的生活。

因此，我也生吉吉的气（当你坐下来写作的时候，脑海里浮现出来的东西是不是很神奇？——直到看见面前的纸上写下的字，我才承认了这一点）。她应该是我的朋友，应该支持我，可她却不能鼓励我写作。外面有一百万本书，一百万本等着我们去写的书，不是我们所有人都能成为下一个莎士比亚、济慈或者海明威，不是我们所有人都会因为工作而出名或者富有。尽管这很好，也许会持续几周，但我知道自己想要逃跑，躲在海边的小屋里，谁也找不到我，除非我想让他们找到。

我在渴求什么？那个我想要却似乎找不到的东西是什么？我被这个世界呈现出的一切弄得心烦意乱，却全然不知如何融入其中，这是正常的吗？

这一定是一年中的这个时节造成的。圣诞节快到了，一家人应该在一起，搁置分歧，用丰盛的食物和酒来庆祝节日的到来。收音机里播放着女王的演讲，人们在炉火边玩着双陆棋①。有圣诞颂歌，有槲寄生，天空中布满了如期而至的雪花。

---

① 双陆棋（Backgammon）：一种在棋盘或桌子上走棋的游戏，靠掷两枚骰子决定走棋的步数，比赛的目的是要使自己的棋子先到达终点。

只是今年，我会在这里度过。嗯，不是这里，是在罗马，不过是和吉安卡洛的家人一起。吉吉也邀请了我（幸运的是，意大利家庭似乎都很热情好客，而且餐桌上也总有多余的座位）。一切都是因为我父亲还没有原谅我抛弃了他，违背了他的意愿，让家族蒙羞。任何人都会以为那是 19 世纪，女性还没有选举权和持有武器的权利，以及她们厚厚的头骨里还真的长了大脑。

妈妈写信告诉我，最好再等等，至少等到哈利和贝丝结婚。（没过多久，贝丝就偷偷地取我而代之，给我的前未婚夫送关爱和安慰去了。她可真是个好朋友。）

我知道是我决定要离开的。我知道待在那个地方我会窒息，但我也有些担心自己可能永远回不去了。爸爸还要多久才能原谅我？因为总有一天，我们就没时间了。

我非常非常努力地不去后悔自己的行为。向前看，专注于我所拥有的一切，我很快乐，对于我的下一个冒险之旅也很兴奋。只是有时候，我会忍不住想，自己可能要得太多了。

诺亚想让我去找他。这就是那封信的内容。他现在还在意大利，在一家豪华酒店工作，直到他攒够钱买一条自己的船。吉吉坚持让我别去。但如果他就是我的灵魂伴侣呢？

不是所有的爱情故事都简单明了、毫无分歧。事实上，它们不都多少经过了命运之手的染指与考验吗？诺亚和我会注定在一起度过余生吗？

他信的结尾像一首诗。只有短短几行，但我相信他知道那会对我产生什么影响。

我的心不再如往常
是你让我看到爱之深藏
我的身体不知如何睡去，如何

安放，因你留下了冰冷的空当

我想要烧掉他的信，毁掉他的表白。据我所知，他对所有女人都是这样表白的，但我发现对他，以及和他一起躺在床上的记忆是如此难以抹去。因为当他好的时候，他会非常非常好：善良、有趣，让我拥有不同的体验，好像他改变了我早上起床和白天喝酒的方式似的。他让我以新的眼光看待这个世界，让我屏蔽了外界的噪声，看到了新的生活，领悟了从前有什么，以及当我们化为腐土很久之后又会有什么。

我显然迷上了罗马，可能全是通心粉和意式冰激凌的功劳（是的，即使是在12月，我也会不顾长胖地吃冰激凌，因为它简直就是天堂的代名词）。每天早上，教堂的钟声召唤我走上街头。我逛了跳蚤市场，把所有的钱都花在了我用不着的古董小饰品上，但只要将它们挂在窗户上，就能捕捉到光，并在我的笔记本上印出彩虹。

我喜欢这座城市的一切：妇女们在阳台上晾衣服时的闲聊声，孩子们在街上跑来跑去的喊叫声，以及每一块镌刻着历史、落满了灰尘的红砖。它让我感到心痛，因为我渴望有人能与我分享这一切。

CMR

椋鸟

艾米丽坐在墙边，腿伸直，脚向内，像个布娃娃似的。她觉得自己衣衫破旧，邋遢不堪，焦虑难安，还有各种其他的感受，却找不到合适的词来形容。

她曾那样确信这就是下一条、很可能还是最后一条线索的所在之处。线索就藏于祖母最后一本书的结尾奥菲莉亚去的地方——那座她藏好了地图集、等着下一个人发现的图书馆里。

这正是卡特里奥娜待过的，日复一日地雕琢她第二部小说的图书馆。那部小说讲的是两个过着同样生活的女人的故事，只不过她们之间隔了三代。艾米丽现在相信，那个故事讲述的是祖母选择放弃的生活。这让她怀疑祖母离开的决定是否在此后的生活中一直困扰着祖母，也怀疑在某种程度上，这趟旅行是卡特里奥娜在向她表明，接受自己是一件多么容易的事。因为承认自己的错误是件可怕的事。

"你逃不出自己的过去，鬼魂们就是不让你逃跑。"她心想。

"你确定这就是那座图书馆吗？"透过一副飞行员专用太阳镜，泰勒回望着那座建筑。艾米丽不用看就能明白他的疑惑和沮丧。她想要离开这里，离开他，就像他离开她那样。

"是的。"她平静地说道，虽然她想要朝他尖叫。这是罗马最古老的公共图书馆，紧挨着一座教堂。祖母姓名的首字母就刻在她以前常坐的那张桌子下，在图书馆很后方的位置，靠着墙，半隐在一个巨大的木制地球仪后面。

"馆员也这么说。"菲比回答，用脚尖踢着墙。

当图书管理员发现艾米丽是谁以及她为什么出现在那里时，他变得既慌乱又兴奋。他用蹩脚的英语结结巴巴地向她道歉，因为他没有书可以给她，但他问她是否想看看卡特里奥娜·罗宾逊写下所有作品的那张桌子。

"不是所有作品，只有一本，而且我怀疑你甚至没读过。"艾米丽心想。她往边上挪开了一些，躲开了菲比和那双小巧的脚。

接下来，就是问问题，他不可避免地渴望知道那些谣言是否属实。她的出现是否意味着失踪的手稿可能在这里，在罗马？艾米丽知道那里面有什么吗？如果他能为她的寻找帮上一点忙，她能提一下图书馆和管理员的名字吗？她知道这一切是怎么回事吗，能不能给他一点提示？

艾米丽爬到桌子下面，用手指抚摸着刻在木头里的"C"和"R"。她任由手指向前摸索，越过一个小小的"V"字，这让她想起了小孩子画鸟的方式。她在想是什么让祖母决定把自己的一部分留在这个如此随意而隐蔽的地方。当知道自己听到的故事是真的而并非如书里的一切一样都是虚构的，她感到了一些安慰，即便它们没法帮她弄明白祖母想让她看到什么。

"那商店呢？"泰勒点了一根烟，烟雾旋转着升上了天空。这让艾米丽想起了篝火、烟花，以及在结了霜的地面上跺脚和对着手套呵气的情景。

"不。"她觉得自己是在兜圈子，而祖母与她分享的记忆对她没有任何帮助。

"为什么不呢？"泰勒又吸了一口烟，斜视着艾米丽，"肯定值得一试吧？"

"我说不。"

"但那张照片是她们在这儿，在罗马拍的。你说她们在这儿买了你戴着的那个挂坠盒。"菲比打了个哈欠，高高地伸起胳膊，露出了腹部完美的线条。

艾米丽双臂交叉在胸前，想象着环绕自己左胯的那条粗大的银线。

菲比低头看了看艾米丽，又看了看泰勒，后者正站在街边，双手叉腰，注视着她看不见的东西："所以，不是罗马？"

"显然不是。"他回过头喊道。

"那是在哪儿？"菲比问。

艾米丽发出了呻吟："我不知道。"

"你一定有主意吧？"

"我、不、知、道。"

也许只要她不说话，他们就会继续争吵，甚至忘了她还在那里。也许在某个时刻，如果她能长时间保持沉默，就能让自己融进教堂墙上的挂毯里，成为一个曾经愚蠢到相信这一切是个好主意的人的记忆。

许多想象中的面孔和地点涌进了她的脑海。一片湖，一群鸟，将一切连接起来的音乐。她开始哼歌，跟随只有她自己能听见的音乐点着头。她的手指不由自主地拿起了一支笔，一本速写本。她一页页地翻过去，直到一张新的白色长方形出现。笔尖在纸上的划痕令人安心，艾米丽集中注意力，一幅图画开始在纸上成形。她试图屏蔽周围的一切，只专注于一件让她不再感到孤独的事情上。任何能让心魔消失的事情都行。因为她离正常的生活那么远，离她所习惯的一切那么远。如果她不是坐在冷硬的地面上，屏蔽了除笔尖划痕外的一切，她相信自己会彻底崩溃的。

艾米丽的视线模糊了，纸上的线条似乎变得非常遥远。她试着不去想如果找不到下一条线索会怎样，因为再过五天，一切就都结束了。

"艾米丽？"

泰勒的手放在她的肩上，他的脸离她那么近，但她好像听不见他的声音，也看不见他的样子。她似乎把自己藏进了一个泡泡里，将思想与现实分开了。

"艾米丽，你怎么了？"

"不。"艾米丽喃喃道，一遍又一遍地摇着头，低头朝方才开始画的那幅图看去。那是一个女人，她坐在苹果树下的一把椅子上，一个孩子坐在她腿上，孩子的头用布包裹着，布条缠绕着女人的身体，伸展向苹果树，将她囚禁在了花园里。

泰勒的手臂环着她的腰，将她撑了起来，就像一个孩子被拎去上床睡觉那样。她的脸转向了他，屏蔽了城市的风光，也试着屏蔽他告诉她一切都会好起来的声音。

他扶着艾米丽，却不知道要去哪里，只知道必须把她带走，得做点什么把她从自我封闭的地方拽出来。

当他们经过一条狭窄的小巷尽头时，他停了下来，朝空气中嗅了嗅，然后转过了身，在一扇玻璃门前停下了脚步。门上画着一个拿比萨的卡通白衣女孩，她的头上还平放着一本书。艾米丽挣脱了他的双臂，在近处的一张桌子边坐了下来，翻开了菜单。

没过多久，泰勒和菲比就开始争论他们该去哪儿，是否该回去问问安东尼，甚至打电话给泰勒的母亲，看看她是否能提供什么线索。泰勒迅速拒绝了最后一条建议，然后把另一片比萨塞进了嘴里。

艾米丽转动着叉子，将它举到嘴边，咬了一口酱汁饱满的意大利面。她不紧不慢地咀嚼着，有节奏地品尝着，却尝不出入口的东西到底是什么味道。

看着他们讨论最佳行动方案，听着他们穷尽所有的可能性与变数，但却一次也没有停下来问她的意见，这感觉似乎既熟悉又陌生。但是，情况一直如此，她一直远离现实，让别人来替她做决定。

她又咬了一口意大利面，又一次吞下，接着她意识到菲比正和她说话。

"对不起。"菲比说道。她手托着下巴，盯着艾米丽，好像艾米丽是博物馆里的某件文物似的。

"对不起什么？"艾米丽把盘子上的叉子挪了挪，想象着一个旋涡，里面有一条被困住的美人鱼。

"我不了解你的伤疤，还有那场事故。"

"没关系。"也许美人鱼可以像童话里那样长出双腿，在人群中行走，学着如何融入和伪装。

"她真是个了不起的女人。"菲比一边说着，一边把没吃完的比萨推到一边，"我的意思是，即使是现在，独自抚养孩子也一定很难，更何况是那时候呢。"

艾米丽一直都嫉妒那些崇拜祖母的人，嫉妒所有认为自己应该分得伟大的卡特里奥娜·罗宾逊的一部分的人，而她曾希望那些故事只属于她一个人。

在那个系列的第二本书出版之前，卡特里奥娜曾问过艾米丽是否介意再次分享那些故事和她画的插图。许多年来，她一直希望自己说的是"介意"。可现在艾米丽意识到，如果没有那些故事，这个世界将会变得多么空虚。第二本书讲述的是一个害怕黑暗的男孩，他和奥菲莉亚以及她的小灰鸭一起爬上了悬崖的顶端看星星。他们俩从悬崖跳入水中，和生活在海底的生物一起游泳，深入到阳光无法到达的地方。

就像安东尼告诉她的那样，卡特里奥娜是一个不懈追求的女人。她总在寻找随时可能出现的灵感。艾米丽渐渐明白：祖母写作是因为她生来就渴望讲故事，渴望与世界分享她的想法，这是她每天的动力，而不仅仅是为了艾米丽。

"一定还有别的东西，藏在书里的、你没想过的东西。"泰勒伸手偷拿艾米丽不吃的橄榄。他不仅和她待在一起时很亲密，和任何人都是如此。这真令人恼火。如果他想的话，他可以一直这样。

"你什么意思，藏着的东西？"菲比问道。

"你不记得了吗？每本书背后都有一条寻宝路线，让读者去寻找更多的东西。"

"你觉得其中一条可能会指出我们下一步要去哪里吗？"

"我们？"艾米丽说。

"她是想帮忙，艾米。"

"为什么？你为什么在乎，泰勒？"

她无法摆脱他来这儿就是为了钱的念头，因为他对她撒了谎，让她相信自己是值得被关心的，而这才是最伤人的地方。

菲比在座位上动了动，朝泰勒交叉着双腿，看了看他，又看了看艾米丽，接着又看回了泰勒："你知道，罗马不是唯一一座有斗兽场的城市。"

"你想说什么？"

"我只是说，也许你记错了，也许她们是在别的地方买的项链，也许这一切都是她编造的，而吉吉根本就不存在。"

艾米丽用拳头猛击餐桌，当她准备站起来的时候，才意识到自己正紧咬着后槽牙。接着，泰勒朝她倾过身来找胡椒，转移了她的注意力。

"那些要找的宝藏是谁想出来的？"泰勒边问边用胡椒瓶轻敲桌子，确保艾米丽正在看着他。

"她想的。"

但话说回来，这不完全是事实，至少对这个故事来说不是。在写下文字之前，艾米丽就画下了奥菲莉亚戴项链的样子。她在祖母的房间里发现了项链，它就放在窗台上一个打开的鞋盒里。她还想着照片里站在年轻的卡特里奥娜身边，用头巾扎着头发、戴着大金耳环的女人是谁。

当艾米丽照例坐在后门边时，祖母回头看见了她画在奥菲莉亚脖子上的挂坠盒。接着，祖母回到自己的房间，手腕上环着那条真正的项链，然后弯腰将它系在艾米丽的脖子上，轻声说它现在属于她了。从那以后，艾米丽每天都戴着它。

"她吃了意大利面。"艾米丽低头盯着她的空盘子，但不记得自己吃了最后一口。

"谁？"泰勒问。

"奥菲莉亚，"艾米丽说着，在脑海里把故事过了一遍，"她吃了女孩的父亲做的意大利面。"

那个男人住在山上的橄榄林边，他把橄榄榨成油，把油混入面粉、鸡蛋和水，他说这会让意大利面有特殊的味道。

"吉安卡洛。"吉吉搬去意大利是为了这个人，他爱着祖母最好的朋友，甚至超过了爱他创造的食物。

"谁？"

"题词上的'G'应该是献给吉安卡洛的，不是吉吉。"是吉安卡洛教会了卡特里奥娜·罗宾逊像当地人一样抛比萨面团，他向她展示如何把面团做到薄得可以看见天空，并让它格外酥脆。过去，她还会把比萨面团抛向厨房的天花板，逗得艾米丽咯咯直笑。

烤焦的比萨边、融化的奶酪。当她们的肚子快要撑破时，会把吃剩下的面饼屑放在后门的台阶上，让鸟儿们享用。她曾给艾米丽讲过故人们的故事，但艾米丽一直不确定那是真的，直到现在。

"他在哪里？"

"维罗纳。"爱情之城。罗密欧与朱丽叶的家乡。她还记得自己第一次坐下来学习莎士比亚时，祖母曾给她讲过那个阳台①。那是一处留下希望与失望而不仅仅是欲望的地方。

"你确定吗？"泰勒已经在忙着打电话了。他无疑在计划着他们

---

① 卡普莱家花园里朱丽叶的阳台，在《罗密欧与朱丽叶》第二幕中，罗密欧就在此向朱丽叶求爱。

的下一段旅程，无疑在想着如何结束这一切，好继续过自己的生活。

"确定。"但她不禁摇了摇头，不。因为她不确定。不确定是现在，她错误地把他们也带来了。

"我们可以提前打个电话？"菲比建议道，"以防万一。"

"不。"她怎么能给一个素未谋面的人打电话呢？或许她也曾经见过他？有什么东西出现了，一个男人的声音，低沉而有力。但这一切都被一层怀疑和困惑掩盖了，因此她不能判断这到底是真实的，还是一段她正在寻找却无法触及、与祖母讲过的某个故事交织在一起的记忆。现实与虚构总是难解难分，这让艾米丽难以看出二者的区别。

"吉安卡洛·德鲁奇，"泰勒看着手机屏幕说道，"德鲁奇先生和他已故的妻子弗吉尼亚一起，写了一本非常畅销的意大利烹饪书，并在维罗纳市中心开了一家米其林二星餐厅。"

"听起来像是我们要找的人。"菲比说。

泰勒把手机转了过来，给艾米丽看一张照片：一个男人站在工作台前，把意大利面铺开，微笑地看着镜头。在诺福克老家客厅的壁炉架上挂着一张黑白照片，上面是穿着蕾丝婚纱的吉吉，一个又高又瘦的男人吻着她，他的纽扣眼上别着一朵向日葵。那个男人和泰勒从网上搜到的照片上的人一模一样，只是艾米丽以前从未见过他的正脸。

那都是祖母爱着却从不带她去见的人。那些人曾是祖母的世界，是她生活的一部分，但在艾米丽的父母去世后，他们都变成了回忆。

艾米丽想着为什么以前和祖母待在一起的时间那么少，为什么她在自己的童年里是个匆匆过客？她的一生都在旅行、探索、生活，然后突然之间，她停了下来，仿佛和过去切断了联系，就为了保护她的家人。

"她已经去世了。"艾米丽说，意识到她的母亲并不是唯一一个祖母爱着的和失去的人。她开始担心与吉安卡洛的见面不仅仅是再取回一本书，或是再寻找一条线索那么简单。

"谁去世了？"菲比边说边揉着自己的腿，全然不顾泰勒脸上的表情。

"吉吉。"尽管天气很热，艾米丽还是打了个寒战。她感到自己胳膊上的汗毛立成了一排，因为她开始觉得，这次追寻，这个谜题，和那些书一点关系都没有。

"你刚才说题词是给吉安卡洛的。"泰勒开始收拾东西，看了看表，又看了看手机。

"是的。我认为是的。"她掸了掸胳膊，等着那阵寒意过去。

"那有什么问题？"

问题是艾米丽不想来到老人的家门口，问他关于他已故妻子的事情。如果她错了，如果吉安卡洛不是她要找的下一个人，她便会将他置于痛苦而可怕的回忆中，而他可能花了大半辈子的时间努力忘掉那些回忆。

艾米丽把椅子往后推了推，站了起来。"我想走了。"她说着，拿起手提箱，检查拉链是否已经拉上。

"你真的不想让我先打个电话过去吗？"泰勒往桌上扔了一些硬币作为小费。

"不。"艾米丽走开了，"我想回家。"

有什么东西在让她逃走，尽可能快地离开罗马、维罗纳以及祖母所有的记忆。没有理由。她身体里那一团含混的感觉毫无道理可言，但它就在那里，夹杂着一丝恐惧和疑虑。似乎有什么东西在警告她，如果她不逃走的话，即将到来的会是什么。

"你不能回家。"泰勒抓着她的胳膊，迫使她停下了脚步。

"为什么不能？"艾米丽看到菲比就在后面来回踱步。她想朝菲比喊叫，告诉菲比别再看了，别再听了，别再待在那儿，也别再打扰她了。她想让他们俩都离她远点。

他迟疑了。看向了别处，又向下看去，这让她明白了自己所要知道的一切及更多。

"钱。"

"不，不只是钱。我的意思是，没错，你的钱，你要继承的遗产，你的家，艾米丽。除非你把事情搞清楚，否则它们就都没了。"

她挣脱了他："如果我不想呢？"

"你没有选择。"

在那一刻，艾米丽恨他，因为他是对的："我可以去找我姑姑。"

泰勒皱起了眉："在纽约的那位？"

"为什么不可以呢？"

"你很荒唐。"

也许是的，因为艾米丽二十一岁生日后就再没见过她。那时候，她的姑姑和姑父只是大谈特谈他们的生活有多美好。他们就是那种会指出墙上的一幅画挂歪了，或是草坪需要修剪的人。

那是她父亲的妹妹。她的脸就像她的衬衫一样僵硬，瘦削的脖子上挂着一串珍珠项链，顶着头盔一样的头发。两个儿子穿着同样的西装，打着同样的领结。她当然不会和他们待在一起，那会比同泰勒还有他那烦人的女友一起穿行欧洲还要痛苦。

"再多待一天怎么样？"当艾米丽走开时，泰勒喊道，"来吧，艾米丽，你已经走了这么远了，现在离开是愚蠢的。"

"回家吧，泰勒，"她回喊道，"或者待在这里，和她一起。随你的便，我真的不在乎。"

当她往前走时，夏日的空气落在她身上，热气附着在每一寸皮肤上。她从翁贝托桥的石墙向下看去，黄昏时古铜色的光照亮了水面。她凝视着映在河水中的斑驳的云朵，还有伸出河岸的黑色树枝。她不断地希望自己能一觉醒来，发现一切不过是一场梦。

艾米丽想起了祖母教给她的课。祖母总是要求她看到事实之外的东西，让她的思想超越理性。祖母的教导让艾米丽看到了世上的一切是如何以某种方式联系在一起的。就像水一样，它流过世界，循环往复，不生不灭，让你意识到一个生命，一个人，是多么的微不足道。

和煦的微风吹拂着这座沉睡的城市，树叶发出了一阵轻柔的沙沙声。前面就是梵蒂冈大教堂的轮廓，里面有米开朗琪罗画的天花板，那是一幅他从未想过要创作却花了数年才完成的杰作。这真是既惊人又荒谬。

她可以用自己的眼睛观察它，找出所有的线索和所有的迹象，证明这幅画比第一眼看到的要复杂得多。米开朗琪罗将秘密藏于一目了然的事物之中，就像她在祖母的书里所做的那样。因为人们总是习惯于忽略眼前的东西，只选择去看他们想看的，而不是应该看的。

艾米丽开始意识到有些东西不太对劲，它们不该如此。这让她站直了一些，屏住了呼吸，因为教堂的圆顶似乎在动、在震，随之传来了……那是什么？艾米丽伸长脖子看去，她听见了嗡鸣声、噼啪声，成千上万的黑点从教堂顶上冒了出来。

那像是一片云，一片移动着的、不断变大的云，每秒都会化成奇妙的形状，但它根本不是云。

椋鸟。那是一群椋鸟。它们像手风琴一样忽伸忽缩，在城市上空盘旋，在天空中作画。

艾米丽看见那些幽暗的身影分开了，接着又连在了一起，一个黑色的深口袋分成了一只只小鸟，它们的翅膀在逐渐变暗的天空中飒飒地拍打着。那声音让她想起了家乡海岸边拍碎了的浪花。暴风雨将至，狂风来回吹拂。它渗进了她的灵魂，令她因失去家人而痛苦，令她害怕孤独。

接着，一切结束了。鸟儿继续向前飞去，城市似乎万籁俱寂。艾米丽转过身，看到泰勒站在桥的尽头，等着她。

蜂鸟

天正下着雨。当他们在意大利乡间疾驰时，几行细细的雨水顺着车窗流了下来。

这完全是一种无关紧要的观察，地球上总有地方在下雨，但艾米丽意识到，她以前是关注天气的。天气决定了一天的心情和计划，决定了她们什么时候去散步，是否去花卉商店，是否要种一些幼苗，是否要在暴风雨到来之前把洗好的衣服收进来；也让她决定晚餐是吃肉丸还是在户外烧烤，以及她骑自行车进城时要不要带一件套头衫。

艾米丽仍穿着短裤和 T 恤，她裸露在外的身体感到了寒冷，于是在包里翻找另一件衣服。她将一件薄薄的黑色开襟羊毛衫披在了身上，想着自己的生活已经变得多么无序和自发，而此刻她正在前往一个非常明确的目的地，这看上去有些荒谬。

"我上一次泡澡是什么时候？上一次慵懒地躺在温暖的泡泡下看书是什么时候？"她在心里问道。她望着窗外，雨水模糊了视线，她努力回想着自己最后一次感到安宁的时刻。

泰勒把一切都搅得乱七八糟。自从来到罗马，那种孤独和与世隔绝的感觉变得愈发强烈，因为她还记得被他揽在怀里，感受着他的心跳动着撞击她的心的感觉。

她的速写本摊开着，上面是几张她之前勾勒的形态各异的椋鸟，但它们不能完全按照她想要的方式组合在一起，她目前画下的只是一些龙卷风似的杂乱线条。

菲比和泰勒紧挨着坐在对面的座位上。她将腿缠在他的腿上，一面抚摸着他的头发，一面和他讨论《罗密欧与朱丽叶》。艾米丽没有理会他们，试着让自己把注意力集中在其他乘客的音量和音色上，而不去在乎他们说了什么。

一个女人正和电话那头的人激烈地争论着什么。她讲话就像断断续续的鼓点，时不时地上升为一声似乎要爆炸的喊叫，仿佛鼓声中出现的喇叭声，吓了坐在她旁边的老人一跳。

这是话语的交响乐。艾米丽换了个座位，一面看着身后的过道，一面在心里把车厢里的每个人都安排到了管弦乐队的不同区域：孩子们是弦乐，互相争抢着引人注意；那群缩在一起的女人可能是笛子，她们的私语和笑声在其他乐器的表面跳跃；远在另一头，穿着三件式西装、皱着眉头盯着电脑屏幕的男人也许是低音鼓，甚至是铙钹，每当他找到某件令他皱眉的事情的原因时，便会像铙钹那样戏剧性地碰撞。

"你同意，对吗？"

艾米丽转过身，菲比斜倚了过来，轻轻地拍了拍她的手背。

"对不起，你说什么？"

"它是出浪漫剧，不是悲剧。"

"他们死了，"泰勒说，"这可不是很浪漫。"

"没错，但这让两个家庭和好了，"菲比争辩道，"它的浪漫不是从最纯粹的意义上说的，而是它所创造的东西。那种牺牲感，不仅仅为了爱人，也为了朋友。世界上有各种各样的爱，不仅仅是性爱。"

"这是一连串的错误，他们都自杀了，因为他们愚蠢得意识不到到底发生了什么。"最后一句话泰勒是直视着艾米丽说的，他在等着看她会有何反应。

"男人怎么会懂莎士比亚？"菲比开玩笑地打了泰勒一拳，朝艾米丽转了转眼珠。

"女人怎么总是要美满结局？"他说。

"我中立。"艾米丽拿起笔，开始重现她把文字变成音乐的想法。

她第一次有这样的想法还是坐在诺福克的书店里，在听那个书商讲述祖母希望她解决的难题的时候。

"五天过去了。"艾米丽心想。只剩下五天了。她将所有的谈话声调低，开始哼一支曲子，祖母每次需要提神时就会弹奏这首曲子。她那神奇的想象力总能让她看见她们俩在厨房里蹦来蹦去，然后在一曲"跳舞皇后"结束时笑个不停，累到瘫倒的样子。

当艾米丽意识到自己在画一支由鸟儿组成的管弦乐队时，她露出了微笑。蜂鸟是她的必选，她的最爱。她第一次发现蜂鸟是在法国度假的时候，当时还误以为那是一只大蜜蜂。它们那不可思议、彩虹般的颜色，小翅膀拍打起来的速度都令人着迷。这种吸引力让她在一次去自然历史博物馆的旅行中消失了，就是泰勒责备她跑开了的那次。她只是想看一只真正的蜂鸟，尽管是被填充的一动不动的标本，这样她就能试着在画纸上捕捉它的一部分光彩了。

"你还记得吗？"泰勒在椅子上前倾了一些，微笑地看着她和她的画。

"蜂鸟在雨里也能飞。"她头也不抬地回答道，给坐在前面、拿着一把小提琴的鸟儿画上了鞠躬的动作。

"不是所有的鸟都能在雨里飞吗？"菲比问道，一边挑着手指上的角质。

"它们没有嗅觉，舌头看上去就像羽毛。"但她最喜欢的还是它们的色彩。它们因为拍打翅膀的速度过快造成的模糊感改变了光的色彩和片段，从而形成了光谱上所有可能出现的颜色。每次，她看蜂鸟的时候，都能看到新的东西。

"她就像一本行走的鸟类百科全书。"泰勒说着，站起身来，"有人想去餐车吃点什么吗？"

艾米丽摇了摇头，用钢笔敲着她还没喝完的可乐罐沿。这是第三罐可乐了，她能感受到血管里的咖啡因，这令她紧张不安，至少她是这样自我暗示的，和他们要去哪里、要去找谁无关。

她可能又弄错了，也可能没弄错。因为她有一种感觉，一种令她无法忽视的、挥之不去的感觉。吉吉去世了。她的祖母也去世了。那么，在因悲剧痛失所爱之前，一个同时认识她们两个的男人会给她传递怎样的信息呢？

"我不在的时候，你俩会没事的吧？"泰勒看着两个女人，问道。

"你又不是我的保姆。"可他好像就是保姆，因为从来没有人相信她能独自做任何事。

泰勒走了，艾米丽尽可能地无视菲比，尽管她能看到菲比在座位上挪动，试图凑得更近一些，看看她在画什么。

"是什么让你改变了主意，决定继续？"

"鸟儿。"是那些椋鸟，它们的动作，它们的疯狂，它们彼此相互保护——一群鸟总是像一只鸟儿那样飞翔。

"你喜欢鸟儿。"

"你说得好像这是件坏事似的。"

"不，不坏。"她转头望向窗外，看着一片模糊而静默的绿色与黄色，"你一直都喜欢鸟儿吗？"菲比说完，对着窗玻璃呵了一口气，然后用手指画出了一朵简单的小花。小花慢慢地消失了。

"我想是的。"

艾米丽画的第一幅画是她最爱的玩具，然后是蝴蝶、花朵和仙女。她喜欢想象成百上千的仙女住在花园的尽头，有魔法的小人儿骑在前来拜访的兔子的背上。有一天，他们会带着艾米丽去很远的地方冒险，也许会去他们山顶上的秘密王国，它藏在棉花糖一般的粉色云朵背后。

艾米丽翻到空白的一页，开始画下一串同心圆。它们连成了一条路，通向一座石头砌成的城堡。这是一个她从未去过的地方，但祖母曾给她看过照片并告诉她那是一片神秘的林中空地，离她小时候的家很近。接着，祖母和她一起坐在火炉旁，分享着自己印象中关于仙灵谷的传说。

艾米丽在脑海中搜索着祖母第一次给她讲这个故事时的记忆，她知道那是很久以前的事了。她几乎还能尝到厨房炉子上冒着泡的鸡汤，她和祖母会坐在伦敦一个维多利亚风格的阳台背后，把蘸满黄油的面包泡进热气腾腾的碗里。猫睡在角落，沐浴在秋日的阳光之中。那座房子曾经是她的家，然后它被卖掉了，卖给了一个新的家庭。

那是很久以前的事了，现在想来好像是别人生活里的记忆似的。一个小女孩坐在父母的床上，速写本摊在膝头，她着迷地看着身穿一件淡蓝色睡袍的母亲坐在梳妆台前化妆，为晚上去歌剧院做着准备。

艾米丽摇了摇头，从速写本上撕下一张纸，把它揉得越来越紧，然后扔到了一边。

菲比一言不发地看着。她一定看见了艾米丽画的是什么。扭曲的线条从圆圈里散开，变成了艾米丽一直锁在心里的一幅画。她一定想知道为什么艾米丽决定撕毁那个对镜梳妆的女人形象。

"那一定很难，"菲比捡起那张被丢弃的纸，又把它放了回去，"只剩自己一个人。"

"你不懂。"艾米丽心想，抚平了新的一页。

"有时候，痛苦是必要的。当你终于感觉好些了的时候，它能让你意识到这一点。"菲比缓缓地深吸了一口气，又颤抖着呼出了气，"我以前会伤害自己。"

艾米丽抬起了头。菲比凝视着窗外，但艾米丽能从倒影上看出，她正努力地忍住哭泣。

"我们都被告知，得在某方面成为最好的，或者至少在某方面是特别的。"菲比摆弄着衬衫的袖口，艾米丽注意到她已经把指甲咬到了指肚的位置。

"没有人是最好的。"

"我在什么地方读到过，人会对痛苦上瘾。或者更确切地说，是对痛苦消失时的感觉上瘾。"

"我真希望能知道痛苦消失是什么感觉。"

菲比对她淡淡一笑："我学会了原谅自己，专注当下，而不是总在眺望未来。"

她的话使艾米丽意识到，她只允许自己活在当下。因为她害怕其他的一切，害怕得不敢回望过去，也犹疑得不敢思考未来。

"效果如何？"艾米丽问。

菲比露出了微笑："说实话，不怎么样。我完全不知道自己想做什么。"

"我也一样。"

"那你的画呢，还有你祖母的故事？"

"那是她的故事，不是我的。"

"当你年纪再小一些的时候，你想长大成为什么样的人？"

"宇航员。"艾米丽不假思索地说。

菲比笑了："真的吗？"

"还想当芭蕾舞演员、特技演员和魔术师。"

"魔术师？"

"我想要一只宠物兔子。"但她的妈妈拒绝了，因为花园尽头住着一些狐狸。她告诉艾米丽，当狐狸在笼子外面徘徊的时候，那可怜的动物要么会被吃掉，要么会被吓死。

"我想当一个环保主义者。"菲比打开一包薄荷糖，递了一块给艾米丽，"我想拯救地球上所有神奇的生物，在人类将它们毁灭之前。"

"那就去做一个环保主义者吧。"艾米丽说着，在嘴里搅动着薄荷糖，惊讶于自己竟说出了一个平常发不出音的词。

"就那样？"菲比以一种奇怪的表情看着艾米丽，好像在决定是欣然接受这个建议，还是无视它。

"是什么阻止了你？"

菲比沉默了。她咬着下唇："毕业后，我申请了卢旺达野生动物基金会的一份工作。我原本会与当地社区合作，帮助他们发展有利于大猩猩繁殖而不是威胁它们生存的旅游业。"

"发生什么事了吗？"

一个微笑，一个耸肩，一个回头看有没有人回来的动作。

"我决定在法国待一段时间。你知道，流利地说一门英语以外的语言也是很有帮助的。"

"她是为了他而拒绝那份工作的。"艾米丽突然很生气，为了一个要搬到世界的另一头、丝毫不考虑别人的人，菲比拒绝了她的未来。

祖母的面容浮现在艾米丽的脑海里，那是她年轻时候的样子，是艾米丽在巴黎收到的照片里的样子。一个选择独立生活的女人，一个选择不结婚、不随波逐流的女人。她总是告诉艾米丽，人们总是要花上很长时间才能理解某个人的想法；她告诉艾米丽不应该在乎别人怎么想，因为到最后，除了你自己，没有人能对你的决定负责。

"别为任何人改变你的生活。"

菲比发出了一点声响，点了点头，接着又摇了摇头。她抬头盯着天花板，看上去不是要用拳头猛击什么，就是要发出一声尖叫。艾米丽太熟悉那种神情了，因为每当她想到一切原本可能的样子，每当她梦想着如果不是夏日午后的那一刹那，自己本可以拥有、也配拥有的生活时，她也是同样的感觉。

这就是她在康复期间的感受，那时，大家都在努力地让她说话，让她走路。可如果他们走了，这些都有什么意义呢？如果她的父母，现在还有她的祖母，不和她在一起、爱着她、给她一个家，那还有什么意义呢？如果没有人分享，一切都有什么意义呢？

"就像玛丽那样。"菲比大声地擤着鼻子，开始用手指敲桌子。

"谁？"

"玛丽，"她重复了一遍，一面剥开她那包薄荷糖上的箔纸，又往嘴里塞了两颗糖，"你祖母书里写的。"

"你读过《想象》了？"当人们谈论祖母早期的作品时，艾米丽总是会感到惊讶。通常情况下，他们只想大谈特谈祖母创作出奥菲莉亚的才华和天赋。

"我很喜欢那本，"她点了点头说道，"比我想象的还要喜欢。"

"为什么呢？"

"玛丽臆想中她和塞巴斯蒂安的关系，与她完全拒斥的现实之间的对比，好像她的脑海里有两种声音，像是宇宙的阴和阳。"

"菲比在剑桥学的英语文学。"泰勒溜回了座位上，"去年，我回家吃团圆饭的时候，我们见的面。"

"真的吗？"如果是在刚才，艾米丽会觉得这个消息令人恼怒，会简单地把它视作又一种不公的证据：对一些人来说，生活是一连串幸运的事件，而对另一些人来说，他们能做的只有奋力追赶。现在，艾米丽看待菲比的眼光不同了，她明白没有人能真正了解另一个人的思想和内心，每个人在人生的某个时刻都要与魔鬼搏斗。

"不过，这对我很有好处，"菲比示意泰勒挪动一下，让她出去，"二十三岁，在一家鸡尾酒酒吧当服务员。"

"你还有时间。"艾米丽说道。艾米丽看着菲比走向下一节车厢的洗手间，看着她把别人放在过道上的包绊倒后，向对方道歉的情形。艾米丽希望自己能回到过去，重新开始，对一个和自己同样迷茫的人不再表现出敌意。

泰勒拆开了一包烤帕尼尼，烤番茄和紫苏的香味飘到了他们中间。他咬了一大口，朝艾米丽挥了挥三明治："你不能以貌取人。"

"我没有。"但她的确有。

"不管你怎么想，你仍然是美丽的。"

艾米丽用手摸了摸自己的伤疤，低下了头："别说了。"

艾米丽小时候很漂亮。她是通过人们总是评论她的长相及看她的方式知道的。这也是她在事故发生后如此敏锐地意识到区别的原因，因为每个人都盯着她和她的伤疤，以及她那不大对劲的半边脸看。

"我是认真的，"他说着，又咬了一口，接着把剩下的递给她，"你不该太关注那些没人在乎的事情。"

艾米丽把三明治翻了过来，从中间抽出了一条快融化的马苏里拉奶酪："你指的是我的父母。"

"不，我说的是你。你总是觉得自己只是因为她才有了价值。她拖住了你，"他说着，用手指戳着艾米丽的速写本，"让你停滞不前。"

"别那么说。"

"你那么有天赋，你的画非常不可思议，连你自己都能看出来吧？你不需要她，也不需要她的遗产。没有她，你也能做到。"

"我想当个作家。"这个念头毫无预兆地蹦了出来。那又是一段思绪，一段回忆，但她不愿掀开帘子去看。还是那间厨房，这次地上有雪，烤箱里有蛋糕。那只猫还是一只小猫咪，艾米丽总是用妈妈针线盒里的丝带逗它玩。

"我们一起面对。"泰勒把速写本推给艾米丽，"无论你有多想把我推开。"

他们看着对方，她一口接一口地吃着东西，两个人一句话也没说。当她吃完后，他拿出自己的耳机，塞给了她。

"你脑海里的灵感比她告诉你的更多。"他坐了回去，双臂交叉抱在胸前，好像在等待着什么。

"这正是我所害怕的。"

艾米丽看着那张皱巴巴的纸，上面有一段她不愿寻找的回忆。接着，她戴上耳机，打开音乐，试图让音乐淹没整个世界。

如果她打开闸门，任何事情都有可能一涌而出。

乌鸦

　　有人在唱歌。那儿有一座教堂，一场婚礼正在那里举办，街上洋溢着宴会的气氛，新娘和新郎身上撒满了五彩纸屑。艾米丽弯下腰捡起了一些，原来是一片片柔软的粉色玫瑰花瓣，但它们已经开始枯萎了。当见到这对幸福的夫妇接吻并将身体紧紧贴在一起、聚在一起见证他们结合的人都露出了灿烂的笑容时，她的手开始颤抖。

　　她想起了泰勒和菲比，想起他们提出要和她一起，而她拒绝了，说自己没事。但现在，她没那么肯定了，因为她无法摆脱自从来了罗马就一直伴随她的感觉。当昨晚他们深夜到达旅馆时，那种感觉就出现了。艾米丽累得瘫倒在床上，安定、威士忌和满腹的意大利食物的后劲终于上来了，她很快就沉沉睡去。但当她醒来时，那种感觉依然存在。

　　当她试图咽下早晨的咖啡时，它在她耳边低语；当她向酒店前台要了一份地图、圈出她要前往的地址时，它拍着她的肩膀；当她走在街上并呼吸着一座新城市的空气、所有人都在眼前模糊成了相同的模样时，它还在，像个哼哼唧唧的孩子。这个地方到处都是陌生人，他们过着自己的日子，对她一无所知，也不知道她为什么到这儿来。她被吸引到了安静的街道上，那里没有太多闲逛的游客。就在那时，她见到了它——一只乌鸦，栖在印有几个世纪的指纹的黑色栏杆上。

　　这是城市中心的一处墓地，这些总是让艾米丽想起伦敦塔的鸟儿守卫。伦敦塔里住着六只乌鸦，它们的翅膀被剪短，无法离开，因为人们害怕那个诅咒成真①。她觉得自己就像其中的一只鸟儿，她害怕因为自己的到来，让一些黑暗和危险的东西被释放。

艾米丽转身离开了那只乌鸦，跟随歌声来到了教堂门口。屋内立着一座纪念碑，上面有一口棺材和一张死亡面具，驱策着艾米丽往更幽暗的深处走去。一个女人在圣坛附近唱歌，她的颤音直抵洞穴般的屋顶。这让艾米丽想起了母亲，还有她在房子里跳舞时唱的咏叹调，她所到之处都会留下一片娇兰香水的薄雾。

"停下。"艾米丽告诉自己。她想要离开，但美妙的歌声让她无法动弹。即便她听不懂歌词，但还是能感受到其中的悲伤与希望。她在离自己最近的长凳上坐了下来，不由自主地低下了头，开始低声念起主祷文。与此同时，她想着教堂是如何将生活中所有的起与落、开始与结束都纳入同一屋檐下的。她还想着，自己从来没有和父母告别。

人们觉得她太虚弱，也太脆弱，因此决定不让她参加葬礼。这场磨难对她来说太沉重了，她需要休息。人们就那样替她做了决定，甚至没问过她想怎么做。她的父母被并排安葬在伦敦的一座山顶上。她只被带去过一次，在他们的坟前留下了红玫瑰，那也是她最后一次去那座城市。祖母一直不停地说着道格拉斯·亚当斯和卡尔·马克思等人也在同一个地方安息。她可能以为自己平常而轻松的话语，能将艾米丽的注意力从被迫去做之事的恐惧中转移。

想到这些，艾米丽抹了抹眼睛，抬头看了看一尊跪地祈祷的天使雕像。那天，她从祖母身边逃开了，像个玩捉迷藏的孩子似的，不想被人找到。她蜷缩在一个安眠的天使身后，天使闭着眼睛，翅膀整齐地合在一起。祖母一直在墓地里找她，唤着她的名字，直到她最后跌跌撞撞地回到小路上，问祖母她们能否回诺福克。

---

① 英王查理二世认为，如果伦敦塔内的六只乌鸦全部离开，王国就会崩溃。

那时候，隐藏和深埋一切，拒绝所有的悲伤和遗憾，要比现在容易得多。她由着祖母用棉绒将她包裹起来，抵御一切恶魔和任何可能会让她崩溃、让她有所感觉的东西。

"你没事吧？"[①]一位牧师在长凳的另一端走动，他的双手藏在法衣的袖子里，长着皱纹的脸上露出了耐心而善良的神色。艾米丽抑制住想要抱住他的冲动，觉得自己像个傻瓜，因为她正想象着他会怎样带她进入忏悔室，洗净她所有的罪过，然后在送她离开之前给她一杯茶和一块饼干。

"我要找个人。"艾米丽把地图递给他，她发现地图的一角已经被自己撕破了一个洞。

牧师露出了微笑，用意大利语说了些什么，示意艾米丽跟着他走到门口。他沿着街道指了指，然后把那张皱巴巴的地图还给了艾米丽。与此同时，他紧握着艾米丽的手，深深地凝视着她的眼睛，接着是她的伤疤。有那么一会儿，世界安静了下来，两个陌生人就这样一言不发地站在那里。艾米丽感到周围的空气搅动着，腾空了她肺部的空气，让她的心跳开始变慢。牧师轻声对她说着话，震动的低音从他的嘴唇上飘出，落在了她的皮肤上，熏陶着她。接着，他放开了她的手，点了点头，踩着他的皮鞋转身离开，长袍的尾巴似乎在挥手告别。

他看到了什么？这让她心神不宁。他似乎能看透她的灵魂深处，能理解她的痛苦。无疑，他也经常能在教区其他居民的脸上看出来。这是因为他能以一种大多数人永远无法做到的方式接受上帝的旨意吗？艾米丽漫无目的地走在路上，觉得自己被困在了过去和现在的某个地方，不知自己曾在何方，又该去往何处。她要在维罗纳的一家餐厅里寻找什么呢？"真希望你在这儿。"她边想边转过街角，发

---

① 原文为意大利语。

现自己又回到了河边。她斜倚在光滑的石墙上，感到一股柔和的香气拂过脸颊。她转过头，顺着那永不停息的河流看去。她的右边有一排盆栽桉树，那甜甜的薄荷香气令她想起了冬夜里的维克司牌香草糖，想起了哄她入睡时那双柔软的手和唱着摇篮曲的平静嗓音。

"停下。"艾米丽又一次告诉自己。她看到一个拿着鲜红色喷壶的女人从植物背后走了出来，依次给每棵植物浇水，接着朝一家餐厅走去。餐厅的入口两侧放着两只特大的水缸，门边挂着一块黄铜牌匾。

"打扰了。"① 艾米丽唤道。那个女人转过了身。

"什么？"那个女人问，眉间微微皱了一下，上下打量着她，见她手里拿着一张地图，眼睛周围有粉色的伤疤。

"我是来见吉安卡洛的，"艾米丽说道，"我叫艾米丽。"当艾米丽说出自己的名字时，对方立刻认出了她，接着是一大串她听不懂的意大利语，伴随着灿烂的笑容和示意她跟上的手势。

那个女人领着艾米丽穿过餐厅，登上了一小段楼梯。到处都是人，他们忙着擦玻璃和拉直浆洗过的亚麻桌布。艾米丽能闻到大蒜、迷迭香和其他一些东西的味道。她转过头，朝一扇开着的门窥去，里面放着一台铺满了配料的不锈钢操作台，她听见了磨刀的刮擦声。回到室外时，她感到温度稍稍降低了。

吉安卡洛坐在露台上一张沐浴在阳光下的小圆桌旁，喝着咖啡，做着填字游戏。他穿着格子衬衫和牛仔裤，鼻尖上架着一副牛角架眼镜，依次解决着填字游戏上的问题。当他们走近时，他抬起头来，脸上慵懒的笑容很快变成了惊讶。艾米丽坐了下来，任由他看着自己。她没有催促他进行任何对话，或是给出任何回答，因为她看到他的双眼流连于她脖子上的挂坠盒，她确信他知道里面的照片。

---

① 原文为意大利语。

"有那么一瞬，我还以为你就是她呢。"他的声音低沉而悦耳，但不是她所期待的那种，也不是她许久以前想要记起的那种。

"除了头发。"还有伤疤。

"我觉得是裙子让我有这种感觉。我们第一次见面时，她就穿了一条这样的裙子。我带她和吉吉去罗马的后山上跳舞。她们俩吸引了所有男人的注意。"他边说边微笑着。

艾米丽看得出他想起了那天夜晚，想起了那个时候，两个年轻女子还以为她们可以做一辈子的朋友。这让艾米丽感到既悲伤又高兴。"我平时从不穿裙子。"她低头看着自己那天早上选的红色连衣裙，但不记得自己把它放进了手提箱，也不记得最后一次穿它是什么时候了。

"你应该穿。美丽的事物不该只在特殊场合才有。"

艾米丽露出了微笑，想起了在家的时候，祖母是如何用骨瓷、水晶杯和银叉吃早餐的。祖母买了一堆不配套的东西，它们后来在长年累月中都损坏了；她还买了丝绸衣服和钻石，也从不关心是否丢了什么。她总说人生苦短，不要太在意对物质的占有。

一个人走了出来，在桌上放了一壶咖啡和一盘拿破仑蛋糕。吉安卡洛拿起一块，掰成两半，递给艾米丽，等着她咬下去。盐和焦糖的味道抵达她的味蕾，她发出了赞赏的声音。他咯咯地笑了起来，接着吃下了自己的那块。"它们是吉吉的最爱。"他说着，将热气腾腾的黑咖啡倒进了两只杯子，然后依次拿起了奶油和糖，"她告诉我，它们让她爱上了意大利，爱上了我。"

艾米丽摇了摇头，朝吉安卡洛刚才在做的《星期日泰晤士报》上的填字游戏看去。吉安卡洛见她在看，说道："吉吉介绍给我的。我知道这是她从卡特里奥娜那儿学的，一种帮她提高英语水平的方法。不过我觉得，这是一种即使远隔重洋也能将她们联结在一起的方式。"

"我们也经常玩这个。"有时她们要花上整整一个星期才能完成。她的祖母会从花园里冲进来，宣称第五竖排的那个词是"暴政"。有时候，艾米丽会在夜里醒来，想到"妖怪"的替代词是"精灵"①。

一种仪式，一个秘密，超越了时间，甚至超越了死亡，将两位朋友联结在一起，从一个人传到另一个人。就像泰勒。艾米丽抚弄着他送的耳环，试着不去想只要有他在身边，她便觉得自己更有活力，也更能投入到一天的生活中。

"我真希望能和她说话。"有时候，艾米丽会在一天结束时意识到自己无话可说，也无人可以交谈。

"你还是应该继续和她说话。"吉安卡洛往咖啡里加了两块糖，用茶匙搅拌着，"奇怪的是，和她们讲讲你的一天，还挺有用的。这就是我还在做填字游戏的原因，我会问她答案应该是什么，也会试着想象她说什么。"他轻笑了一声，又长长地叹了口气，因为他想到了自己的妻子，"她就算不知道，也会想出一些疯狂的点子，逗得我大笑，让我再次想起自己是多么爱她。"

在家的时候，艾米丽会通过电子邮件与人沟通，或是同她在日常生活中遇到的人说几句话，但只有和卡特里奥娜在一起，她才有了真正的交流。和弥尔顿也是，但那肯定是单方面的。不能再同祖母说话的事实就像一块落在她灵魂中不肯挪开的石头，无论她曾提醒过自己多少次它就要来了。祖母的死并不突然，但每当艾米丽在泡茶的时候习惯性地取下两只杯子时，她仍会深受打击。

"那太难了。"她说着，拿起了自己银茶匙，在指间转动着。

"我们都在通往死亡的路上，艾米丽。我们能控制的只有选择如何生活，没有其他。"

"你不想她吗？"

吉安卡洛叹了口气，握住她的手，轻轻地拍了拍："我每天都在

---

① 英语中的"妖怪"（genie）和"精灵"（jinn）发音相近。

想她。但是，吉吉活得很高兴。她什么都吃，什么都喝，在暴风雨中跳舞，不后悔任何一件事，因为回首过去完全是对时间的浪费。"

"听上去很像祖母会说的话。"

"我不必像你那样看着她受苦。那是我一生中最可怕的经历，但她走的时候没有痛苦。"

"我想让她抗争。"

"卡特里奥娜很强大，即便在最黑暗的时候，她也有那种力量。"接着，他看着她，欲言又止，似乎不确定该不该说出下面的话，"她在吉吉的葬礼上念了一首诗。那时候我恨她，但现在我理解了她试图让我，让我们所有人明白的是什么。"

艾米丽咬紧牙关，没有理会脖子一侧的痉挛，以及当他开始讲话时，她的双手如何攥成了拳头。

"黑色的一天，一个完全陌生的人令我眩晕。"吉安卡洛娓娓道来，每个音节都念得很小心。

"停下，请停下。"她意识到吉安卡洛正在背诵 E.E. 卡明斯[1] 的一首诗。那些诗句闯入了她的脑海，在里面四处环绕，勾起了她想忘却的种种回忆和情感。

"是谁觉得宽恕很难，因为他（恰好）是我。"

"吉安卡洛，求你了。"

他正在哭泣，但还在不停地念着："而现在，那个恶魔同我，是彼此不朽的朋友。"

"我做不到。"她喘着气，意识到自己也在掉眼泪，因为她知道这首诗。祖母曾让她读它、分析它，还有其他数不清的关于死亡和悲伤的诗歌。祖母曾试图教给她许多，而她却坚决不听。

---

① E.E. 卡明斯（Edward Estlin Cummings）：美国诗人、画家、散文家、作家和剧作家。

"做不到什么？"

"原谅自己，因为只有我还活着。"

"那不是你的错。"他说。

"你知道什么呢？"

他没有回答，只是静静地坐着，望着她。

那个女服务员回来了，手里拿着一个包裹，将它放在了他们之间的桌子上。吉安卡洛朝艾米丽点了点头，但她不想要这个包裹和里面藏着的东西。那种该死的感觉又回来了，那种藏在她潜意识里的感觉。方才，牧师暂时止住了它，但现在它又回来了，准备释放自己。

"你能拆开它吗，拜托了。"她低声说道。她看着他把纸包拆开，露出一张图片：两个女孩紧紧抓着一只羽毛如焰的大鸟的后背，她们从地面上飞过，升上了天空，俯瞰着一个河流从中穿过的村庄。

当艾米丽伸手去拿那本书时，她松了一口气，因为那是一个关于爱的故事。一个女孩带着一只翅膀受伤的鸟儿历经雷暴，鸟儿死了，她将它埋在窗下。第二天早晨，一只凤凰从地面飞起，带着她和奥菲莉亚穿越云层，去参观有一大群生物在最高的树上筑巢的雨林。奥菲莉亚问如果她们掉下去会怎样，凤凰回答说，她们要学会飞翔。

吉安卡洛呷了一口咖啡，轻轻地将杯子放在桌上。艾米丽注意到他的手在颤抖。当她从书中抽出一个白色牛皮纸信封时，她感到那份怀疑和恐惧又一次潜入了她的内心。

"死亡多少会让你意识到，生命是多么短暂、多么珍贵，"他看着信封说道，似乎知道里面装的是什么，"在最初的痛苦和恐惧稍稍消退后，你会意识到我们有多么脆弱。这一切——这一生——多么容易消逝。"他停了下来，用手帕擦了擦眼镜，"她想让你明白，你是她没有放弃的原因。"

艾米丽又想起了吉安卡洛给她的那本书里的故事，也想起了那本书是什么时候写的——就在她们从伦敦回来后不久。她们去哈查兹参加签售会，所有人都盯着她看，再然后就是去墓地的灾难之旅，艾米丽甚至没能去看看她父母的坟墓。回到诺福克后，她把自己锁在房间里，拒绝下楼，也不愿参与任何需要和人对话的活动。

卡特里奥娜什么都试过了：恳求、哄骗，更不必说"贿赂"了。但即便看到弥尔顿站在艾米丽的窗口，也不足以把她从噩梦中拉出来。在近一个星期的时间里，她什么都没做，只是把音乐开到最大，以此淹没自己的思绪。吉米·亨德里克斯①和他的吉他，让她将一切都抛到脑后。直到祖母在她的门下塞了几张纸，上面写着一个新故事的开头，艾米丽才找到了摆脱黑暗的方法。只有在那时，她才把窗户打开，让阳光进来，让一切重新开始。

"这是不同的。"艾米丽心想。她低头看着书的封面，明白祖母想要传达的信息，也知道祖母希望自己做什么。但知道和做到是两码事。

"我不知道如何重新开始。"

"那你就得试试。"吉安卡洛打开书，指着第一页上的题词。

献给诺亚——我应该答应的。

"你知道他在哪儿吗？"

"还有一件事。"吉安卡洛从椅子上站了起来，伸手从一旁拿起一根木拐杖，拐杖的一端是一只银色的鹦鹉。他伸出一只胳膊，艾米丽扶着他，送他回到餐厅，来到了一间没有窗户的小房间。这是一间办公室，墙上随意地挂满了黑白照片，上面全是她不认识的人。除了其中一张。艾米丽的目光落在了卡特里奥娜和吉吉的照片上：两

---

① 吉米·亨德里克斯（Jimi Hendrix）：美国吉他手、歌手、作曲人，被公认为是"摇滚音乐史中最伟大的电吉他演奏者"。

人都穿着比基尼，头发被海水打湿了；她们正用毛巾进行一场拔河比赛，吉吉笑得弯下了腰，而卡特里奥娜向后仰着，好像要摔倒了似的。

"我愤怒了很久。"吉安卡洛绕过桌子，凝视着那张照片，"对上帝，也对自己愤怒，因为我不知道与压根儿不认识吉吉相比，只认识了她那么短的时间是更好还是更坏。"他打开了一只抽屉，拿出了另一本书，眼含热泪地将它递给了艾米丽。那是一本《尤利西斯》，祖母在开往伦敦的火车上看到一个陌生人读的那本书。而许多年后，她让艾米丽将它藏在吉安卡洛方才给她的那个故事里。

"她说你会明白的。"

"我不明白。"她翻了几页，但没有发现什么不同寻常的东西。这本书是谜中之谜，是一场戏仿①，一个发生在一天之内的故事。祖母要她寻找的联系是什么？

"你会明白的。"吉安卡洛把书放回书桌的抽屉，"但不要一个人试着弄明白。"

"为什么？"艾米丽咽下了又一次出现的哽咽，想起了他看着夹在祖母书里那封信时的样子。

"有人陪你来吗？"他又一次注视着她。

她能从他的镜片后看出一丝悲伤。这使她明白，每当他想起卡特里奥娜时，也会想起自己失去的妻子。"有。"她心里想着泰勒和菲比。她不确定他们是否按吉安卡洛或是祖母希望的那样，陪在她身边。

"记住，"他边说边亲吻艾米丽的两颊，接着又吻了一下她的额头，以此祝她好运，"如果你拒绝一切，最终也会失去一切。"

艾米丽感到自己的双脚好像在动，但她不确定自己是否想去它

---

① 戏仿：又称谐仿，是在自己的作品中对其他作品进行借用，以达到调侃、嘲讽、游戏的目的。

们要带她前往的地方。她哼唱着一首遗忘已久的赞美诗，离开了河边，告别了那个教祖母如何将面团抛向空中的人。她又向未知迈进了一步，就像一只在迷宫中无法逃脱的实验鼠。

"别慌。"当走进一个人声鼎沸的广场时，她告诉自己。四面八方处处是人，他们像堵墙似的把她围了起来。她渴望找到一段海岸线，就像家里那样。她有些渴望看到地平线上连绵起伏的大海，渴望看到时光在无尽的天空中流逝。那初升的太阳、飘舞的云彩、无数的星星，它们向她诉说生活在很久以前的人抬头仰望着远处指引他们探索未知世界的光。那永恒的、保护她不受伤害的北极星在哪儿呢？

艾米丽坐在一家咖啡馆外的人行道上看着自己的手表，并在人潮中发现了一对情侣：泰勒正用手机对着人拍照，然后在他的笔记本上涂涂写写；菲比坐在他旁边吃冰激凌，边读着什么艾米丽看不清的东西。

艾米丽不清楚吉安卡洛到底是什么意思，但现在，他们是她的一切，她不想继续一个人了。现在，她需要有人告诉她，一切都会好起来。

当艾米丽走近时，泰勒抬起了头，见她的脸上写满了焦虑，问道："怎么了？"

"我不知道。"她回答，把手中的信封翻了过来，希望自己能偷窥一眼，就一眼，看看里面的内容是好是坏。

"你读了吗？"他正盯着她看。人们总是盯着她。

"没有。"

"你想读吗？"

"我不知道。"

一阵欢呼声突然传来。艾米丽朝对面望去，只见一个女人搂着一个男人，那个男人抱起她转了一圈。就在此时，一块光斑映在了艾米丽的脸上，令她别过头去。当她感到还有别的东西在等着她时，她就无意再去看别人的幸福了。她深吸一口气，将手指伸到信封的封口下，抽出了淡蓝色的信纸。

"我们要决定的就是如何利用已有的时间。"

——J.R.R. 托尔金《护戒使者》

我的孩子去世了，而我却不在她身边，和她道别，告诉她我有多爱她，告诉她当我第一次看到她那张皱巴巴的小粉脸时，她是如何改变了我的生活。不，在那之前，当我决定留下她这个幸福的意外时，我的生活就已经改变了。

现在，她走了，一切都是黑暗的，充满了过去和未来的阴影。每当我听见有人唱歌，我就会瞥见那抹未来的阴影。她有着最美妙的声音，我好想念。

因为我离得太远，无法及时赶回，所以需要阿德里安娜去辨认尸体。那个我永远也见不到的样子萦绕在我心头。她们两个女人阴阳两隔，其中一个在那一刻永远地走了，永远不用看到她最好的朋友那具冷冰冰的、伤痕累累的身体。这本该是我的责任，我的负担，但我也自私地庆幸自己不用以那样的方式见到她。至少我还能想象她活着，并且很快乐。

医院是可恨的地方。可恨的不仅是杀菌剂和死亡的恶臭，还有那似乎要掩盖一切的怪异的寂静。没有人用正常的音量说话。人们在房间的角落里悄悄地交谈，编造出含有诸多罪恶的话语——虚假的希望、谎言、真话，以及一堆堆积极的东西。

但我必须在这里，为了她，为了艾米丽。她的身体是用那么多不同的材料支撑起来的，我不确定自己能记全。她所有的伤口，所有折断的骨头、撕裂的肌肉和皮肤都被医生缝合好了，她就像一个缝缝补补的娃娃。她美丽的脸和她的天真无邪，都在一个陌生人的急转弯中粉碎了。

她一直指着窗户。她喜欢看鸟，即便它让她哭泣。我很害怕接下来会发生什么，因为她已经两个多星期没说一句话了，我有点觉得她永远不会说话了。不是因为她不能，而是因为她已经无话可说。除了表达情感，还有什么语言呢？而当这些情感在你体内怒吼、撕碎你的心灵、灼烧你的灵魂时，你又该如何表达它们呢？

　　太多的人，我们周围有太多好心的人，他们想要帮忙、接触和安慰我们，但没有人知道该怎么做。没有人能够填补艾米丽和我现在困于其中的绝望深渊。

　　我必须把她带走，远离一切让人想起家的东西，远离所有她认识的人和熟悉的地方。给她一个机会，一个斗争的机会，康复过来；也给我一个机会，让我想明白我现在到底该怎么办。

　　我被抛下了，心里只觉得空虚，没有坚持下去的欲望。但是，我必须坚持下去，而且我会坚持下去的，因为她也失去了她的整个世界。我发誓我会尽我所能，想尽办法把它拼凑起来。我会全心全意地爱她并让她看到，尽管有那么多的悲伤，但我们可以互相依靠，去寻找光明、歌声和欢笑。

CMR

知更鸟

"她在对我唱歌。"艾米丽喘着气说道。

"什么？谁？"

这是一张交织着记忆、隐秘地暗示着更多事情的网。它要求艾米丽拉开向过去关闭的窗，迫使她记起往事。

"她在对我唱歌，然后又突然停下来了。"

"艾米丽？"泰勒看着她，等着她再说些什么。

时间突然慢了下来，呈现出她以前从不敢看的缝隙和裂痕。接着，记忆又重新启动了。在她无法逃脱的循环中，一系列画面相互交织旋转。她不想看到那一天的画面。

"让它停下来，"她喘着气，紧紧抓着自己的心口，在吃力的呼吸之间说出了这句话，"让疼痛停下来。"她摔倒在桌子上，杯子和餐具散落一地。她跌进了椅子里，看着外面那个她无法集中注意力看清的世界。

"她的惊恐发作了。"泰勒瞥了菲比一眼。

"不，比这更糟。"艾米丽心想。仿佛有一根又长又尖的针扎着她的心脏。每次她试着呼吸时，都会产生新的刺痛。

"把你的头放在两腿之间。"菲比把手放在她的后脑勺上，但被她推开了。

"放开我。"她喊道。祖母的信纸掉落在地。菲比将它们捡了起来，走开了几步。

"艾米丽，你怎么了？"泰勒俯下身，试着让她看向他，"她的日记里写了什么？"

她的身体和思想都无法做出任何反应。这让她觉得自己又回到了医院的病床上，透过一个恼人而熟悉的透镜看着这个世界。

一切都变了，她再也回不去了，就像那时候一样。那时，她在一个除了祖母的呼吸声到处一片寂静的房间里醒来。祖母蜷在一张靠窗的翼形扶手椅上。透过窗户，艾米丽看见伦敦的屋顶后升起了一轮太阳。

那里有人，有说话声，有味道。盘子里的饼干像是碎了的灰烬，她没法吃，因为她的下巴被铁丝夹住了。但她能记起来。她从来就不想记起那些。她干裂的嘴唇发出了一声痛苦的低吟，将祖母从不安的睡梦中惊醒。祖母走了过来，试图安慰她，却不知如何是好。

"我不愿想起那些。"艾米丽紧紧闭上双眼，努力地将往事拒之门外。

"想起什么？"泰勒就在那儿，近得她能闻到他呼出的咖啡和烟草气味。

"让它走开。"

她希望一切都离她而去：所有关于父母的记忆，关于那天的画面。水池里没洗的盘子，盛着鸡蛋和培根的脏兮兮的锅。他们离开家的时候，一扇窗户还打开着。母亲穿着一条镶有蕾丝的淡绿色连衣裙，头发蓬乱而随意，阳光洒落在她裸露的胳膊上，她高高伸起胳膊，高声地唱起歌。

艾米丽旁边的座位上有一个野餐篮子，里面有核桃仁蛋糕和新鲜的菠萝。她一块接一块地慢慢吃着。他们坐在一辆时髦的黑色敞篷跑车里。这辆车是她父亲从一位朋友，也就是泰勒的父亲那儿借来的，就借一天。那本该是一次惊喜之旅，他们到了河边后，会去取一只划艇，然后在水上野餐。

父亲俯下身去亲吻他的妻子，接着一道金属闪光朝他们冲了过来，速度快得令人无法闪躲。汽车一次又一次地翻滚，天翻地覆。

呼喊，尖叫，嘶嘶声，接着是头部的一阵剧痛，一切都安静了下来。

"妈妈让我抬头看，"艾米丽喃喃道，"看一群鸟儿飞过头顶。她让我数数它们有几只，还让我答应不要朝下看。"

道路上的两只喜鹊蹦跳着上了车。它们看了看艾米丽，然后飞了起来，远离了那越来越近的警笛声。

喊叫，说话声，被高高举起的感觉，她回头看了看母亲的身体，母亲闭着双眼，神态安详，裙子上有一块红色的污渍。父亲的脸是背过去的，他无疑承受了卡车的全部重量。

尖叫。一个孩子正不停地尖叫。她反抗着那些试图救她、止住她脸上不断流出的血、抱紧她、护她安全的人。接着，又是一阵剧痛，艾米丽的世界变得一片漆黑。

艾米丽曾告诉自己，那些喜鹊把她的父母送去了天堂。她每天都在病床上寻找它们的身影。她会坐在窗边，这样就能看着天空，数着那些随时会消失随时会去往别处的鸟儿。

"艾米丽？"泰勒的手放在她的胳膊上，试图阻止她抓脸上的伤疤。

"为什么？"她喃喃道，身体缓缓地前后摇晃，泪水和脸上的血滴混合在一起，"她为什么要让我记起来？"

泰勒瞥了一眼菲比，看到了她读完信后的表情，接着她把信递给了他。泰勒扫了一眼卡特里奥娜的文字，当他意识到信里在说什么时，他的一只拳头紧紧地攥起。

艾米丽抬头看着泰勒，希望他能把所有的碎片，还有她脑海里所有的疑惑拼凑起来。可是，他背叛了她。他并不在乎她，他来只是为了钱。她挣扎着站起身，擦了擦自己的鼻子，惊讶地在涕泪中发现了血迹。她抢回了祖母的那几页日记，将它们塞进包里，准备离开。

"你要去哪儿？"

"回家。"

"艾米丽，等等。"

"不，"她转过身面向他，"结束了，泰勒。回家吧，或者去你想去的任何地方。"

"你不能走，不能这样走。"

"哪样？"

他举起一只手，接着又放了下来，脸上的困惑难以言表。

"你来这儿只是为了钱，泰勒，不是为了我。另外，你还有家人等你回家，只是你太自私了，不知道自己有多幸运。"艾米丽指着菲比，大声喊出了自己的失望，她的声音提高了八度，"为了你，她放弃了改变人生的机会，但这对你来说还是不够。"

"因为我？"泰勒转身面向菲比。

"过正常的生活没什么错。"艾米丽说道。她意识到自己在那一刻有多恨他，因为他还觉得不够。

"谁说我想过正常的生活？"他又看向了艾米丽，看到她的身体不由自主地颤抖着，但她的眼睛告诉他不要靠近。

艾米丽看见菲比把手放在他的胳膊上，拉住了他，告诉他让艾米丽走。艾米丽转身离开了，身后拖着一只破旧的皮箱。

正常没有错。那是艾米丽一直想要的。像其他女孩一样，有给她讲睡前故事的父母，能在沙滩上堆沙堡，或是从雪天回到家，在火炉边喝热巧克力。

艾米丽不知道自己要去哪里。她继续往前走去，脑海里模糊地浮现出她一直深藏的所有记忆：那些过早被剥夺、与父母相处的时光。

维罗纳的火车站和别处并无不同。只是这一次，艾米丽没有方向，也没有目标。她扫了一眼黑色的出发指示牌，很多目的地都被标成了黄色，只等着被人们选中。

去哪里呢？回圣特罗佩？去安东尼和他的豪宅还有那些沾着罪恶的金钱那里？因为他，祖母从来没有机会——一次真正的机会——和诺亚在一起。如果没有他的干涉，卡特里奥娜会嫁给诺亚，两个人会像艾米丽的父母一样幸福吗？在她长大之后，人们给了她一些希望，比如"过自己的生活"，还有那些栩栩如生的童话，只是再也没有"从此幸福地生活下去"了。

他们是在巴黎度的蜜月，从前家里的卧室中还有一张他们在埃菲尔铁塔下接吻的照片。艾米丽的妈妈穿着一条20世纪50年代风格的裙子，头发用粉色丝带扎在后面，手里拿着一只巨大的气球。这情景很可笑，而它也总是会让她的父亲露出微笑，因为他说这是他一生中最快乐的时刻，直到他第一次把艾米丽抱在怀里，感受到她小小的手指绕着他的手指。

艾米丽想着那张照片现在在哪里。它无疑被收在了诺福克小屋的阁楼里，连同其他那些让人痛苦得不忍去看，却又珍贵得不可丢弃的东西一起。

巴黎。她可以回巴黎去，去那座让她感到尤为自由的城市。

去做什么呢？她没有钱，没有工作，什么也没有，除了一份甚至还不属于她的遗产，因为她不能完成祖母那愚蠢的考验。

她再也没有家了，再也找不到一个可以求助的人了。她还要承受多少痛苦？还有多少失去、悔恨和心痛？

泪水不断地在她的脸颊上流淌，她试着擦去那些不期而至的泪痕，却发现手指上布满了红色的斑点。她环顾四周，发现自己成了人们感兴趣的焦点——他们眼神闪躲，交头接耳，用手指敲打着智能手机。直到那一刻，她才注意到自己已经引起了越来越多的猜测和好奇。她赶忙找了个地方躲起来——每当有太多的关注出现时，她总是这样做。

车站的盥洗室简朴、洁白、明亮，里面有两个隔间，塑胶水池的上方有一面镜子。艾米丽打开水龙头，看着水从她的手指间流过。她把水捧在手里，一次又一次地泼到脸上，凉爽的触感让她那涨红了的皮肤暂时得到了放松。她抬起头来，惊讶于镜中那个凝视着她的年轻女人的模样：她有着丰满的嘴唇，明显的唇线，头发像一缕缕阳光，一双明亮的眼睛正回看着她，好像在要求艾米丽回忆起过去那个女孩的样子。她朝艾米丽尖叫，让艾米丽记住她，让她再活一次。

"我长得和她一模一样。"艾米丽说着，将头转了转，向上仰了仰，接着又低了下来。她向镜子靠近了些，然后走开了。她笑镜子里的倒影和挂在安东尼家里的那幅肖像，以及她在巴黎得到的那张照片里的女人是多么相似。她多像那个自己每天早晨和睡前都会亲吻的女人啊！可她从不去看别人，也不曾意识到，他们盯着她看的一部分原因，是因为她已经长成了一个女人，而她自己却不曾留意。

要做出一个决定，是去还是留：是继续完成这个考验，解决这个谜题，直到痛苦的结局；还是回到英国另想办法。

艾米丽把头发往后捋了捋，尽量不去看那对真的能显出她眼里的金子的耳环。这只会让她想着泰勒可能在哪儿，他是还在这座城市的某个地方，还是已经和菲比一起回伦敦了。

她提着箱子回到车站大厅，看着出发牌上忽隐忽现的地名，与此同时，另一列火车驶离了。

一阵笑声将她的注意力引到了别处。一对情侣拥抱在一起，他亲吻着她耳朵的下方，她伸手搂住他的脖子，想把他拉得更近些。她左手的无名指上戴着一枚钻戒，这让艾米丽想起了另一对情侣，那时她正读着祖母的信，再一次回忆起那天的恐怖，而他们离她坐着的桌子只有一步之遥。

她想起了在祖母书房的抽屉里发现的一枚戒指。一枚简单的金环上镶嵌着一块深蓝色的石头（祖母曾说，那正是加尔达湖的颜色）。这是一个曾经深爱过她的男人送给她的，他向她求婚，但她知道那不会长久。当祖母回忆起他单膝跪地、在她手腕上脉搏跳动的地方吻了一下并说着他再也不会离开她的时候，她便会露出温柔的微笑。

"詹姆斯·乔伊斯。"艾米丽喃喃说道。她从包里拿出了吉安卡洛给她的那本书，书的背后有一条可以找到的线索：一个女孩的床头柜上放着一部《尤利西斯》的缩写本。这是艾米丽出于好奇而去读的一本小说，因为她听说有人曾在詹姆斯·乔伊斯勾引他妻子的地方向卡特里奥娜·罗宾逊求婚。

就在那一天，祖母开始构思一个新的故事。她让艾米丽给她画一只羽毛如落日一般的凤凰。艾米丽曾经问过祖母，凤凰与爱有什么关系。祖母回答说，只要你愿意尝试，就有时间重新开始，成为一个全新的人。

"打扰了。"①艾米丽挤出一个微笑，走近了一个戴着平顶帽、穿着制服的男人。他的衬衫领子湿答答地贴在晒黑的皮肤上，脖子上有一个刮伤的伤口，他试图用一块已经干了的纸巾盖住它。他抬起头来，飞快地看了艾米丽一眼，接着调整了一下腰带，边说话边向前倾了倾。

"你好，我能为你做些什么？"②

"西尔米奥奈？③火车？"艾米丽做了一个火车发出吱嘎响的动作，试着不去理会他取笑她的样子。

"开车去更快，"④那个男人一面模仿着方向盘，一面指了指出口，"可以坐出租车去。"⑤

---

① 原文为意大利语。

② 原文为意大利语。

③ 西尔米奥奈（Sirmione）：意大利小镇，位于意大利北部加尔达湖的南端，建在一个从湖边伸向湖中心四千米长的极狭长形半岛的末端。

④ 原文为意大利语。

⑤ 原文为意大利语。

"太好了。"艾米丽自言自语道。她点了点头表示感谢，接着抬头看了看那个黄色的标识，上面的黑色汽车标志正瞪着她。她向外走去，只见出租车整齐地排成一排。她试着把它们想象成站在池塘边准备游泳的鸭子，或是学校里的孩子们装在口袋里的七叶树果实，他们准备放学后把它们用绳子串起来，然后泡在醋里。

只要不让她想起上一回上车的情景就行。她已经有十五年没有听过金属车门锁上时的咔嗒声了，十五年没有坐在红色的皮座椅上，透过一扇完好无损的挡风玻璃望着前方了。玻璃上没有一点血迹，也没有人被困在车轮下。

她把手提箱靠在墙上，自己坐在箱子的边缘。她能感觉得到这只陈旧的皮箱在她的压力下变得有点松垮了。一丝红光闪过她的眼角，她转过身去，只见一只知更鸟正在附近的一棵树旁啄着地。她低低地吹了一声口哨，它抬起头来，打量了她一会儿，接着跳了过来，停在她的双脚前。

"你好。"她微笑地看着那只小鸟，看着它在行李箱周围兜着圈子，寻找着蚂蚁或是散落的面包屑。片刻之后，它飞到她身旁，落在箱子边上，吱吱地叫了一声，胸前红宝石色的羽毛随之颤动起来。

"不，"艾米丽抱起双臂，"我不能。我绝对不能上一辆陌生人开的出租车。"

知更鸟轻轻摇了摇尾巴，在飞走之前，它在黄色的皮革上留下了一小滴液体。

"你可真是帮了大忙了。"艾米丽看着那只鸟儿盘旋着飞上树枝。她听见它在叫唤，不是在发出警告，就是在寻找伙伴。

"知更鸟是孤独的。"艾米丽向对面的出租车队望去，"它们经常在晚上唱歌，这让人们误以为它们是夜莺。"

"哦。"她说着，突然站了起来，抬头盯着那棵树。那只鸟不见了，但她第一次知道它们时的记忆却一下子涌入了脑海。

那是一个空气清新的星期天早晨。她的父亲在后花园里挖着他心爱的菜地。无论天气如何，他每个周末都会去那里，打扫温室，种植幼苗，修剪玫瑰花丛……艾米丽喜欢坐着看他。有时候，她会给他递泥铲，或是帮他种下那些种子。她用手指轻轻地把种子埋下去，当她上床睡觉时，手上还会残留着泥土的痕迹。

还有一个大雪纷飞的早晨，她和泰勒被带到了樱草山顶。当他们乘着雪橇冲下山坡时，连山顶的雾气都雀跃了起来。一只雪橇被一块岩石绊了一下，她摔倒了，双手着地，另一只雪橇从她的手上压了过去，将她的手指压在地上，她吓得大叫起来。

父亲扶起她，擦净了她身上的雪，将她的手翻了过来，脱下了湿透的手套。接着，他宣布一切都好，没受什么伤。但艾米丽害怕得不敢回到雪橇上，哭着要求回家。

"如果你现在不回去，就永远也回不去了。"他微笑着说，然后吻了吻她的脸颊，理了理她的围巾，让她再次爬上山顶。他一直挥着手在山下等待，直到她重新登上雪橇，飞似的在雪地里穿行。那一刻，她觉得自己像任何一个孩子那样自由。

直面你的恐惧，不要屈服于怀疑的声音。拥抱你害怕的东西，因为你永远不知道它会把你带去哪里。

曾有过那么多的教育，但这些记忆都被推走了。

他总是告诉她要相信自己的直觉，但她这么多年来一直置若罔闻。这意味着她最终只是一个站在火车站外的小女孩，太害怕去完成自己已经开始的事情，太害怕去找出湖边小镇里等待她的是什么。

"为了你，爸爸。"艾米丽心想。她拿起了手提箱，朝一辆等客的出租车走去。

苍鹭

西尔米奥奈坐落于加尔达湖南岸。在半岛的另一端，有一座四面环水的中世纪城堡，斯卡利格家族曾用它来抵御外敌的入侵。

艾米丽站在城堡顶端，凝望着平静的湖面。她看着数以百计的船只在视线中穿梭，载着游客从一个港口驶向另一个港口。其中很可能就有她要找的人。

城堡下是各式各样的街道，还有一栋栋建筑。它们的屋顶上铺着砖瓦，窗户均匀排布，还挂着用于隔热的厚厚的百叶窗。大地向两岸的湖水伸展开去，一簇簇暗得近乎黑色的柏树叶子将蓝天分隔开来。意大利国旗静静地立在旗杆上，没有微风让它舞蹈。

出租车司机把她放在了一条狭长的路上，他一定很高兴摆脱了这个奇怪的英国女孩，因为她一路都坚持开着车窗，并把音乐声调到最大。艾米丽坐在一条长凳上，头埋在两膝之间，等着自己的心跳恢复正常的节奏。她手里攥着出租车司机给她的那张字条，上面写着贝利之船的名字和位置。诺亚·贝利，这个男人请求卡特里奥娜·罗宾逊永远爱他，无论疾病或健康，但她拒绝了他。艾米丽想知道为什么祖母拒绝了她最爱的男人，是因为他做了什么，还是没做什么，又或是还有更复杂的原因。

现在，泰勒也浮现在了她的脑海里。祖母选择他做她的保护人和同行者是不是别有用意？她是否希望他们多年后能找到彼此，而不仅仅是做一对失散多年的朋友？如果他在圣特罗佩的酒吧里吻了她，或者没有菲比的出现，情况会有什么不同吗？

她现在看到了隐藏在悲剧之中的那份浪漫。这使她想到了爱，想到了宽恕，想到了生命中那一段倏忽而逝的时光，祖母还老是拿这事取笑她。可浪漫从来都没有幸福的结局，它不仅仅意味着高潮，也蕴含了低谷。

艾米丽低头望着码头，遥远而广阔的水面上有许多游客。她想象着城堡里站满了士兵，轮船从世界各地运来货物的时代。她手指发痒，想要画出脑海中形成的形象：一个藏在来自遥远中国的茶箱里的偷渡者和一个梦想成为探险家的年轻女孩。

一艘光鲜的黑色小船在城堡下的波浪中穿行，传来了引擎的隆隆声。一个男人站在舵边，在一座能引他上岸的桥下驾驶着他的船。他的头发又短又黑，两鬓有些斑白。他卷起了袖子，露出一双粗壮而黝黑的胳膊，一只耳朵后面还夹着一支香烟。

她三步并作两步地跑下台阶，一圈又一圈地绕着，跑到了城堡下，然后不得不把头靠在冰冷的石头上，等着世界停止旋转。她在人群中挤进挤出，跟在一个大声说着德语的女人，一个试图逃出婴儿车的尖叫的孩子，还有一位目露疲惫、微笑着表示歉意的母亲身后。

那个男人用一根粗绳把他的船拴在了岸上，然后帮助每位乘客回到陆地。他感到有人在看着他，便转过身来，一只手举到嘴边，说了些艾米丽听不见也辨不清的话。

她看着他走了过来。当他把她紧紧地搂在怀里时，她屏住了呼吸。他哭泣着，用英语和意大利语说着什么。他拥抱了她，接着双手放在她的肩上。他凝视着她的脸，一边摇头，一边不住地哭泣。

"艾米丽。"他仿佛害怕念出她的名字，声音安静而缓慢，"艾米丽。"他又念了一遍，仔细打量着她脸上的每一部分，他的目光在她的伤疤上停留了一会儿，然后又回到了她的眼睛。

"诺亚。"她努力笑了笑，但这个男人身上有种东西让她感到不安，因为她无法摆脱那种似曾相识的感觉。她以前见过他，但她想不起他的脸，所以她不安的是什么呢？是他知道她要来的事实？或是因为她知道他对祖母做了什么？是失望吗？不，因为他和她想象中的一样迷人，一样古怪：长着皱纹的眼睛，有型的胡楂儿，海军蓝衬衫，白色牛仔裤，一只手腕上戴着潜水表。

"你饿吗？"他现在正用一种不同的眼光看着她，仿佛他看到的是她，而不是她的祖母。他注意到了她们各自的独特之处，尽管她们是如此相像。

"有一点。"事实上，她并不知道自己饿不饿。在某种程度上，食物似乎和这个人无关，也和这个地方无关。她想要什么东西，但说不清那是什么。

"你想看看城堡吗？"他指着他们身后的石墙。

"我已经爬上去看过了。"

"你知道它是建在高跷上的吗？就像威尼斯一样。"

她喜欢他说话的方式。他讲出的单词相互缠绕，仿佛他在努力把它们拼在一起。这可能只是因为他更习惯于说意大利语，而不是英语，但这让她觉得更自在，让她不那么在意自己的发音困难。

"我带你上船吧，去一个我知道的地方，离湖的上游不远。很久以前，我带你祖母去过。"

他在等她的回答。等她同意和一个经人介绍的人上船，而就她所知，那个介绍人很可能是个杀人犯。

"你有时间吗？"

还有三天。艾米丽计算着。再过三天，时间就到了，她就会失去自以为能得到的一切。

"如果现在就出发的话，"他伸出手，邀请她上了船，"我们可以去那里看日落，喝普罗塞克葡萄酒，再来点美味的意面。"

船"砰"的一声启动了，艾米丽坐在船头，诺亚在一旁掌舵。当他们驶离小码头时，他打开了阀门，让它们在水中疾行。而她闭上了双眼，感受着溅在脸上的咸咸的水花。

"你曾在这里游泳吗？"她想着。她知道祖母有多么热爱大海，即便是在最寒冷的早晨，即便她既疲劳又虚弱。

她睁大眼睛，看见了有着赤土色和柠檬色墙壁的房子；看见了在卵石滩上玩耍，背后是若隐若现的雪冠的孩子们。这里美得出奇，像是电影里的一幕，又像是从她的想象深处偷来的。

一只苍鹭栖息在一处他们行经的岩石岗哨上，它有着细细的腿和长长的喙。那只鸟一动不动地等待着，盯着水里，寻找猎物。

"希腊人相信苍鹭是众神的信使，包括阿芙洛狄特在内。"艾米丽偷偷瞥了诺亚一眼。祖母是想给她传递什么信息吗，还是她只是在自己该去的地方寻找线索和迹象？

看着他的手在方向盘上轻轻一拨，在湖面上随性地航行，艾米丽不禁想象着，像祖母深爱着这个男人一样爱上一个人是什么感觉——爱上一个也同样爱着你的人。

到了这里，他显然就像回家了一样，一边指着沿途的各种地标，一边带着崇敬而喜悦的心情说着话。他生活得很平静，而她不禁又一次想到，为什么祖母不想和他待在这里。

"就在那儿。"他指着一幢巨大的别墅说道。别墅前有一个窄窄的木码头，码头两侧立着糖果色条纹的木杆。艾米丽能从长长的石阶顶端辨认出一个爬满常春藤的入口。

"在这儿等一会儿，我看看他们能不能给咱们弄点吃的。"他握着她的手，低头轻轻地吻了一下，又看了她一会儿，然后消失在台阶顶端，走进了屋子。

艾米丽沿着房子边缘一条平整的石子路走着，发现了一个完美无瑕的花园，一排棕榈树环绕着一个平静无波的游泳池。见四下无人，她于是脱下鞋子，双腿悬在泳池边，用脚趾拨弄着池水，将水波送到泳池的另一端。

"你为什么要离开？"她喃喃道，目光越过墙壁被粉刷过的别墅，一直望到山坡上的房子那里。

一记响亮的口哨传来，她回过头，看见诺亚走了出来。他正站在一个带有顶棚的阳台上，招呼她过去。阳台的窗帘是拉上去的，湖景尽收眼底。

阳台的地板由粉白相间的格子大理石铺就，灯饰有着像棉花糖一样的颜色。诺亚拉过一把椅子让她坐下，椅子背后还系着缎带蝴蝶结。她在阳台之外、码头稍稍偏右一点的地方，好像看见了自己以前见过的东西，于是她站了起来，走了下去。她绕着泳池走了一圈，接着跑向了她方才看了一遍又一遍的风景，却不知道那究竟是什么。

"她在这儿。"艾米丽喃喃说道，双手扶在一把有着深绿色靠垫的木质帆布躺椅上。躺椅有两张，位于一张石桌的两侧；在石桌的上方，一棵树的树枝正向她伸手致意。

"你祖母回来的时候，我正在这儿的旅馆工作。"诺亚站在她身边，脸上带着一种渺远的神情，仿佛知道她在想哪张照片似的。祖母的床头柜上放着一张照片，里面是还在蹒跚学步的艾米丽的母亲，她正从其中一把椅子后探出头来，祖母就站在她身后，双臂护在她的两侧。两个人都对着拍照的人微笑。"这幢房子以前是墨索里尼的，后来成了旅馆。"

他是为了说话而说话的。她已经习惯了周围的人这样做，以此填补她的沉默所造成的空白。但这次是不同的。不是因为她不想说话，不想和他谈她的母亲，谈她为什么来这儿，谈成千上万个她想知道答案的其他问题。相反，她不知道该说些什么，也不知道该如何表达她的所有感受。

"你知道玛戈特，我的妈妈吗？"

他松了一口气，好像他一直都在屏着呼吸，害怕她将会说什么似的。

"一开始不知道。我真希望能告诉你，她是我的孩子，你也是我的。"

艾米丽咽下自己的失望，露出了微笑。她意识到自己没有预想中那么痛苦，因为在某种程度上，她一直都知道自己要寻找的宝藏不是祖父。她感到自己似乎在这个人身上，也在安东尼身上，发现了某种奇妙的、令人意想不到的东西。他们都是祖母生命的一部分，等着她去发现。

"那如果你不是孩子的父亲，她为什么要回来呢？"

"我想在某些方面，我们总是互相吸引。但我们也都明白，无论我怎么努力，我都不适合她。"

"她爱你。"

"我也爱她。我爱她胜过她之前或之后的任何人。"

"发生什么事了吗？"

"我再一次要求她留下来，和我结婚，一起组建一个家庭。"

艾米丽注视着他。他正坐在她母亲曾经玩耍过的地方。她可以想象时间倒流回那个夏天，想象他们三人在这方湖畔的景象，她的母亲玛戈特，把脚趾伸进水里，开心地咯咯笑着，胖乎乎的小腿往前踢着。

艾米丽听着浪花冲刷湖岸的声音，听着那比家里更温柔的水声，仿佛每一片海洋和湖泊都有自己的旋律，就像一个人有自己独特的气味、语调，或是心跳那样。

"她拒绝了。"艾米丽叹了口气。一想到祖母和他在这里，他向她求婚，而她告诉他那不可能，这令艾米丽感到难过。

"三次。"

"三次？"

他笑了起来，音色饱满，中气十足。艾米丽也微笑以应。

"第一回是一次酒后争吵，是关于安东尼的。在西尔米奥奈，我们几乎不了解对方，却无法否认彼此的吸引力，我们两颗心之间的引力。"

"他还在生你的气。"

"我知道，这可能是我应得的。"诺亚点燃了一支香烟。他抽烟的姿势让她想起了泰勒，看到这两个素未谋面的男人的相似之处，她感到难过。她痛苦地意识到，她是多么在意他们两个——以一种全然不同而又令人意外的方式。

"她离开了他，来到了这里，那时她对我还有信心。这持续了几个月，但然后……"

"然后？"

"我年轻、傲慢。"他没必要补上这些空白。

"你是个白痴。"

"你讲话很像安东尼，但你是对的。我以前是个白痴。每当我想到她，想到原本可能发生的事情，我都会感到遗憾。"

"还有呢？"

他又吸了一口烟，在做出回答之前，给了自己一些思考的时间。

"我回来时发现她不见了。没有字条，只有一本《维莱特》①，放在一张没收拾的床上。"

"她在惩罚你。"艾米丽想到祖母选的书就笑了。什么都不留下，只留下一点她在想什么的线索，这太符合祖母的作风了。那本书写的是一个孤独的女人对一个得不到的男人的爱。这和她现在用一条神秘的线索一路引导艾米丽回到他身边的方式没什么不同。

"这也是我应得的。但过了一段时间，她开始给我写信，告诉我

---

① 《维莱特》（*Villette*）：19世纪英国著名的女作家夏洛蒂·勃朗特以笔名柯勒·贝尔出版一部半自传体小说，讲述了贫穷的年轻女孩露西·斯诺在比利时一个女子寄宿学校工作和生活的经历。

她很开心，她也原谅了我的罪过。"

"你还留着信吗？"

"我留着她所有的信。"

"我能……我能看看吗？"

他缓缓地摇了摇头，把香烟扔在地上，用鞋跟把余烬踩灭。

"我不知道这对你是否有帮助。"

"帮助什么？"

"告别。"

她感到喉咙被堵住了。那个堵住它的东西膨胀着，从四面八方挤压着，挣扎着想要逃出去。无论她擦了多少次眼泪，泪水还是快速而坚决地滴落下来，在她的脸上留下了泪痕。

他走上前去，将她紧紧搂在怀里，她内心深处的伤痛终于散去了。他将她抱得更紧了，让她安然地靠在他胸口。

不是因为看见了他，也不是因为听见了他的声音，尽管自从她第一次看见他把船划向岸边以后，这两者的结合就已经让她有些失控了。直到那一刻，她才明白了究竟是什么让她不确定今天是他们的第一次见面。是隐藏在干净亚麻布下的柠檬气味，还有剃须后混合着香料和肉豆蔻的气味，这使她想起了什么，也让她从他的怀中抽离了出来。

"你在那里。"

"你还记得？"

"是的。我是说，我不记得。但是，你当时在场。"那是在艾米丽被带去休养和康复，远离了伦敦所有好心的朋友和家人的诊所。她和祖母在那里生活了不到两年的时间。在那里，她学会了走路、画画，学会了重新生活。

"你给我读过书。"

"的确。如果我没记错的话，《柳林风声》是你最喜欢的。"

那是一本帮她摆脱噩梦的故事书。他模仿獾时那低沉的隆隆声，还有那疯狂挥舞的胳臂，都几乎让她笑出声来。

她常常把头扭开，闭上眼睛，因为她不想看到他看向祖母的样子，那和她父亲以前看母亲的方式一样——充满了爱意。只有他们的故事才值得与一生的痛苦纠缠在一起。

"对不起。"她说。

"为什么？"

"遗忘。"

诺亚缓缓地呼了一口气："这不是你需要道歉的事情。当时，你伤痕累累，她只是希望你能好起来。"

"那她呢？"

"什么意思？"

"她也伤痕累累。"艾米丽又哭了。她想到那一切对祖母来说有多难。许多年来，艾米丽只在意自己的痛苦和失去，从来没有停下来想想祖母也遭受的苦难。

"失去孩子的痛苦是任何人都无法想象的。那是一种悲剧性的不公。但她有你。"

"我所做的就是把她推开。"

"你就是她没有放弃的原因。"他抓住她的肩膀，把脸贴近了她的脸，"你知道她有多爱你，有多喜欢你们在一起的时光吗？"

"我想念她。"这是一句轻轻的耳语，几乎不是说出来的，而是让人感觉到的。

"我也是，亲爱的^①，我也是。"

"你为什么不留下来，或者和我们一起回英国呢？"

---

① 原文为意大利语。

"她不希望我这么做。"

"因为我。"祖母拒绝和抛下的一切，都是因为她。

"不，"他坚定地说，"那完全是我的错。我试着去挽救她，我总是试着去挽救她，但那从来就不是她想要的。"

"什么意思？"

"你得明白，在那个时候，她决定自己抚养玛戈特是非常困难的。人人都告诉她别那么做，人人对此都有自己的意见，但她觉得自己完全是孤独的。"

"她有你。"

"是的，但我不拥有她。她态度激烈、强硬，又固执得令人恼火，"他说道，带着一种酸楚的表情看着艾米丽，"但她也是对的。我们永远都不可能在一起，因为我试图把她变成另一个人，一个不是她的人。"

艾米丽想起了祖母第二本书里的女主人公，最后，当她拥有了别人视为完美的生活时，她决定离开她的未婚夫。这个女人乘坐远洋客轮去了澳大利亚，希望能开启属于自己的新生活，她的口袋里一无所有，除了一点点希望。

"你比你想象的更像她。"诺亚说着，拿出了一个系着绳子的棕色纸包。

"来吧，"他说着，挽起她的胳膊，陪她回到了阳台上，"你可以边吃边读。"

有人在桌上放了两个巨大的银色圆形餐盘，还在桌子边放了冰桶，冰桶里冰着一瓶普罗塞克葡萄酒。艾米丽把圆盖高高举起，甜辣椒、盐和柠檬汁的味道飘了出来。

"吃吧。"诺亚边说边给她倒了一杯，"你看起来得为圣诞节增增肥。"

艾米丽慢慢地喝了一口葡萄酒，感受着气泡在舌头上脆脆的炸裂感。她撕开棕色的纸张，拿出了下一条线索。

"是他。"她微笑着想，用手指抚过封面。她记得自己第一次把这幅画拿给祖母看的时候，祖母边哭边笑，而她对此是多么震惊。

在祖母所有的书封中，这是艾米丽最喜欢的——一条巨大的紫龙，有着金色的眼睛，玻璃碎片一般的牙齿，在一条河上高高飞翔。河里满是点着灯笼、驶向大海的小船。

这也是这个系列的最后一本书，写于卡特里奥娜第一次生病之前。在这本书里，奥菲莉亚重新学会了走路。医生们说这是一个医学上的奇迹，但她和特伦斯当然更清楚是怎么回事。这个奇迹是这样发生的：奥菲莉亚在瀑布下的魔法之水里游泳，瀑布后住着一条可怕的龙。当地村民认为这条龙是邪恶而残忍的，但奥菲利亚却在游泳时听到了它的哭泣。她问它怎么了，原来它正为失去兄弟而悲伤，它的兄弟是在海上飞翔时被大炮击落的。它的悲伤使它愤怒，使它咆哮，它开始向村民们喷火，将他们的房子烧为平地。

"不要急于给怪物下定论。"艾米丽边说边打开了书，读着又一则献词。

献给贝丝——谢谢你救了我们俩。

"怪物？"诺亚边问边用餐巾擦着嘴。这让艾米丽又一次想起了泰勒，想起了他来到诺福克厨房的第一个早晨：他自己给自己拿了零食，还告诉她，他们要去赶一趟火车。

"每个人都有一个试图掩藏的隐秘痛苦。"艾米丽回答，低头注视着那个女人的名字。她太熟悉这个名字了。她大胆地猜想，这个人可能就是谜题的最后一部分，也可能是她回家的最后一步。

"她喜欢看你画画，"诺亚说道，艾米丽正慢慢地翻着每一页，"她说那是你最平静的时候。"

"不再是了。"

"什么意思？"

"我给你看。"艾米丽把手伸进包里，可本该放着速写本的地方却是空的，她看向诺亚，试图回想自己上次拿着它是什么时候，"维罗纳。"

"什么？"

"我一定是把它落在维罗纳了。"一同落下的，还有她一直想要忘掉的人和地。

"你想给我看什么？"

"我做不到。"艾米丽摇了摇头。她紧紧闭上双眼，试图封闭所有的记忆，那些她从离开英国以来就一直看到和画出的记忆。

"你可以的。"

"他让我和他们对话。"艾米丽还记得吉安卡洛说过的话。他告诉她不要忘记他们，因为那样他们就永远不会消失了。

"她过去给我唱歌。"她的话一股脑儿地涌了出来，仿佛它们早就想逃出来，现在生怕她会改变主意，又把它们封锁起来似的。

"你的母亲。"

"每晚睡觉前。"那首摇篮曲，更柔和、更安静的《魔笛》。白天，她会在屋子里跳舞，唱着《托斯卡》和《茶花女》中的咏叹调，从不在乎谁会听。但到了晚上，只有她们俩的时候，她会让艾米丽坐在窗边的摇椅上，给她唱塔米诺和他的魔笛的故事。窗户总是开着的，这样她们就能看见不断变化的月亮。

"你总是可以重新开始的。"

"什么？"每当艾米丽觉得自己犯了错，一张图画没能按照她脑海中的样子呈现在纸上时，祖母就会这样说。她教给艾米丽的东西，有多少是从诺亚那里，从所有她认识的人那里学来的？

"这就是明天美好的地方。"诺亚一边说着，一边举杯敬酒，"我想，你是时候向前看了。找点新东西来画吧。"

"我会试试看的。"

"这个故事里有一句话，让我一遍遍地回过头去看。"他伸手去拿那本书，一页页地翻着，直到找到了他要找的字句，"把你的手放在水中，看所有的涟漪浮现。"

这是巨龙让奥菲莉亚再次回到水里游泳时的一句话，那是它用自己炽热的呼吸温暖过的水。

"我想那是她给你的信息。"现在，他的手放在她的手上，眼里噙满了泪水，"每一个涟漪都应该被视为一种可能性，她希望你去追逐它们。"

"可如果我做不到呢？"

"那你至少试过了。尝试是我们每个人都能做到的。"

艾米丽望着湖面，看到诺亚的船正轻轻地在水上颠簸。总是和水有关。从一开始，她就总是带艾米丽去游泳。

"到卢加诺要多久？"

"不是太远。但在这儿住一晚吧，明天我带你回贝丝那儿去。"

这里有一张底部饰有流苏的淡黄色沙发，一间浅灰色的大理石浴室，洗手池旁还摆放着玫瑰，一张梦一般柔软的床，还有一张靠窗的红木写字台。窗户是打开的，艾米丽可以听见窗外蟋蟀们齐声摩擦它们的腿、唱着奇怪的黄昏歌谣的声音。

"我明白了。"她对着月亮，对着所有飞过渐渐暗去的天空的鸟儿们低声说道。"我明白了。"她又低声说了一遍，然后拿出白色牛皮纸信封，鼓起勇气抽出了那些淡蓝色的信纸，以及它们可能承载的内容。

她明白了自己是如何困在那个十三岁女孩的记忆里的。那个女孩像小鸟一样飞翔，试图逃离她所看见的痛苦。但现在，她需要充满信心地迈出一步，从过去中解脱出来，让自己获得自由。

1968 年 5 月 25 日

天幕低垂，挂着丝丝缕缕紫色和蓝色的云，寥寥几颗星星倒映在墨一般的池水里。

这里非常非常安静。玛戈特睡在我身边的床上，诺亚睡在隔壁房间的沙发上。如果我仔细聆听，就能听见他们独特的呼吸节奏：一个长而缓慢，另一个短促，先是快速地呼吸一下，然后在她做梦的时候停下来。

他想让我留下并再一次向我求婚。他给了我一枚漂亮的蓝宝石戒指，令我非常动心。但他求婚是因为我，还是因为玛戈特呢？我看到了他看着她的样子，那目光与落在我身上的渴望不同。他想要一个家庭，一种联结，一个早上起床的理由。我也想要，但不是这样的。我们总是会争论，而且玛戈特不属于他。她不属于任何人，我也不属于任何人。

他要把我变成一个妻子，随之而来的是许多不成文的规矩，而我不遵守规则，再也不遵守了。

我想我可以去找吉吉。把玛戈特作为大家庭中的一员养大。但那不是我的家庭，也不是我想在这个世界扎根的地方。我仍然想去旅行，去看看下一个角落里藏着什么快乐的事，但我也明白这对玛戈特是多么不公平，尤其是等她长大了些，需要一种不受母亲支配的生活的时候。

这是我没有预料到的。总是得考虑别人，总是得将你的决定建立在他们是否也能接受的基础上。但那也是我的生活，所以我为什么不能过自己的生活呢？我需要不断记起，是我选择将她带到这个世界上的，她不是自己创造的。我有责任教她生活，但也要让她自己去发现生活。如何找到平衡呢？如何知道我所做的是否正确呢？

或者我留下来。给她一个传统的家庭，有双亲，有家，也许有一天，还会有一两个兄弟姐妹。但这会让我停滞不前，在某个时候，我会憎恨自己为她做了决定。关于她的事，我一刻也不想感到后悔。

但去哪儿呢？未婚母亲的污名不是你可以轻易摆脱的。所有的询问，那种心领神会的表情，那种评判。我真的想要那样吗？我真的在乎吗？我当然在乎。我们都在意别人的意见。没有人能完全不在意世界如何看待你。

总归可以选择回家，但不能回苏格兰。去伦敦吧，夏莉现在在一家出版社工作。她对我的头两本书有点兴趣，想知道我是否还在写第三本（要对付一个好奇的小孩子，那真是说起来容易做起来难）。但我知道，她只是想让我回去，这样她就可以扮演母亲的角色——料理家务，在生活中有一些工作以外的事情。她还告诉我，我可以做一些自由职业，可以用写作来帮忙付账单。这听起来很诱人，也像是一条简单的出路。

我知道自己总有一天要扎根。总有一天，玛戈特要去上学，要交朋友，要走别人走过的路。我希望那条路能有所不同。我希望我们可以看看命运会把我们带去哪里。我希望能带着一本笔记本和我们的梦想去环游世界。但是，这只是我的梦想，不是她的。她甚至离可以试着弄明白自己想成为什么人、想做什么事情还早得很，我想我也没弄明白，但那并不意味着我不能去尝试。

而男人会让你停下脚步；让你怀疑一切；让你的心欢呼雀跃，而后转眼涕泪涟涟；让你忘记所有理性和明智的想法，只想着当他慢慢地吻你，再次呢喃着爱意时的感觉。

诺亚会毁了我，从我们第一次在巴黎那间狭窄、落灰、极好的书店里见面的那一刻，我就知道了。他是我的灵魂伴侣，但这并不意味着我应该留下来，并不意味着为了适应他，我就要牺牲自己的欲望和野心，因为这里是他的永恒之地。它是美丽的，它将是抚养孩子的完美之地，但它不属于我，不属于我本人，也不属于我想要试着成为的那种人。

　　我还没有找到自己在这个世界上永恒的位置，还没有发现我所适合的地方。尽管我走到哪里，都有一个景象跟着我。那是海边村庄里的一所房子，后花园里种着苹果树，窗边放着一张书桌，让我能在写作的时候看到大自然中来来往往的一切。

　　也许这就是我一直寻找的。一个世外桃源，只有玛戈特和我。我们不需要更多的东西。

CMR

夜莺

"每件事的发生都有其原因。最后，一切都会好起来的。他不会杀死你的，别慌。"

当艾米丽把她那破旧的黄色手提箱放在腿上时，这些想法伴随着其他的念头在她的脑海里翻腾。她坐在摩托车的挎斗里，通过薄薄的金属外壳感觉到路上的每一个颠簸。她头上戴着一副老式的护目镜，护目镜模糊了她的视线。

如果她知道诺亚建议的交通工具就是这个，她会很乐意乘出租车回维罗纳，敲开泰勒和菲比房间的门，问他们是否可以陪她回英国，坐欧洲隧道都行；或者打电话给安东尼，让他把她放回他那架空间紧闭、怎样都逃不出去的小私人飞机里。

如果在她第一次走进诺福克的书店，不，是当那个男人和他的狗出现在她的家门口时，她就知道自己的结局会是如此。她会对着这命定的和偶然的一切大笑，告诉神灵别再管她了。

她能听见水声，能看见山坡上凸显出的教堂的尖塔，能尝到松香盐的味道。这一切都是那么熟悉，可她还不能把现在和过去联系起来。眼前的现实和她对一个地方的记忆形成了鲜明的对比，她一度绝望地想要逃离那个地方，也从未想过会再回来。

诺亚站在她身边，双手叉腰，仍然戴着他的头盔。他们都抬头望着那座向四面延伸的房子的正门：一道完美的门廊环绕在房子的一侧，一架超大的秋千挂在橡子上，上面睡着两只胖胖的姜黄色的猫。

门廊后是通往菜地的大门，艾米丽和祖母曾在那里播种、除草、挖胡萝卜，然后把胡萝卜拿到厨房里做晚饭。一楼靠后的地方有两间卧室，由一间"杰克和吉尔"①风格的盥洗室连接着。其中一间房的墙壁是淡紫色的，靠窗的角落里有一把可以俯瞰大海的椅子，底座上刻着一只鸭子，还有她的名字艾米丽·卡特里奥娜·达文波特的首字母 E.C.D.。这是她父母给她取的名字。他们一走，她就觉得这个名字不再属于自己了。

"你要上去吗？"诺亚用脚轻轻地碰了碰她。

"你不进去吗？"

"这就是我要告别的地方。"

她注视着他："告别？"

"暂时的。"他将一只手放在她的颈后，如此熟悉，如此令人安慰，"这取决于你。不过你知道在哪里可以找到我，我会一直在你身边。记住，你并不孤单，还有关心你的人，而且不仅仅是因为她。"

他轻轻地吻了吻她的脸颊，然后离开了。她看着他骑上摩托车，发动引擎，在路的尽头消失不见。

"那就来吧。"艾米丽对自己说道。她拿起箱子，爬上了通往栗色前门的台阶，按响了门铃，等着她的过去打开门，邀请她进来。

诊所就像是一间古老的旅馆，这样设计的目的就是让人们相信它不是医疗设施。它有着擦得锃亮的黄铜门把手、超大号的椅子以及插在雕花玻璃瓶里的鲜花。但那些坐在轮椅上的人，或是身上各部位像普通人挂项链一样插着管子的人，让人看出这明显不是一个度假胜地。

艾米丽有十几年没有回来过了。这里稍微发生了一点变化：装

---

① 一种极为灵活且有效的浴室空间，内部有两扇门，嵌套着两个卫生间，因为"杰克"和"吉尔"都可以同时使用洗手间而得名。

了一个音响系统，楼梯上铺了新地毯，通往花园的法式双开门边还有一架大钢琴。但是，安全摄像头还在，以确保人们在这家装扮成乡间小屋的康复诊所里安然无恙。

她被告知稍等片刻后，便像其他客人一样坐在接待区。她心不在焉地翻看着杂志上微笑的陌生人，完全没看进去那些关于针灸或香薰洗浴的益处的文章。她没法集中注意力，因为走廊尽头右手边的厨房里飘出了烤肉和肉桂的气味，还有防腐剂和家具上光剂的味道。

它将她带回了那个对世界和自己都非常愤怒的时候，因为她活下来了。那时候，她无法保留任何快乐的记忆。她不断地要求回家，然后意识到这没有意义，因为她的父母已经不在了。她的房间，她的东西，她的生活，全都毁了，因为她知道自己再也不能享有它们了。她的学校，她的朋友，她的一切，都消失了，改变了，毁灭了，再也不一样了。

没人再以同样的方式看着她，或是对她说话，或是给予她和以前相同的关注，因为她伤痕累累，只是一个可怜虫。她不是一个人，不是一个孩子，只是一具坐在轮椅上、每个人都在试图修补它的躯体，但他们永远不明白，她不想被修补，她只想离去。

"艾米丽？"艾米丽被拉回了现实，一个女人站在她面前，脸上带着微笑，眼睛里充满了关切。

当英国的那家医院无能为力的时候，是这个女人在这里治疗了她。那时候祖母决定带她远离所有人，远离事故发生前她生命中的所有记忆，带她来到一家朋友当心理医生的诊所。卡特里奥娜第一次见到这个女人是在巴黎，但她从未告诉过艾米丽她们之间的关系，而是等到她自己也走了，才向艾米丽揭示出关于那些人和那些相互融合交织的生命的真相。

"我的天哪，你就是最棒的惊喜吗？"

贝丝将艾米丽拥入怀中。艾米丽在这位年长女人的臂弯里放松了下来，呼吸着她身上熟悉的气味，感到自己的内心渐渐平静。

"她把那对耳环给你了，"艾米丽注视着贝丝，她的头发剪短了，贴着脑袋，眼睛周围的皱纹更深了，喉咙处的皮肤也松弛了，"照片里站在安东尼身边的是你。"

"什么照片？"

"在巴黎的那张。书店旁边拍的。"

"天哪，我完全忘了。多亏了卡特里奥娜一直留着它。"

"不，不是她。"

她没有听清艾米丽低声说出的话，因为她拿起了艾米丽的箱子，将它存放在前台后面。当她们肩并肩行走时，她也没有看到艾米丽正眼神空洞地盯着什么。艾米丽感到有些失衡，有些虚弱，因为她回想起了巴黎的那家书店，那个他们所有人相识的地方，她是多么嫉妒啊，因为她没能过上那样的生活。

六个人，因命运的转折而聚在一起。他们的人生在许多方面相互联结，最近的一次是因为一场死亡，但那可能也是一个新的开始。她的新开始，在把她带回这里的过程中，她看到他们每个人是如何发挥了作用，每个人都完成了她祖母的愿望，可她仍然不明白那是为什么。

贝丝带她来到了一个熟悉的房间，房间的尽头有一张大桌子，上面放着一台电脑、一沓文件和一个银色相框，相框里是一张艾米丽从未见过的全家福。她瞥向了房间的后面，那个老式的音响系统还在那里，放置在书籍、照片和纪念品中间。

艾米丽走了过去，在她过去常常待着的地方跪了下来。当她回忆起自己在这里度过的时光时，她觉得房间稍稍摇晃了一下。她曾把自己一个人锁在这里，听着音乐，把所有她说不出的话都画下来。

"你们为什么不告诉我？"艾米丽想起了祖母的葬礼，想起了所有前来吊唁的人。他们中有些人在串通一气地瞒着她。

"她要我们保证不说。"

"她不会知道的。"

"但我们会。"

艾米丽希望自己能把那六个朋友重新聚在一起，再给他们拍张照片。让他们一起好好吃顿饭，开一两瓶葡萄酒，互相说着生活中的故事，笑着回忆往事，并发誓下次见面不会太久。

但那永远不可能实现了。六个人中有两个已经去世了。艾米丽也不确定能否让安东尼和诺亚在吵起来之前共处一室几分钟。但死亡会对人产生一些奇怪的影响，让他们做出完全不符合自己性格的行为。

是他们塑造了卡特里奥娜，使她成了如今的样子。

每一次交互，无论多么微小，都会对你成为什么样的人产生影响。每一次交谈，每一次失望，每一次触碰，都交织在一起，形成了一团叫作"生活"的庞大的乱麻。

艾米丽听见一只抽屉被打开了，接着是什么东西被放在桌子上的声音。

"我不想要它。"艾米丽低下了头，"我不想知道她让我来这里是为了什么。"

但她的确想知道，或者她至少知道，试图抗拒是毫无意义的。于是，她站了起来，走到桌子前，打开了包裹，因为她已经走了这么远，现在放弃完全是在浪费时间和生命。

白色牛皮信封里是几张对折的、熟悉的淡蓝色信纸，还有几张打着横线的纸，用一根红线系着。

艾米丽深吸了一口气。这可能是传说中卡特里奥娜·罗宾逊失踪的几页手稿吗？

"我不明白。"她边说边翻着纸页，发现大部分都是空白的，只有一些想法、地点和名字。这不比诺福克书商给她的那本笔记本里的内容更有意义。

"那本写完的书在哪儿？"艾米丽看着贝丝。

"对不起，艾米丽，"她摊开双手说，"我没有别的东西了。"

艾米丽又把书页来回翻了一遍，好像会有更多的字出现似的："剩下的在哪儿呢？"

"那就是她寄给我的全部。那个，"贝丝指着牛皮信封说，"还有真正的遗嘱和一封信。"

"真正的遗嘱？"

艾米丽又往信封里看了看，发现了自己遗漏的东西。接着，她扫了一眼几页纸上打印得整整齐齐的字句及最后一页上祖母的签名。

"这上面说，房子是我的。"艾米丽陷坐在旁边的扶手椅里。

"是的。"贝丝坐在书桌的一端，仔细地看着艾米丽。

"上面说它一直都属于我。"艾米丽的手开始颤抖起来，沉醉于自己刚刚发现的巨大事实之中，"房产、版权、书，都属于我。"

艾米丽感到头晕，不确定那是出于震惊、宽慰，还是别的什么。

"不然，她会给谁？"

"这毫无道理。"艾米丽的手垂到了腿上，"为什么要把我带到这儿来，让我回到最开始的地方，就像她那本愚蠢的书里写的那样，就为了不让一切结束？"

"也许这就是意义。"

"为什么要我经历这一切，"她说着，激动地挥动着双臂，"如果房子一直都是我的？"

"如果她让你选择，你会离开吗？"

艾米丽欲言又止。在那一刻，她意识到，就在不久之前，她怎么也不会相信自己会坐在这里，与这个不经意间教会她如何将自己藏在绘画背后的女人交谈、争论。这个女人虽然帮她重建了自我，却也让她退缩。

就在不久之前，艾米丽还不会和任何人对话，除了那些她把自己的生活碎屑喂给它们的鸟儿。

她又看了一遍卡特里奥娜·罗宾逊的遗嘱，抑制住了想把它撕成碎片的冲动，咽下了这令人扫兴的结局。

"跟我来，"贝丝向艾米丽伸出了手，"我想给你看一样不同寻常的东西。"

她们手挽着手穿过诊所，走过休息室，经过图书室——里面摆放着直通天花板的书架和一张靠窗的软沙发，一小群孩子围成半圆坐在地上，听一位护士读一个小女孩和她的鸭子的故事。

"你们俩的确创造了一些相当神奇的东西。"贝丝微笑着来到了走廊的尽头，打开了一扇这里以前没有的门，"那些书在很多方面帮助了人们，你可能都不知道。"

她们一起走进了一间巨大的温室，里面种满了奇花异草，还有流水的声音。艾米丽感到自己的皮肤湿湿的。她低头看去，惊讶地看见一只蝴蝶在近处的一片叶子上开合着翅膀。一条马赛克图案的小路穿过中心，通向外面的花园，艾米丽看到两位病人正在远处的一角照料着一丛杜鹃。

"这里还有一个新泳池，一间普拉提工作室，我们甚至还有了两匹小马，以及你过去常常追逐的小鸡。"

"这和我有什么关系呢？"

贝丝指着门上的一块指示牌，她们方才就是从那扇门里进来的。

艾米丽·达文波特基金会资助建造

"都是因为你，因为卡特里奥娜将稿酬捐赠给我们。而且，不只是我们，"贝丝继续说着，挽着艾米丽的胳膊，陪她走到了外面的花园，"全世界的慈善机构都从她的慷慨捐赠中受益。你已经帮助很多人重建生活了，艾米丽。那个小女孩和她的鸭子所取得的成就真是相当了不起。"

"她从没告诉过我。"艾米丽难以置信地说。

"她不想让你觉得有负担。她知道你有多喜欢画画，不想夺走这种乐趣。"

"她这么做是因为我。"

"你给了她一种使命感。这是她从未在你母亲身上发现的，她们太不一样了。而你太像卡特里奥娜了。你的精神，你的决心，你的创造力。"

她们继续往前走去。艾米丽缓缓地、深深地吸了一口气，一种平静的感觉开始渗入她的头脑。她想起了自己现在所知道的关于卡特里奥娜·罗宾逊的一切，不仅仅是作为祖母，而是关于这个人，关于她努力把艾米丽塑造成的样子。

"我还是不明白她为什么要这样做，"她皱着眉头说，"为什么她放弃了一切，她的生活、她的朋友、她的自由。"

"我们去哪儿？"当她们走到湖边一张简易的木凳边时，贝丝问道。

"这是反问句吗？"她的舌头滑过那些词语，磕磕绊绊地说出了这句话。但艾米丽没有退缩，没有动摇，因为她不再感到羞愧。

"你是怎么过来的？"

"坐摩托车。"

"谁带你来的？"

"诺亚。"

"你是怎么找到他的？"

她是怎么找到他的？她是怎么找到这一切的？她是怎样离开自己熟悉而停滞的生活，去完成一个去世女人所梦想的冒险的？

"在这里稍坐一会儿，"贝丝扶着艾米丽坐到长凳上，"坐在这儿，想想她，想想她把你带去了哪里，你又从哪里来。坐在这儿，想想你有多生她的气，你有多希望她在这里，这样你就可以因为她的死而朝她尖叫了。但你也要让自己记住，她想让你看的是什么。"

"所以，这就是结局吗？"

"或者说是开始，这取决于你怎么看它。"贝丝把装着她祖母最后线索的信封递给她，"当我还是一个小女孩的时候，我会一大早起来听格科塔①。我很高兴地想，它们是为我而唱的。"

"听什么？"艾米丽盯着她手里的东西，不愿去想自己现在该做什么。

"布谷鸟。它们以前住在我瑞典老家后面的树林里。你还记得吗？"

"我记得。"一段记忆突然在她的脑海中闪现：她在雪地里堆天使，然后回屋喝了杯热饮，在篝火旁烤着自己的脚趾。那是搬到诺福克之前的一个冬天。她在森林里散步，听着鸟儿的歌唱，注视着一头鹿的面容，这头鹿根本不在乎她受损的容貌。祖母敢游过冷得像冰一样的水，皮肤呈现出明亮的粉色。当她把自己裹在一层又一层的毯子里，将冰冷的水滴抖在艾米丽的脸上时，她的笑容是那样灿烂而纯真。

"你应该回去，"贝丝说，"创造一些新的记忆。"她轻轻拍了拍艾米丽的肩膀，然后回到了屋里，到她的病人们身边去了。因为艾米丽不再属于这里了，这个地方对她来说只有记忆，这就是她不知道自己回来应该找些什么的原因。

没有更多的线索了，路上也不再有标志或站点了。就在此时此地，结束了。

---

① 格科塔（Gokotta）：瑞典语，即早上出门听鸟叫，这是瑞典人的一个习惯。

夜莺在树上轻轻吟唱，树叶沙沙作响。无论她走到哪里，似乎都有鸟儿跟着她，又或者是她在主动寻找鸟儿？她要从它们的存在和意义中寻找安慰？她一直都对它们如此着迷，还是只是在出了事故之后，她开始在一切事物中寻找隐藏的意义才如此的？

发生了这么多的事。有这么多的人、这么多的地方推动她前行，可是为了什么呢？为什么要让她回到这里，让她想起不得不忍受的漫长而缓慢的康复过程呢？如果没有手稿要寻找，如果事实上她根本就没有离开家的必要，那为什么要强迫她经历这一切呢？

一张张淡蓝色的信纸在微风中摇曳，那是祖母的一页页日记，正等着她去阅读。艾米丽看到了祖母生活的一部分，那是拼凑在一起的几个板块，还没有构建出整个故事。一个改变了一切的夏天，一个瞬间，一个决定，对一个想法掷地有声的肯定，一段冒险，都通过一本书呈现给她了。

如果没有在巴黎发生的事情，卡特里奥娜会成为作家吗？如果没有见到安东尼和吉吉，还有诺亚，还有他们所有人。他们都触动了她，以某种深远的方式影响了她的生活。夏莉出版了她的书。贝丝让一个受伤的孩子康复了。故事把他们联系在了一起。

祖母每本书里的某个地方都有一条讯息，一种教育，一个隐藏的真相。这是她一路走来学到的东西，也是她想让孙女，让所有读过她故事的孩子记住的东西。每个人物，每个地点，都是她从自己的生活中，从她人生的高潮和低谷中汲取的灵感。因为如果没有坏，就无法欣赏好；没有黑暗，就无法见到光明；没有悲伤，就无法享受欢乐。

"但最重要的是，"艾米丽低声说道，"最重要的是，我们必须尝试。"

艾米丽脱下鞋，蜷起了脚趾，踩在草地上。她想象着自己踩得更深，探索着这片土地和所有隐藏在地下的生物。她从长凳上走了下来，仰面躺下，感受着身下柔软的草垫。她舒展双臂，抬头凝视着天空那辽阔的蓝色曲线。她呼吸着清新的空气，看着头顶上飘过的云朵。它们相互伸向对方，融合在一起，又变成了新的形态。

"来吧，孩子。"

一段来自这个地方的记忆浮现了出来。那天和今天很像，一个女孩和一个女人坐在湖边，等待着什么东西发生变化。

"告诉我你看到了什么。"

女孩转过头去，闭上双眼，一颗泪珠落在地上。她开始拉扯草叶，将它们从土里拔出来扔掉。女人叹了口气，沉重地倾斜着肩膀——表明她有多么疲劳。她们就这样坐了一会儿，隔着一段远远的距离。这时，一只鸭子从湖边的灯芯草中钻了出来，身后还紧跟着一群小鸭。它们一只接一只地栽进水里，跟在妈妈身后游泳。为了不落后，十几只小小的长着蹼的脚在水下拼命地拨动着。

"从前……"女人坐直了些，看着鸭子游走，"从前，有个叫奥菲莉亚的小女孩，她有一只叫特伦斯的宠物鸭。"

女孩不再拉扯草叶。她轻轻地嗅了嗅，接着把脸转向了祖母，淡褐色的双眼里流露出疑问的神情。

"你觉得她长什么样？"卡特里奥娜·罗宾逊向孙女问道。一幅画面已经在孩子的脑海中形成了。

艾米丽叹了口气，因为她想起在自己当时的构想中，这个女孩很娇小，但不是太矮；头发扎成辫子，戴一顶绿色的羊毛帽。特伦斯穿着长靴，天冷的时候还会围上一条围巾，他们俩都喜欢浮着粉色和白色棉花糖的热巧克力，喜欢并排坐在火炉前，边喝边暖脚。

"一切都从这里开始，也在这里结束。"她想着，拿起了最后一张蓝色信纸，这是最后一块拼图，最后一件等待她发现的东西。

2018 年 8 月 12 日

我感到了一种多年不曾有过的自由,夺回癌症从我手中夺走的控制权。几个月的生病、治疗,几个月的精疲力竭,我很清楚它对艾米丽的影响。这让她更加避世,更加不愿与外界接触。

她在生我的气,因为我放弃了与病魔斗争,但这样我就能过得轻松些。在海里游泳、吃冰激凌、喝香槟,再一次真正地活着。

我希望有一天她能理解,原谅我以一种她不能原谅的方式死去,就像她永远不能原谅她父母死去的方式那样。我知道自己永远也不会原谅和忘记命运那只折磨人的手,但我已经学会了接受它,去相信会有一个更好的明天。

今天早上我遇见了一个人,他叫理查德,有一双和善的眼睛,还有一只大狗。那只狗非常高兴地舔我的脚趾。我在想他是不是我的告别礼物,是不是我走之前爱上的最后一个人。我希望能将这份礼物送给我亲爱的艾米丽,让她明白爱一个人并希望他们也爱你的那种美丽的痛苦。

我常常在夜里辗转难眠,想着他,想着诺亚,想着所有原本可能发生的事情。他是我的初恋,在他之后,便是曾经沧海了。但是,也许我也要对此负一部分责任,因为我害怕再次受到那样的伤害。

我现在知道了,爱一个人可以用各种不同的方式。我不知道玛戈特的父亲现在怎么样了。如果我们不曾相遇,不曾共享过那创造了另一种生活、另一种未来的短暂时刻,又会发生什么?噢,我美丽的女孩,我的宝贝,我的挚爱。我是如此爱你,日日都在思念你。我也非常非常爱他们,只希望自己还有更多的时间。

我希望自己能回到过去,重新来过,能明白我不需要和玛戈特争艾米丽,明白我只是她的祖母,让她看到生活的另一面,让她看到她有选择,可以成为她想成为的任何人,可以拥抱她性格中古怪而疯狂的一面——穿着泳衣、长筒靴和超级英雄的斗篷去公园。她可以做那个敢爬树，敢在大海里游泳，敢挑战他人、质疑一切的女孩。

我爱艾米丽的热情、疯狂和总是想要争取更多的渴望，但我害怕影响她，害怕介入她和她的母亲之间。当然，我现在才明白这是荒谬的。我怎么会害怕自己不被爱或不被需要呢？

我从来没有真正理解过玛戈特，理解她要完全依赖一个男人的决定。我觉得那是软弱的，需要依赖别人会让她变得很脆弱。在我独自抗争了一番之后，在我给她讲了那么多教训之后，她还是为了他放弃了自己的教育、事业和独立。我不理解她完全是根据她自己的内心做出的决定。我不理解她看世界的眼光、她所怀抱的梦想和我不一样。

为了成为一名妻子和母亲而放弃一切之后，我真希望玛戈特找到彼得，陷入爱河。我没有说服自己她不再需要我，因为我现在明白了，那就是她想要的。她不是我，就像艾米丽不是我一样。

我第一次看到他们在一起的时候——玛戈特、彼得和艾米丽，就在艾米丽刚刚出生的时候——我便想起了诺亚，那就像不让我消停的身体上的痛苦。我想起了自己原本可以得到的东西，当然，我也不禁想着自己是否应该答应他。他是唯一了解我的人，了解真正的我，而且从未试图改变它。他明白我为什么拒绝了他（三次，可怜的人），但他没有放弃。他一定以为有一天，我会屈服于他无私的爱和奉献，并最终认识到嫁给他是正确的事情——他会让我幸福。

我一生中犯了很多错误，也为很多决定而痛苦不已，这很可能对我是弊大于利的。后悔只是一种情绪上的扰乱，我们对此无能为力。恐惧则完全不同。我一直恐惧自己孤独一人。吉吉的死让我更加离不开玛戈特了。我匆匆回到诺亚身边，结果却又一次离开了他。我那样做是不公平的，但我当时不知道还有多少痛苦等着我。

事故发生后，他有段时间回到了我的生活之中。因为我的悲伤，我们重新联系在一起。我允许他照顾我，我想这是他一直想做的。但看着他和艾米丽互动，就像他和玛戈特互动一样，我产生了一种不好的怀旧感。也许我应该给他更多的机会，给我们更多的机会，但我再一次强烈地意识到：我所做的任何决定都会影响到一个小女孩，而不仅仅是我自己。

我的爱是不是让艾米丽窒息了？我是不是用那条该死的棉绒把她包裹得太紧，而忘了教她如何独立了？也许该把它从她的身上抖下来，把它像盒子里的记忆一样收起来，而不是留在那里，让它提醒她过去是谁。

我现在似乎在质疑一切，我知道自己的生命将要走到尽头。我无法改变已经发生的事情，这种想法很可怕。但我也准备好了，准备好接受这团叫作"生活"的疯狂乱麻。它混乱不堪、令人困惑，但也壮丽辉煌、使人兴奋。只要我们勇敢地去掌控它，并在我们还有机会的时候，去榨取其中的每一滴幸福。

我又一次想起她最初开始画画的时候。作为一种沟通的方式，她很需要它，我们都很需要它。我给她讲的故事让她脱离了痛苦，让她专注于自己能做什么，而不是不能做什么。当她画画的时候，我能看见她眼睛背后的图画，并且迫不及待地想看看她画的是否和我想的一样。

她比我更好，更有才华，更有创造力。我知道自己鼓励她是出于好心，但也有自私的原因。这些书只是纸页上的文字，是她的插图给了它们生命，激发了全世界儿童的想象力，让夏莉看到了第一个故事的潜力——那个故事是在意大利的一个湖边写的，周围都是夜莺的吟唱。我只是想让艾米丽快乐起来，好起来。我不知道我们的创作，我们对现实的逃避会去向何方，我不知道那个小女孩和她的鸭子会带我们走多远，并在多大程度上会让艾米丽再次远离这个世界。

我从未想过要利用她的才能来获得个人利益。这是间接的结果，但我的确明白，这可能会阻止她其他的可能性。我把她看得太紧，从来没让她学会飞翔，让她陷入了这茧一般的生活里。这有一部分是我的错，起初，这是必要的，这是我们俩都能勉强挺过悲痛的唯一办法。可是，让她保持沉默——即使话在口中已经成形，是不是让一切变得更糟了？先是把她藏在诊所里，然后是诺福克，让她逃进虚构的世界里，我是不是阻止了她去真实的世界里生活？

故事是我的生命力，是我应对世界上所有糟心事的方式，但我有让她为自己做过选择吗？

她需要重新开始，但我担心没有了我，她将如何应付。如果我做得足够多，让她看到自己是多么能干，多么聪明就好了。我希望能够让她看到、让她明白：想要得到幸福，就必须承担风险。

有一种可能。但我不知道那是不是太难了，也不知道自己是否还有精力去实现它，但我必须这样做，因为我欠她太多了。

无论发生什么，这就是我曾度过的生活。这就是我选择留给艾米丽的东西。这就是我，六十七岁的卡特里奥娜·玛丽·罗宾逊，一个仍有时间细数自己曾有幸拥有的一切祝福的女人。

CMR

凤凰

艾米丽回到了一切结束和开始的地方。她坐在湖边，身边除了鸟儿，什么也没有。她想着自己遇到的所有人，去过的所有地方，想着一路上面对的恐惧和心魔。

她将祖母的信折好放进口袋，任由自己哭了起来。这是一次真正的哭泣，因为每一滴眼泪都代表一瓣她那颗在恐惧中活了太久的破碎的心。她在哭泣中哀悼她的父母、她的祖母，还有她不敢拥抱的生活。

她为从前的那个小女孩哭泣。她的生活在一瞬间支离破碎，残酷的命运改变了一切。时间是你无法抓住的东西，只有当它所剩无几的时候，你才能理解它。

她的脊椎弯曲着，悲伤的波浪在她的背部上下起伏。她啜泣着，直到体内没有什么东西可以释放。

"艾米丽？"

她猛地抬起头，看着他走了过来。她任由他坐在身边，挽起她的胳膊，将她拉近。他的靠近使她又一次哭了起来。

"没关系。"泰勒靠在她的头发上小声说道，"没关系。"

"不，有关系，"她摇了摇头，看见他的衬衫上有几道泪痕，"我浪费了太多时间。我陷在过去好多年，为了什么呢？"

"你差点就死了，艾米。你是一个身体几乎被撞成两截的女孩，更不用说那次事故对你精神上的影响。"

"我所做的一切就是躲起来。"

"你所做的一切是为了活下来。"

"如果我只能画出她写下来的东西，那一切有什么意义呢？"

"我觉得你做的远远不止这些。"

艾米丽感觉他挪到了她身边，她往后坐了坐，看见他拿着她的速写本——她落在维罗纳的那本。

"你一路上都带着它。"

"是的，我应该这样做。"

"为什么？"

"因为你需要看到，需要真正看到你的能力。"

他打开速写本，翻到她在旅途中画的第一幅画：那是两只面对面站着的海鸥，它们的嘴张开着，好像在交谈。其中一只站在一辆独轮车上，另一只的翅膀下夹着一份报纸，报纸上的粗体标题报道了英国最受欢迎的儿童作家去世的消息。

下一幅画的是泰勒：他走过一片银色和蓝色的草地，音符化作一群候鸟，飞向未知的土地。她当时没有意识到的是，她把自己也画进了同一幅画中。她走在他身边，拖着一只破旧的黄色手提箱。

她翻看着更多的图画、更多的惊喜，每一幅都与她被迫踏上的这次旅程有着某种联系。一张祖母和一个男人的素描：他们坐在一个湖边小镇的长椅上，头靠得很近，旁边的婴儿车里睡着一个婴儿。

树枝上有一群蜂鸟，正看着一对情侣在月光映照的埃菲尔铁塔下跳舞。女人穿着一件 20 世纪 50 年代风格的连衣裙，男人紧紧抓着一个天鹅绒小盒子。艾米丽知道那里面放着一枚钻戒。

她不记得自己画了这么多画，不记得自己在这些画里藏了这么多小细节。

接着，是最后一幅。那些她在罗马看到的椋鸟。她一遍又一遍地画着那些褐色的小斑点，直到画成了一个女人的面孔。这是她的脸。在她误以为是龙卷风的群鸟中，汇聚着她的痛苦和恐惧。

"你一直都能做到。"泰勒说着，翻回了奥菲莉亚骑自行车的那张图画，指着那个身后有一群羊的牧羊人。直到那时，艾米丽才意识到她真正画的是谁的脸；直到那时，她才明白泰勒要给她看的是什么。

"我不知道。"她喘息着，一页页往回翻，一直翻到那只珠光色的葵花鹦鹉尽情展开翅膀，准备飞向那轮西沉的落日；一直翻到速写本中的第一幅画，她的祖母斜靠在床上。这是艾米丽在祖母睡着的时候画的，她没有意识到自己用母亲的脸代替了卡特里奥娜的脸。她想象着母亲年华老去，变得苍老和憔悴的样子。她多么希望母亲能够活下来，她们一家能团圆。

她将这一切画在纸上，困住了它们，困住了自己的悲伤而无法解脱。可她从来没有学会处理它们，从来没有学会悲痛、哀悼、接受死亡是生活可怕而不可避免的一部分。

艾米丽合上速写本，用袖子的背面擦了擦脸。

"你是怎么找到我的？"

他又用那种目光望着她。这让她怀疑自己看上去是不是有什么不一样，是不是眼泪改变了她的面部轮廓，暴露出了她以前没有发现的部分？

"我给妈妈打了电话。"

"那一定很有意思。"

"我给她寄了一份这个，"他说着，给她看了那张在巴黎书店外拍的快照，"问她站在最后的那个女人是谁。"

艾米丽依次看着他们，目光停留在了卡特里奥娜身上。她陶醉在祖母那洋溢着自由和欢乐的微笑中。即使祖母已经去世了，还有吉吉，但她们并没有离开，因为还有活着的人记着她们。

"菲比在哪儿？"

"她决定回家，说她需要找到自己的路。拯救大猩猩什么的……"

艾米丽轻轻一笑，接着皱起了眉头："我很抱歉。"

"我要去纳什维尔，我们的关系也长不了。而且，"他触碰着艾米丽，让他的肩膀靠着她的肩膀，"对于我来说，她太正常了。"

"你什么时候走？"

"现在。今晚。"他吸了一口气，"我的航班几小时后起飞。"

"你为什么来这里，泰勒？"

他低下头吻了她，只一次，在她的嘴唇上轻轻地碰了一下。她想要融入进去，沉浸在这一瞬间，但有什么东西让她挪开了。

在这么短的时间里，发生了这么多的变化。她的心和脑要应付的事情太多了，但她还没有时间去试着理解这些事情，尤其是他。她不知该如何度过这么多的时间。那些白天和黑夜，那些偷来的时光，现在都属于她了，她想干什么就干什么。

"跟我走吧。"他轻声说道，额头贴着她的额头。

艾米丽注视着他，希望自己能简单地说一声"好"，然后被风吹到纳什维尔去，沉浸在自己的浪漫故事之中。

唯一的问题在于，艾米丽记得祖母在日记里写的：诺亚向她求婚，而她拒绝了他，因为他会改变她，把她变成一个她不想成为的人。

去纳什维尔，坠入爱河，这是一个简单的选择。在某种程度上，这能使她再次隐藏起来。隐藏自己，隐藏她知道自己尚未做出的选择。她有那么多的时间去探索，去做决定，去和孤独和平共处。

"我脑海中有这样一幅画面，但我不记得那是记忆还是梦。"艾米丽说着，仔细观察着泰勒的反应。她试着不去想那些话现在多么容易就从她的嘴里说出，她有多么不在乎自己的舌头被音节缠住，不在乎自己的结结巴巴、口齿不清，因为他理解她，他看见了她，那个不再是过去的她。

"接着说。"他对她露出了微笑。一时间，她以为他又要吻她了。

"我往下看，看到了一架飞机的影子掠过地面。我在想，那个影子实际上是另一架藏起来的飞机，只有当太阳照耀的时候，它才会向世界显示它的存在。我生命中的大部分时间都像那架飞机一样度过——藏起来，等着阳光照在我身上。"

"我想那是不行的。"

她花了那么多时间把别人推开，但她从未真正独处过。即便祖母外出巡回售书，或是去城里开见面会，也总会有人来看看她的情况。夏莉、牧师，甚至那个男人和他的狗，现在还有泰勒。

"纳什维尔是你的梦想，如果我和你一起去，我最终会后悔的。"一个故事的灵感开始在她脑海中酝酿，那是一张成千上万人的记忆形成的地图。他们每个人都是独特的，却又因一起走过的道路而联系在了一起。奥菲莉亚长大了，她像真相的发掘者一样探索秘密，用人们以为自己永远失去了的物品和记忆，将他们重新联结起来。

"听上去很坚决。"

"我很抱歉。"

"不。"他长舒了一口气，表示接受了这个事实，"是我对你和菲比不公平。还有在那之前，我把生活弄得一团糟。"

"我们都不是有意为之的。"

"我很高兴做到了，很高兴能再次见到你，想起自己过去是什么样，当我们还年轻的时候。"他站起身，把她拉了起来，在她的脸上吻了一下。

她看着他走开，弯下腰拾起她的背包和速写本，注意到内封里塞着什么东西。那是一张明信片，正面是一张鲜艳的红鸟的图片：它张开翅膀，飞向落日。她将明信片翻了过来，看到了他写的几行字。透过她的泪水，那些字母在纸上跃动着。

　　对我来说，你就是一只凤凰。

　　色彩绚丽，心中燃烧着火焰。

但当你的心哭泣时，

请记得我在想你。

因为你是我想要尝试的动力。

"他就是我的诺亚。"艾米丽喘了口气，抬起头来，看见泰勒站在草坪的边缘，伸出一只手去开门，正要准备离开。

"等一下。"她低声说道，感到有什么东西攫住了她的心，"等一下。"她又说了一遍。当他转过头来微笑时，她跑了过去。

她搂着他的脖子，深深地吻着他。在那一刻，她忘记了一切，忘记了脸颊上伤疤的拉扯，忘记了脊椎上的疼痛，忘记了一直躲起来、以为自己不值得被爱的那些年。在那一刻，她又变成了从前的那个女孩，在夏日的夜晚接吻，心中闪烁着明天的希望与可能。

就这样，她觉得自己卸下了防备，进入了他的灵魂，让自己的心对可能发生的一切敞开怀抱。

"你改主意了？"他从拥抱中抽离了出来，喘息着，感到有些意外。

"是的。不是。我是说，我不能和你一起去。"

他的脸沉了下来，放开了她："噢。"

"因为那是你的梦想。"他们之间亲密无间，可他却觉得那么遥远。

"你已经说过了。"

艾米丽抚摸着他的衬衫领子，感到他先是僵硬，然后又放松了下来："如果我和你一起去，出发点就是错误的。"

"这话你也说过了。"

"但这并不意味着你不能回来。"她走近了一些，双手放在他的胸前，感受着他呼吸的起伏，"也许我们可以在中间地带见面？"

他轻轻地笑着，声音的震颤传过她的指尖。

"中间地带在海上，艾米。"他用两臂搂住了她的腰。她投入他的怀抱，靠近着他呼吸。

"我的意思是，我需要弄清楚自己想要做什么。"她仰起脸来看着他，"如果我跟着你，我就做不到。"

他低头朝她微笑，脸上浮现出了一个她从未见过的新表情。

"怎么了？"

"当你对某件事充满激情时，你看起来很美。"他亲吻了她的前额、伤疤和嘴唇。她等待着自己选择离开的那一刻，却惊讶于那一刻并没有到来。

"你要去哪儿？"他贴着她的嘴唇，轻声说道。

艾米丽露出了微笑："回家。"

喜鹊

花园中一片寂静。树叶开始变黄，一个新的季节即将来临。新鲜的空气中，传来了教堂报时的钟声。艾米丽驻足了一会儿，让家乡的景象重新填满她的心。

她真的只走了九天吗？如此短的时间里发生了许多事，她现在有那么多想去做、去发现的事情，她要开始过上祖母希望她过的生活了。

当她打开前门时，一只喜鹊俯冲了下来，跟在她身后跳了进去，叫唤着和她打招呼。

"你好啊，弥尔顿。"她说着，弯下身去拍了它一下，但它跳开了，跳到了答录机上。答录机闪烁着留言，而她并不想听。走廊的桌子上整整齐齐地放着一摞邮件，最上面是一个贴着外国邮票的厚信封，邮戳表明是从意大利寄来的。

诺亚。也许他决定把卡特里奥娜写的信寄给她了，但这不着急，也许她不需要再读任何东西了，至少现在还不需要。

房子还是原来的样子，但有些东西变了。是她周围的空间变了，还是她站在这个空间里的方式变了？

墙上挂着一面镜子，她有记忆以来就一直回避它。她在镜中的影像还是她离开时的那张脸，但现在已经完全不同了，因为她已不再是那个一早醒来就觉得今天一如往常的人了。那一天，她收到了一封信，整个世界就此颠覆。

她已不再是那个只活着而不生活的人了。她也不再假装自己不受

236

泰勒的影响了。他让她的心敢于让步，敢于在最后说出那句"也许"。

现在，该做什么呢？如何重新开始，如何规划未来？

"茶。"艾米丽自言自语地走进厨房，在冰箱前停下了脚步。她抚摸着贴在冰箱门上那句伦纳德·科恩的名言，那是祖母最喜欢的。

从前，她是在慢慢地、从里到外地死去。祖母是唯一一个看到这一切并选择拯救她的人，让她看到了世界上所有细小的裂缝，而它们并不总是坏事。

艾米丽在水池中将水壶灌满，放在炉子上。接着，她打开了后门，让苹果和金银花的熟悉气味飘进来。她抬头望着天空，看着那一大片令人安慰的蓝色，松了一口气——她终于回家了。

直到她转过身，准备到梳妆台上拿她最喜欢的、杯沿饰有斑鸠图案的杯子时，她才看到了它。

一只盒子。一只简单的纸板盒子，放在靠窗的餐桌上，正等着她注意到它。盒子下面压着一张纸条，艾米丽并不熟悉上面的字迹。

她把盒子推到一边，读着寄给她的话语，一同寄来的还有一份意想不到的礼物。

> 致艾米丽。她让我告诉你，剩下的就看你自己的了。
>
> 理查德·托马斯。
>
> 另：麦克斯向你问好，并邀请你和我们一起在海边散步，任何时候都行。

是那个带狗的男人。这显然是祖母给艾米丽的最后一个惊喜。

"我不想看。"艾米丽说道。这时，弥尔顿跳上了一把椅子的椅背，把头倾向了那个盒子。"我不想看。"她又说了一遍，但发现自己正不由自主伸手打开她的礼物。那些好奇又恼人的手指总是想去看，想去触摸。

里面有一个毛绒玩具、一张照片和一本小小的红色笔记本。

"哦。"艾米丽往后退了一步，接着又往里看了看。

玩具是一只脚上打着补丁、眼睛是亮绿色的鸭子。艾米丽记得它以前有一个斑点领结，但很久以前就弄丢了。她拿起它，将它送到鼻子边，嗅着童年的气息。她能想象出自己以前的房间，窗户边有一个木制的娃娃之家，娃娃之家的屋顶上覆着薄薄的一层灰尘，表明她很少玩它。一张有华盖的床，周围串着圣诞树小彩灯，一个装满了书的碗柜，还有一张靠窗的椅子，她和母亲以前会坐在那里，每晚在睡觉前读故事。

她用颤抖的手拿起了照片。那时她还是个婴儿，躺在母亲的臂弯里，父亲俯身亲吻着她的头顶。小艾米丽紧紧地抱着现在放在桌子上的那只鸭子，它正用卵石般的眼睛回望着她。

艾米丽来到了客厅的隔壁，将相框放在壁炉架子的中间，紧挨着吉吉和吉安卡洛结婚的那张。她朝另一边望去，看着相框里的其他记忆。现在，她明白了，她失去曾经拥有的一切的痛苦和悲伤，都是由她的祖母分担的。她终于能够接受、能够理解，世界上任何一个曾经痛失所爱的人都会感同身受。

祖母的书房静静地等着她，那台古老的打字机仍放在窗前的书桌上，键盘在午后的阳光下闪闪发亮。书架上放满了红色笔记本，就和她手里的那本一样，里面充满了那个非凡大脑中所有的想象。

但这本笔记本有些不同，它的一角磨损了。当她小心翼翼地打开书脊时，书页噼啪作响，触感也颇为僵硬。第一页的中间是一行标题，那是一个孩子写下的。

奥菲莉亚和特伦斯的冒险之旅

作者：艾米丽·卡特里奥娜·达文波特（九岁）

"哦。"她喃喃道，然后翻到下一页，在那里她看到了一幅画，画上一个扎着辫子的小女孩正紧紧握着一只浅灰色鸭子的手。

"哦，"她说道，这次的声音更大了。她倚靠在桌子上，一段记忆开始浮现。那是她小时候的一段记忆，那时她坐在厨房的桌子边，问祖母用什么方法写故事最好。

"没有什么神奇的配方，"卡特里奥娜一边回答，一边切着一块刚烤好的柠檬蛋糕，她递给了艾米丽一片，"但一定要写你了解的东西。"

然后，她走进走廊，拿回了一本崭新的红色皮革笔记本，笔记本仍用塑料包裹着。她告诉艾米丽，这是艾米丽自己用来记录想法的笔记本。

"这是我的故事。"艾米丽边说边翻着纸页。这是一个充满了梦想和丰富想象的孩子写的，一个尚未因疼痛和苦难而失去光彩的孩子。艾米丽又开始相信那个孩子了。

"这将永远是我们的故事。"她说着，回到了厨房。她想找弥尔顿倾诉，但它突然不见了。她独自一人，但并不孤独；她恐惧，但不害怕。她已经准备好重新开始，去找到适应所谓生活的方法。无论她还剩下多少时间，她都要去发现自己想做什么，去决定接下来要发生什么故事。

艾米丽环顾厨房，坐在了后门边的椅子上。她打开笔记本，开始读了起来。

鸭子

　　从前，有一个小女孩叫奥菲莉亚，她和父母住在海边，还有一只叫特伦斯的宠物鸭子。奥菲莉亚渴望做任何正常孩子都会做的事情，如爬树，乘风破浪，或者只是骑一骑自行车。但是，奥菲莉亚的腿出了点问题，所以她只能坐轮椅，而不能走路。

　　这常常使她感到悲伤。但特伦斯是一只快乐的小鸭子，每天晚上，在奥菲莉亚睡觉之前，它都会告诉她，总有一天，天使们会满足她一个愿望，一个能永远改变她的人生的愿望。

　　奥菲莉亚十岁生日那天，她在歌声中醒来了。她的爸爸抱着她下楼，特伦斯小跑着紧跟在后面。他们来到了厨房，她的妈妈正在那里炒鸡蛋和熏肉。

　　妈妈宣布，今天是个特别的日子，不仅仅因为是奥菲莉亚的生日，还因为他们要带她去世界上最古老的书店。那是一个充满了魔法和冒险的地方，奥菲莉亚可以挑选任何她想要的书……

鸟儿及其含义

艾米丽是一个寻找生命中隐藏的意义的人，这总是令我深受触动，并让我想要给她一件可以令其痴迷和热爱的东西，从而让她从不得不承受的痛苦和悲伤中分散注意。

由此，我开始研究鸟儿背后的民间信仰及其象征意义，并希望能在书中加入一些相关内容，作为对艾米丽和她的旅程的另一种观照。可选择的鸟儿有很多，我在下文中列举的只是其中的一小部分，但它们最能引起我的共鸣，也与艾米丽的故事最为契合。

1. 葵花鹦鹉——呈现出最美的色彩，同时也象征着变化，象征着开启一段需要力量、决心与勇气的重要学习之旅。

2. 知更鸟——一个新想法的开始，象征着更新和新生。在学习一些需要时间才能适应的东西时，知更鸟也可以是智慧和耐心的象征。

3. 喜鹊——聆听你周围的世界正在交流什么，同时更多地表达自己的思想和情感。喜鹊也可以象征难以预测的行为或情况。

4. 孔雀——在印度教中，孔雀与代表耐心、善意和幸运的吉祥天女密不可分。孔雀的羽毛被视作可以防止意外和不幸的护身符，同时也可以提醒人们要展示自己的真实面目。

5. 鹈鹕——通过理解自己来克服失败，也象征着需要放下外界的评断，自信地说出自己的想法。

6. 麻雀——陪伴和团队合作，还象征着自我价值，以及明白即使是最小的事情也能使我们快乐。

7. 鸽子——韧性和体力，以及一种对所爱之人的奉献精神。

8. 金丝雀——从过去的创伤中解脱，一种充满灵感、希望和即将开始新生活的感觉。

9. 海鸥——时光变迁的信使，鼓励你走出舒适区，勇敢地追求自由。

10. 长尾鹦鹉——信任和忠诚，也象征用更好的沟通来实现特定的目标。

11. 猫头鹰——在希腊神话中，猫头鹰是智慧和战争女神雅典娜的象征。它们也被视为神秘、魔力的象征，具有看透欺骗的能力。

12. 青鸟——在俄罗斯神话中，青鸟是希望的象征。它们也被视为精神觉醒的象征。为了获得幸福，你需要把自己交给周围的世界。

13. 小公鸡——凯尔特人和斯堪的纳维亚人相信，小公鸡是地狱的信使，会发出危险的警告。它们也象征着思想觉醒、启迪和接受真理的渴望。

14. 火烈鸟——象征隐藏的强烈情感，并提醒人们不要过早地下结论。火烈鸟也代表忠诚和对归属感的需求。

15. 雁——渴望逃避自己的问题，但也强烈地保护着那些你爱的人。雁可以代表你需要记住那些让你走到今天的人。

16. 椋鸟——祝福即将来临的讯息，同时也提醒我们，对于任何一种关系的发展和成长来说，沟通都是至关重要的。

17. 蜂鸟——乐观，远离消极想法，也象征着要活在当下，寻求独立，拥抱生活之路中所需的韧性。

18. 乌鸦——在希腊神话中，乌鸦与预言之神阿波罗有关。它们通常被视作即将到来的厄运，也象征着一个警告，要仔细聆听你即将收到的信息。

19. 苍鹭——在一些中国传说中，苍鹭的工作是将死去的灵魂带到天堂。它们也象征自主、独立和忠诚。

20. 夜莺——吃夜莺的心一度被认为可以激发创造力，莎士比亚就把自己的情诗比作夜莺的歌声。它们也代表着治愈和爱情。

21. 凤凰——在希腊神话中，凤凰是从前世的灰烬中重生的。它通常被视为精神重生和转变的象征。

22. 鸭子——当遇到未知的力量时，鸭子会表现出侵略性；但如果不受干扰，它就会变得敏感而平和。鸭子也象征着对周围世界的好奇和探索的自由。

致谢

对我来说，写一本书有点像是一次信念的飞升，相信脑海中随意出现的某个想法，会在某个时候演变成一个故事。但如果我不相信自己有足够的能力将它们写下来，这些文字是永远不会出现的，而这种信念需要时间，也离不开很多人一直以来的帮助。

感谢我杰出的经纪人海莉·斯蒂德，她看到了我写作的潜力，并一直支持着我。

感谢本·威利斯及其犀利的编辑眼光，谢谢你相信这个故事，并帮我理解了如何触及故事的核心。还要感谢夏洛特·艾布拉姆—辛普森绘制的漂亮封面，海伦·尤因为每一章取的以鸟命名的标题，以及露西·弗雷德里克和俄里翁团队里的所有人，是你们帮忙创作了一本真实而又真诚的书。

当我想要放弃时，我的朋友们给了我鼓励，我必须感谢我这帮了不起的作家朋友：德布斯、凯特、汉娜、瑞秋、汤姆、诺埃尔、海尼姆、克洛伊、苏菲和娜塔莎，你们真是太不可思议了，我很荣幸能认识你们。

当然，还有我的家人，没有他们，这一切都不可能实现。是爱与支持，以及他们给我的时间和空间，才造就了这本书。哦，还要感谢曲奇（我的狗），因为我的孩子们觉得你也有份……